KB115638

너의 옷이 보여

너의 옷이 보여 9

킹묵 현대 판타지 소설

초판 1쇄 찍은 날 § 2020년 6월 11일
초판 1쇄 펴낸 날 § 2020년 6월 18일

지은이 § 킹묵
펴낸이 § 서경석

총괄팀장 § 노종아
편집책임 § 박현성

펴낸곳 § 도서출판 청어람
등록번호 § 제387-1999-000006호
등록일자 § 1999. 5. 31
어람번호 § 제1-3057호

주소 § 경기도 부천시 부일로 483번길 40 서경B/D 3F (우) 14640
전화 § 032-656-4452 팩스 § 032-656-4453
http://www.chungeoram.com
E-mail § chungeorambook@daum.net

ⓒ 킹묵, 2019

ISBN 979-11-04-92200-8 04810
ISBN 979-11-04-91989-3 (세트)

킹묵 현대 판타지 소설

너의 옷이 보여

9

[완결]

청어람

FUSION FANTASTIC STORY

너의 옷이
보여

Contents

제1장

딜란II

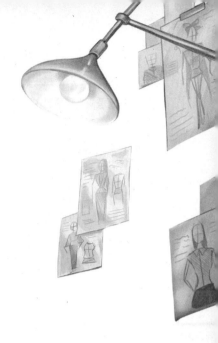

딜란이 예상한 대로, 우진의 근황이라며 환자복을 입은 채로 왼쪽 얼굴 전체에 커다란 반창고가 붙어 있는 사진이 인터넷에 떠돌기 시작했다.

병원에 있는 우진 역시 지금 어떤 일이 벌어지고 있는지 알고 있었다. 병원으로 찾아오는 기자도 있었지만, 장소가 장소인 만큼 생각보다 많은 기자들이 찾아오진 않았다.

기사 내용들은 다양했다. 매번 느끼는 것이지만, 당사자인 자신에게 물어보지도 않고 자기들 추측대로 쓴 기사들이 상당히 많았다. 게다가 이목을 끌려고 자극적인 제목을 사용한 기사도 수두룩했다.

〈한국이 낳은 세계적인 디자이너, 임우진. 그의 상태는?〉

〈I.J 임우진 대표. 일선에서 물러나〉
〈토종 명품 I.J 임우진 디자이너 회복 중? 위기?〉

뭐가 위기라는 건지. 멀쩡히 회복 잘하고 있는 자신을 강제로 물러나게 만들려고 하는 것 같은 제목들이었다. 그런데 내용을 보면 별 내용은 없었다. 전부 추측성. 간혹 다른 의사들을 만나 사진을 보고 어떤 상태인지 파악하려는 기사도 있었지만, 제대로 된 내용은 없었다.

기사를 본 사람들 반응도 웃겼다. 언제나 달리는 악플은 제쳐 두고 다른 댓글들을 보면 웃음이 나왔다. 왠지 이대로 물러나야 할 것 같은 애도의 분위기가 돌고 있었다.

—이제 I.J 옷을 더 이상 입을 수 없는 건가……
—다음 예약 때 꼭 맞추려고 했는데! 아쉽ㅠㅠ
—I.J에서 임우진이 디자인한 거 판매하는 중.
—마지막 디자인인가?

간혹 제대로 된 댓글들도 보이긴 했다.

—사진 보면 회복 잘하고 있는 것 같은데?
—붕대 위치 보면 눈인가? 그럼 문제없지 않나?

서로 자기들 할 말만 했다. 가장 많은 공감수를 받은 댓글은 '마지막 디자인인가?'라는 댓글이었다. 사람들의 반응을 보던 우진은 어이가 없어 웃었다.

그때, 또 전화가 왔다. 기사가 나온 이후 계속해서 전화가 울렸다. 거래처는 물론이고 친하게 지내던 고객들까지 연락해 왔다. 심지어는 어떻게 알았는지 영화 촬영 중인 델핀에게서까지 연락이 왔다. 대부분 안 받는 쪽을 선택했지만, 이번엔 받아야 할 전화였다.

—야! 너 뭐야!

"안녕하셨어요."

—나야 안녕하지. 목소리 들으니까 괜찮나 보네?

제프는 진심으로 걱정했는지 안도의 한숨을 뱉고선 말을 이었다.

—매튜 진짜 웃기네. 괜찮다고 말해주면 이렇게 걱정 안 하잖아. 자려고 하는데 갑자기 제이슨이 너 은퇴한다고 그래서 엄청 놀랐네.

"은퇴요? 아니에요. 은퇴… 하하."

—몰라. 뭘 봤는지 갑자기 너 아프다고 그랬어. 뭐, 널 걱정한 건 아닐 거니까 제이슨한테 고마워하진 말고. 아, 그리고 딜란 그 사람이 숍 운영하는 거야?

"네. 그렇게 됐어요."

—크크크, 제이슨 그 자식. 모른 척하더니 쌤통이다. 아무튼 괜찮은 거 들었으니까 됐어.

제프는 자기 할 말만 하더니 전화를 끊어버렸고, 우진은 벌써 미국에까지 자신의 얘기가 퍼졌다는 사실이 신기해 피식 웃어버렸다. 그 뒤로 데이비드에게서까지 전화가 왔다. 제프와 전혀 다르게 차분한 데이비드는 그럴 줄 알았다며 곧 보자는 말로 통화를 마쳤다.

그 뒤로도 쉴 새 없이 전화가 울렸기에 우진은 아예 휴대폰 전원을 꺼버렸다. 많은 사람들이 자신을 걱정하고 있다는 사실에 기분도 좋지만, 한편으로는 걱정도 됐다. 그중 가장 큰 걱정은 옆에 계신 어머니였다. 혹시나 인터넷에서 안 좋은 기사나 댓글을 보고 마음이 불편하진 않을까 했는데, 평소와 다름없는 모습이었다.

"휴대폰 그만하고 귤이나 먹어."

"네. 딜란 씨가 알아서 하신다니까 괜찮을 거예요."

"엄마도 알지. 그 사람이 소란스러워도 금방 사그라질 거라고 했잖아. 너도 그 말 같지도 않은 기사들 그만 봐."

자신보다 오히려 어머니가 상처받을까 걱정했는데, 딜란이 무슨 얘기를 하고 갔는지 크게 신경 쓰는 모습은 아니었다. 어머니를 안심시킨 건 고마운데, 도대체 알아서 한다던 딜란이 지금 뭘 하고 있는 건지 알 수가 없었다. 실실 웃기나 하고.

*　　　　　*　　　　　*

I.J 사무실에 있는 딜란은 자신을 쳐다보는 사람들의 시선을 즐겼다. 모두가 우진을 생각하며 이대로 내버려 둘 거냐는 눈빛을 하고 있었다.

"다들 일합니다. 많이 열심히 합니다!"

"도대체 왜 기자들에게 제대로 된 정보를 안 주는 겁니까?"

"줄 필요 없으니까? 우리한테 그 뭐지?"

말하다 말고 사전을 뒤적거리기까지 하는 딜란의 모습에 사무실 식구들은 고개를 저었다. 홈페이지에서 숍 전화번호를 내렸지만, 전에 올려놓은 적이 있었기에 기자들은 물론 일반인들에게서까지 연락이 왔다. 우진에 대한 질문 전화들이었지만, 딜란은 그런 전화를 아예 받지 말라고까지 지시했다.

"손해? 우리한테 손해 아닙니다. 때가 아닙니다."

딜란은 자신의 한국어 실력에 만족한 듯 씨익 웃었다. 그러고는 또다시 메모를 하기 시작했다. 우진에 대한 기사가 나오고 있긴 하지만, 아직은 제대로 된 정보를 줄 때가 아니었다. 아직 얻어야 할 게 많이 남아 있었다. 그리고 천천히 시작되고 있었다.

기사 이후로 갑자기 매장에 찾아오는 사람들이 늘었다. 전에는 기다리는 사람이 없었는데 지금은 숍 로비만 봐도 기다리는 사람이 있었다. 마음 같아서는 테일러들을 잔뜩 고용해서 전부 맡고 싶었지만, 자신이 본 I.J는 그럴 단계가 아니었다.

너무 급속하게 커버린 탓에 숍의 운영이 엉망진창이었다. 다른 브랜드였다면 십 년? 어쩌면 더 많은 시간이 주어지더라도 이루지 못했을 일을 일 년도 안 된 사이에 일궈냈다. 숍이 빠르게 성장하고 변화하다 보니 당연한 결과였다. 안 무너지고 버티고 있는 것만 해도 용했다. 버티고 있는 이유 중 가장 큰 점은 투자자가 없다는 점이었다. 득이 될 수도 있고, 독이 될 수도 있는 게 투자자인데 I.J처럼 빠르게 성장하는 경우에는 독이 되는 경우가 더 많았다.

끝도 없이 성장하는데 가만히 지켜볼 투자자는 없었다. 어떻게든 더 얻어내려고 입김을 불어댈 텐데, IJ는 그런 게 없었다. 물론 그런 게 없다 보니 문제점도 많았다. 우진의 입김이라고는 들었지만, 브랜딩 작업을 너무 소심하게 했다.

아제슬 이후로 가격을 공격적으로 대폭 인상했어야 했다. 하지만 그러지 못했다. 때를 놓친 데다가 소심한 가격 인상으로, 정체는 없지만 성장도 없는 그런 어중간한 상태를 유지 중이었다. 지금 자신이 입을 다문 이유도 여러 가지가 있었지만, 그 문제를 해결하기 위함이 가장 컸다.

*　　　*　　　*

며칠 지나자 우진의 얘기가 점점 줄어들었다. IJ 식구들은 다행이라고 생각했지만 딜란은 아니었다. 여전히 웃고는 있었지만, 자신의 생각과 다르게 흘러가는 모습에 적잖이 당황했다.

"뭐 이렇게 순식간에 넘어가. 하… 신기하네."

엄청난 관심을 보이다가 언제 그랬냐는 듯 순식간에 빠져 버렸다. 좀 더 관심을 보였어야 했는데 차질이 생겼다. 그때, 매튜가 딜란의 앞으로 다가왔다. 딜란은 기다렸다는 듯이 매튜가 말하기도 전에 입을 열었다.

"기자?"

매튜는 흠칫 놀랐고, 딜란은 다행이라는 듯 손가락을 튕기더니 말을 이었다.

"우리 테일러들 인터뷰?"

매튜가 다시 흠칫 놀란 얼굴로 딜란을 봤다. 딜란은 만족한 미소를 짓고는 말을 이었다.

"인터뷰, 일과 끝나는 시간에 맞춰서 해요. 참, 오너 얘기는 빼고."

매튜는 그제야 피식 웃으며 말을 뱉었다.

"지금 와 있습니다."

"벌써? 뭔 추진력이 그렇게 좋아. 오케이, 인터뷰 허락해요. 아까 말했듯이 테일러들에 관한 얘기만. 특히 가우스에 참여했다는 그 얘기 위주로."

매튜가 돌아가자, 딜란은 고개를 숙이고 안도의 한숨을 뱉었다. 다행히 늦지는 않았다. 우진에게 관심을 보이던 사람들이 눈을 돌려 IJ 자체에 관심을 보여야 했다. 그리고 이어서 테일러들에게 관심을 보여야 했는데, 테일러에게 가기도 전에 관심이 끊겨 버렸다.

그래도 다행히 늦지 않게 테일러들에게 취재가 왔다. 이제 테일러들의 취재로 우진의 얘기가 다시 한번 나와야 하는데, 한번 식어버린 얘기에 다시 관심을 둘지 걱정이 됐다.

얼마 지나지 않아서 기자들이 인터뷰를 마치고 돌아갔다는 보고를 받은 딜란은 그 뒤로 다른 기사들이 올라오길 기다렸다. 아직 읽는 것에 익숙하지 않아 검색창에 IJ만 입력하는 중이었다. 그때, 매튜가 다시 다가왔다.

"기사 올라왔습니다."

"응? 내가 지금 계속 검색 중인데 없는데요?"

매튜는 딜란의 모니터를 힐끔 보더니 피식 웃었다. 그러더니 딜란의 옆으로 와 키보드로 직접 주소를 입력했다. 그리고 기사를 보던 딜란은 매튜를 올려다봤다.

"아까 왔다는 기자가 한국 사람이 아니었어요?"

딜란은 정말 궁금한 듯 물었고, 매튜는 이번엔 어디 당신이 맞혀보라는 듯 대답 없이 웃기만 했다. 딜란은 못마땅한 듯 고개를 돌리고는 기사를 봤다. 기사가 올라온 곳은 패션 바이블이라는, 세계에서 가장 유명한 패션잡지였다.

"조쉬라는 기자입니다. 선생님 얘기 듣고 바로 한국까지 왔다고 하더군요."

딜란은 고개를 끄덕이고는 기사를 봤다. 기사 내용은 이랬다.

〈맞춤옷을 내세운 I.J는 비슷한 다른 브랜드와는 달랐다. I.J는 임우진 디자이너가 디자인, 재봉, 재단까지 모든 걸 혼자 작업한다고 소개한 적이 있다.

특이하게도 I.J의 모든 디자이너가 임우진 디자이너와 같은 방식으로 작업을 한다고 했다. 다른 여섯 명의 디자이너의 작품은 아직 준비 중이기에 만나볼 순 없었다. 그렇지만, 그들이 참여한 디자인은 이미 상당히 유명한 상태였다.

100만 다운로드라는 숫자. 한국의 인구수를 생각하면 상당한 성공작이라고 할 수 있다.〉

게임에 사용된 스킨까지 소개했다. 재봉 실력이 우진만큼은 아니지만, 다른 테일러들에 비해 모자란 수준은 아니기에 자신 있게 보여줬다. 그리고 예상한 대로 기사가 올라왔다. 딜란은 만족스러운 듯 기사를 읽어 내려갔다.

〈여섯 명의 디자이너에게서 예전 인터뷰 때 만났던 임우진 디자이너와 같은 느낌을 받았다. 임우진 디자이너가 자리에 없지만, 여전히 옷을 사랑하고 입는 사람을 생각해 주는 브랜드였다. 변함없는 브랜드. I.J만의 특징이라고 생각한다. 그래도 하루빨리 임우진 디자이너를 현장에서 볼 수 있길 기대한다.〉

딜란은 기사를 보며 만족한 얼굴로 박수까지 보냈다.

"이 기자 좋은데요?"

"한국말 중에 빠라고 아십니까? 조쉬라는 기자가 선생님 빠입니다."

"빠이? 인사? 그건 아닌 거 같고. 그게 뭔데요. 잠깐만."

"사전에도 없습니다. 저도 선생님 빠입니다."

"아, 빠가 뭔데? 왜 안 알려주고 가요. 알려주고 가!"

매튜는 아주 만족스러운 얼굴로 걸음을 옮겼다.

＊   ＊   ＊

기사를 보던 딜란은 무척이나 신기했다. 한국이라는 나라는 자신들이 얼마나 대단한 브랜드를 가졌는지 관심이 없는 것 같았다. 쳐재도 다른 나라에서 먼저 오고. 정작 같은 나라에 사는 사람들은 외국인이 작성한 기사를 보고서야 관심을 보였다.

어찌 됐든 일단은 관심을 모으는 덴 성공이었다. 오히려 바이블에서 기사를 내준 덕분에 생각한 대로 일이 흘러갔다. I.J 하면 우진인데, 기사에서 우진에 대한 얘기는 끝날 때 아주 잠깐 뿐이었다. 상태에 대한 얘기도 없이 만나길 기대한다는 말이 여러 가지 해석을 불러일으켰다.

딜란은 우진이 복귀했을 때 아팠던 것을 이용해 아주 소수의 고객만 받을 생각이었다. 희귀성을 올린 만큼 가격도 대폭 올릴 예정이었다. 그는 사람들이 올린 여러 가지 해석 때문에 일이 엄청 쉬워질 것 같은 느낌을 받았다.

지금도 우진이 디자이너로서의 생명이 끝났다는 이상한 얘기가 돌아다녔고, 그로 인해 웃기지도 않은 상황이 벌어졌다. 아제슬에서 판매됐던 줄무늬 셔츠와 바지는 엄청난 가격에 팔리고 있었다.

맞지도 않을 텐데 바지도 없는 셔츠 가격이 2,000만 원까지 올라갔다. 우진이 진짜 디자이너로 복귀하지 못하면 얼마까지 올라갈지 궁금했지만, 얼마 안 있으면 회복하고 돌아올 것이기에 이걸로 만족해야 했다.

딜란은 만족스러운 듯 매튜를 보고선 입을 열었다.

"병원 갑시다! 그 조쉬라는 기자도 갑시다!"

"돌아갔습니다."

"어? 벌써요? 흠, 빠가 필요한데."

"선생님 빠 많습니다. 장 기자라고, 그분이랑 함께 가시죠."

"오케이! 이제 제대로 된 정보를 줘야지, 하하."

딜란은 마구 웃으며 자리에서 일어났다.

*   *   *

딜란은 갑작스럽게 장 기자를 데려오더니 인터뷰를 마치고는 곧바로 가버렸다. 가뜩이나 카메라를 어려워하던 우진은 갑작스러운 상황에 자신이 무슨 말을 했는지 기억도 나질 않았다. 그나마 장 기자였기에 망정이지, 다른 기자였으면 또 얼어 있었을 것이 분명했다.

"엄마, 저 이상한 소리 안 했죠?"

"말 잘하던데? 그 기자라는 사람도 알던 사람이야?"

"아, 네. 숍 기사 많이 써주시는 분이세요. 왜 그러세요?"

"모르는 사람이 봤으면 기자 아닌 줄 알았을걸. 진짜 걱정해주는 거 같더라고. 책도 가져다주고 고마운 사람이네."

우진은 고개를 돌려 장 기자가 가져온 책을 봤다. 이번 달에 나온 Moon 매거진 잡지였다. 우진이 피식 웃고는 잡지를 펼쳐 볼 때, 기다리던 딜란에게서 전화가 왔다.

"이렇게 갑자기 인터뷰하자고 그러면 어떡해요."

―갑자기라니요? 저번에 인터뷰한다고 했는데, 하하.

"미리 연락 좀 하고 오시지."

―연락한다고 멋있게 꾸밀 수 있는 건 아니지 않습니까. 자연스럽고 딱 좋은데. 아무튼 이제 인터뷰할 일도 없으니까 마음 편히 쉬면 됩니다. 아, 이번 주는 바빠서 못 갈 거 같고, 다음 주에 두 번 보죠, 히히.

우진도 기사들을 통해 숍이 바쁜 이유를 알고 있었다. 조쉬의 기사 이후로 한국에서도 I.J 기사가 종종 나왔고, 테일러들을 디자이너로 둔갑시킨 내용 덕분인지 사람들이 관심을 보였다.

테일러들이 옷 만드는 실력은 괜찮았기에 걱정하지 않았는데, 디자이너라고 난 소문을 테일러들 스스로가 어떻게 받아들일지가 걱정이었다. 사람들에게 욕을 먹고 힘들어하진 않을지. 이미 겪어봤던 우진은 테일러들이 잘 버텨주길 바랐다.

*   *   *

Moon 매거진에서 우진의 기사가 나왔음에도 한번 올라간 옷 가격은 떨어질 생각을 하지 않았다. 그 이유는 딜란에게 있었다. 그는 우진이 복귀를 한다고 해도 건강상의 문제로 전처럼 많은 고객을 받을 순 없다고 알렸다. 예약을 유동적으로 변경할 거라는 알림 때문에, I.J 옷을 원하던 사람들은 더욱 조바심을 내고 있었다.

게다가 현재 장 기자의 기사로, 우진에 대한 대중들의 인상은 엄청나게 좋았다. 장애를 극복한 것도 모자라, 이를 뛰어넘어 세계 최고 반열에 오른 우진의 얘기는 언론에서 최고의 기삿거리였다. 그러다 보니 인터넷 신문사는 물론이고 지상파방송에서까지 우진을 언급했다.

어린 시절부터 시각장애를 겪고 있다는 내용으로 시작된 기사는 대중들의 마음을 건드렸다. 동정심을 유발하면서, 자신의 부족한 부분을 극복하고 지금의 자리까지 올랐다는 내용이 골자였다. 대부분의 기사들이 우진의 성장기처럼 나와서, 대중들이 좋아할 만한 내용이었다.

힘들게 디자이너의 위치까지 올랐는데 또다시 눈이 발목을 잡았다는 내용은 대중들이 우진을 응원하게 만들었다. 댓글들만 하더라도 대부분 우진을 응원하는 내용이었다.

사무실에서 그런 기사를 보던 세운은 함께 있던 미자에게 웃으며 입을 열었다.

"기사들이 뭐, 위인전 이런 거 보는 거 같은데? 안 그래, 유 실장?"

"전 마음에 안 들어요. 눈 불편한 얘기를 자기들 돈벌이에 이용하고 있잖아요."

"욕하는 거보단 낫지. 아까 우진이한테 전화하니까 자기도 웃긴지 웃더라. 그런데 진짜 난놈이야. 해외에서도 뉴스 많이 나오던데?"

"조쉬 그분 덕분이죠."

세운은 고개를 끄덕거렸다. 한국의 기사와는 다르게 조금 더 현실적인 내용이었다. I.J에 대한 내용들을 다뤘고, 조쉬의 기사를 바탕으로 I.J 디자이너들에 대한 내용까지 있었다. 디자이너들이 본다면 실망할 내용들도 있었다. 우진이 돌아와 다시 자리를 잡기 전까지 I.J는 위기라는 내용이었다.

세운이 기사를 찾아가며 읽을 때, 미자가 입을 열었다.

"그런데 마 실장님 눈 불편하세요? 아까부터 왜 눈 한쪽 감고 다니세요."

기사를 보던 세운은 피식 웃었다. 우진과 통화할 때 우진이 한 얘기 때문이었다. 솔직히 눈이 보였다면 조금 더 편하긴 했을 테지만, 보였다고 디자인을 잘 그리진 않았을 거라는 얘기였다. 그러면서 오히려 안 보이던 게 더 도움이 됐다고 했다. 세운은 그 말을 완전히 이해할 순 없었지만, 많은 생각을 하게 되었다.

"세상이 다르게 보일까 해서. 우진이가 그러더라고. 오히려 눈이 둘 다 보였으면 I.J도 없었을 거라고."

"참 나, 부족한 부분을 채우기 위해 그만큼 노력했다는 뜻이겠죠. 그게 세상이 다르게 보인다는 뜻이겠어요?"

미자가 고개를 저을 때, 인터폰이 울렸다. 준식이 고객을 모시고 올라간다는 알림이었고, 미자는 곧바로 미용실로 들어갔다. 하지만 사무실에 남은 세운은 여전히 한쪽 눈을 감고 있었다.

"신기해. 한쪽 눈 안 보이는 게 상당히 불편하구나. 이러고 다니면 우진이 녀석 힘들었을 텐데, 대단하네."

세운은 윙크를 한 채 사무실을 둘러봤다. 다음 달부터 시작되는 코트에는 구두가 포함되어 있었기에 미리 준비를 하는 중이었지만, 지금 숍에서 예약받는 블루에서 자신이 할 부분은 없었기에 굉장히 여유로웠다. 세운은 다들 바쁘게 일하는 모습을 한번 쳐다보고는 입맛을 다셨다.

전과 다르게 업무 시간은 줄어들고 휴식 시간도 있지만, 일과 시간에는 전부 일에 매달려 있었다. 이제 사무실에서 한가한 사람은 자신 말고 두 명이 있었다. 한 명은 사전을 보며 중얼거리는 딜란이었다. 얘기할수록 피곤했기에 딜란은 제외했다.

그리고 남아 있는 한 사람은 팟사라곤이었다. 지금 모습만 봐도 턱을 괴고 모니터만 보는 게 딱 자신처럼 할 일 없는 사람 같았다. 세운은 반가운 얼굴을 하고 팟사라곤에게 다가갔다.

"고객 관리 안 하니까 심심하지?"

"바쁩니다?"

"하하, 내가 다 봤어. 턱 괴고 인터넷 보고 있는 거."

팻사라곤은 아니라는 듯 고개를 저은 채 모니터에 집중했다.

"뭐 하는 건데?"

"가우스 기사 나오나 안 나오나 살펴보라고 했습니다?"

"그걸 왜?"

"대표님 지시입니다? 아침부터 게임 서버 닫혔다고 가우스에서 나오는 기사 살피랍니다?"

"뭐? 자기 게임하려고 카우 너한테 그런 거 시킨 거야? 저 사람이!"

"모릅니다? 계속 가우스 반기보고서하고 사업보고서 같은 거 조사하는 중입니다?"

"왜 다른 회사에 그렇게 관심이래?"

세운은 못마땅한 듯 딜란을 봤다. 그때, 모니터를 보고 있던 팻사라곤이 입을 열었다.

"가우스 기사 떴습니다?"

그 말에 딜란은 한국어책을 내려놓고선 고개만 내밀었다.

"해외에서 동시접속으로 인해 서버 폭탄? 잠깐만요."

그냥 영어로 대화해도 될 것을 둘 다 한국말로 대화하는 모습에 세운은 어이가 없었다. 사전을 뒤적거리던 딜란은 단어를 찾고선 입을 열었다.

"폭주!"

"맞습니다?"

딜란은 실실 웃더니 더 이상 질문이 없었다. 그러고는 다시 사전을 보기 시작했다. 어이없는 상황을 지켜보던 세운은 인상을 쓰며 딜란에게 갔다.

"카우 실장한테 게임 감시나 하라고 시킨 겁니까?"

까칠한 세운의 목소리에 딜란은 사전을 내려놓았다. 그러곤 실실 웃는 얼굴로 세운을 봤다.

"감시 아니고 관찰."

"그거나 그거나."

"짱 다른데? 아무튼 잘 왔어요. 마침 노는 사람 헤맸어요."

"하아……."

다른 때였다면 단어 선택이 잘못됐다고 알려줬겠지만, 지금은 그럴 기분이 아니었다. 그때, 딜란이 세운에게 서류를 내밀었다.

"글씨 찾기. 내가 여기까진 봤어요."

세운은 서류를 보고선 다시 딜란을 봤다. 서류는 가우스와 팀 I.J의 계약서였다. 복사한 서류에는 빨간 펜으로 적힌 한글과 영어가 빼곡했다. 자신이나 다른 사람에게 시키면 될 일을 혼자서 붙잡고 있는 모습이 참 미련스러워 보였다. 자신의 눈빛을 이해했는지 딜란이 실실 웃으며 말했다.

"한국어 배워야죠. 한국에서 일하려면 한국어 합니다."

"참 나, 그러세요. 그런데 여기서 뭘 찾으라는 거예요."

"천천히."

"그러니까! 어떤 단어를 찾으라는 거냐고요!"

"아! 저작권!"

세운은 일단 고개를 끄덕이고는 계약서를 읽어 내려갔다. 그러고는 딜란이 원하던 내용이 담긴 부분을 찾았다.

"갑(가우스)이 을(I.J)의 저작물에 대해 독점적인 권리를 가진다? 이거?"

"일단은 영어로 좀."

세운은 한참을 설명했고, 설명을 듣던 딜란은 여전히 실실 웃는 얼굴로 턱을 쓰다듬었다.

"저작권은 우리한테 있는데 스킨에 대한 권리는 자기들이 행사한다는 내용입니까?"

"맞긴 한데, 뭐 때문에 그럽니까?"

"하하, 별건 아니고. 가우스 서버 왜 폭발했는지 아십니까?"

"또 게임! 게임 때문에 지금 그러는 겁니까?"

"하하, 게임이 재밌긴 한데 꼭 그런 건 아니고요. 저거 I.J 기사 때문에 그런 겁니다. 신기하죠?"

세운이 의심스러운 얼굴로 보자 딜란이 웃으며 말을 이었다.

"해외에서 올라온 기사들에 일레븐에 대한 얘기가 있으니까요. 해외에서 접속하기도 힘들 텐데 대단하지 않습니까?"

"그게 우리랑 무슨 상관입니까?"

"왜 상관없어요. 가우스에서 서버 펑 했을 때 무슨 생각 했겠어요. 해외 서버라 접속도 힘든데도 서버가 터질 정도인데. 해외에서도 성공할 거 같은 느낌 들지 않을까요?"

"그러니까 그게 우리랑 무슨 상관이냐고요. 우리는 옷 가게인데."

"뜯어낼 수 있을 때 뜯어내야죠."

"뜯어……?"

"하하, 단어가 틀렸나? 아무튼 가진 게 없으니까 돈을 벌어둬야죠. 우리 디자이너들 기사로 자기들 서버 폭주했으니까 해외

오픈할 때 우리 디자이너들이 만든 스킨을 이용해서 광고하려
고 하겠죠?"

"아……."

세운은 그제야 왜 게임에 관심을 가졌는지 이해하고선 고개
를 끄덕였다. 그 모습을 본 딜란은 피식 웃더니 말을 이었다.

"우리도 고생한 만큼 챙길 건 챙겨야죠. 뭐 안 준다고 하면 어
쩔 수 없지만, 찔러는 봐야 할 거 아닙니까? 하하, 돈도 벌고 팀
I.J 이름도 알리고 해야죠. 알죠? 우리나라 사람들이 이상하게
해외에서 유명한 사람들한테 약한 거."

"우리나라? 미국이요?"

딜란은 자신의 실수를 깨닫고는 마구 웃었다.

"하하하, 아니, 너네 나라."

"너네!"

세운은 손가락질까지 하며 웃는 딜란의 모습에 한숨을 뱉었
다. 하지만 그 모습이 밉기보단 오히려 약간 미안한 마음이 들었
다. 자신의 오해와 다르게 열심히 일하는 중이었다.

"계약서에 한국 한정해서, 라는 말은 없죠?"

"없죠. 이미 넘긴 건데."

"그럼 해외에 대한 얘기도 없을 거고. 그걸로 건드려야겠네."

"그게 찔러보는 겁니까? 그건 그냥 꼬투리 잡고 꼬장 피우는
거 같은데. 아! 사전에 꼬장 없거든요? 그냥 번역기를 쓰지, 참.
나도 이렇게 느끼는데 잘도 가우스에서 들어주겠다."

딜란은 자리에 앉으며 피식 웃었다.

"내가 마 실장이나 디자이너들에게 회사 일에 신경 끄라고 말

하는 이유가 이거죠. 전혀 모르거든요. 돈을 벌려면 때가 있는 법이거든요. 가우스에서는 지금이 그때고. 만약 늦어져서 때를 놓치면 얼마나 가슴이 아프겠어요, 하하."

"뭐, 그래서 얼마나 뜯어내려고요."

"많이는 아니죠. 나도 사업하는 사람인데 적정선을 지켜야죠. 하하, 돈 받아도 금방 쓰겠네."

딜란은 이미 받은 듯한 얼굴이었다.

—
제2장
로젤리아

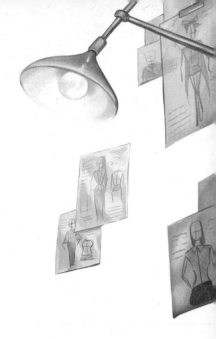

가우스는 행복한 비명을 지르는 중이었다. 해외 곳곳에서 우회까지 해가며 게임에 접속했다. 덕분에 서버가 버티지 못하는 단계까지 이르렀다.

가장 인구수가 많은 중국이 다음 달에 정식 오픈이었는데, 중국만이 아니라 유럽이나 미국에까지 열어야 할 판이었다. 특히 미국과 유럽에서는 영어 패치까지 해달라는 메일도 도착하고 있었다.

세계적으로 유명한 디자이너의 얘기에 자신들 게임 얘기가 살짝 언급됐을 뿐인데 효과가 엄청났다. 이미 개발진에서는 각 나라의 규제에 맞게 수정을 하고 있었고, 투자자나 임원들은 하루빨리 해외 서버를 오픈하길 원했다.

그대로 내버려 두면 분명 반짝하고 사라지게 될 것이었다. 게

다가 이미 한국에서는 우진이 건강하다는 기사가 돌고 있었기에 마음이 굉장히 급했다.

그런데 갑자기 I.J에서 딴죽을 걸었다. 어떻게 알았는지, 자신들의 디자인을 이용해 해외에 오픈하려면 다시 계약을 해야 한다는 내용이었다. 이런 일은 겪어보지도, 상상해 보지도 않았던 것이었다. 그래픽을 구매했으면 그걸로 끝인 게 이 바닥이었는데, 이건 말도 안 되는 일이었다.

I.J는 자신들이 동의하지 않았는데도 일을 진행한다면 소송까지 불사하겠다고 알려왔다. 가우스는 당연히 난리가 났다. I.J 이름을 타고 유저들이 유입됐는데 만약에 I.J와 트러블이 생긴다면 모든 게 날아가 버리는 것이었다.

때문에 I.J를 찾은 오 팀장은 어깨가 굉장히 무거웠다. 그런데 앞에 앉은 외국인이 굉장히 거슬렸다. 뭔 말을 해도 웃기만 하고 말도 안 되는 금액만 요구했다. 지금도, 한 번도 생각해 보지 않은 금액을 던져놓고는 아무 말도 없이 자신의 대답을 기다리고 있었다.

"50억! 불가능?"

"하… 저기, 50억은 너무……. 대표님도 게임을 해보셨다니 아시겠지만, 게임에는 I.J 스킨만 있는 게 아닙니다. 100개에 가까운 스킨이 존재하는데 그중 5개 가격을 50억이나……."

"다시 말해줄래요?"

"아……."

오 팀장은 스스로를 다독거렸다. 정신이 나갈 것 같은 상황에 버티고 있는 것만 해도 칭찬받아 마땅했다. 그는 천천히 다시 설명했고, 대표라는 사람은 여전히 웃는 얼굴로 고개를 저었다.

"그럼 우리 거 빼고 하세요. 즐겜."

날마다 이상한 단어를 배워 오는 딜란은 자신 있게 한국말로 말했다. 법인 처리 때문에 나가 있는 매튜 대신 딜란의 옆에 붙어 있던 세운은 가우스에서 온 사람이 오히려 불쌍했다. 분명 며칠 전에는 찔러나 본다며 많이 받을 생각이 아니라고 했는데, 딜란의 입에서 나온 금액은 전혀 가벼운 금액이 아니었다. 아니나 다를까, 가우스에서 온 사람이 이제는 거의 사정하듯 매달리고 있었다.

"하… 아시잖아요. 저희 좀 살려주시면 안 됩니까? 부탁드립니다."

"하… 우리도 일한 만큼 받아야죠. 부탁합니다."

오 팀장을 따라 하는 딜란의 모습에 세운은 왠지 부끄러워져 아예 고개를 돌려 버렸다. 그때, 딜란이 갑자기 영어로 말을 하기 시작했다.

"정 어려우면 우리 디자인으로 광고하는 대신, 그 광고에 우리 이름도 넣으십쇼."

"네?"

"팀 I.J 작품이라고, 광고할 화면에 넣으라는 말입니다. 그 조건이면 서버당 전에 작성한 계약서대로 계약하죠."

광고 화면에 I.J 이름을 넣는 건 오히려 노움이 되는 것이었다. 다만 계약 금액이 문제였다. 확실히 줄긴 했지만, 지금만으로도 상당히 많은 금액이었다. 중국, 일본, 유럽 등 총 5개 서버를 준비 중인데 매번 2억씩 줘야 했다. 날강도가 따로 없다는 생각에 오 팀장은 계속해서 다른 조건을 내밀었다. 하지만, 딜란은 다시 한국말을 하며 실실 웃고만 있었다.

한참을 설득하던 오 팀장은 하는 수 없이 자리에서 일어났다.

"최대한 빠르게 연락드리겠습니다……."

"네, 즐겜."

"하하……."

오 팀장이 돌아간 뒤 세운은 딜란을 보며 물었다.

"이게 찔러나 보자는 겁니까?"

"하하, 찔러본 건데 된다고 하잖아요. 그만큼 여력이 있다는 겁니다."

"된다고는 안 한 거 같은데. 그리고 우리 이름 넣으면 저쪽이 나 좋지."

"원래 혹할 만한 거에 정신 팔리게 만드는 겁니다. 뭐, 우리는 우리 디자이너들을 해외에 공짜로 홍보하고 돈도 추가로 받으니 손해 볼 건 없으니까."

세운이 딜란을 참 희한한 사람이라고 생각하며 뒷모습을 살필 때, 딜란이 뒤를 돌며 입을 열었다.

"내가 나쁜 놈 같습니까? 저쪽도 손해 볼 일은 없으니까 오히려 좋아할 겁니다. I.J 이름으로 다시 시끄럽게 될 테니까, 하하."

*　　　　*　　　　*

병실을 찾아온 딜란과 함께 있던 우진은, 병원에 있으면서 가장 많이 만나는 외부인이 된 딜란을 처음과 다르게 편안한 얼굴로 대했다. 딜란도 편안해졌는지 자리를 피하려는 어머니까지 그냥 있게 했다.

"이건 좀 너무 평범한데. 아무리 봐도 대충 그런 거 같은데. 나도 이번 주는 대충 일해야 하나."

"아니에요. 평범한 거 같은데 조금 달라요."

딜란은 어머니까지 있는 자리에서 박한 평가를 내놓았다. 그럼에도 우진은 기분 나쁘지 않았다. 딜란과 대화하는 방식이 익숙해지니 지금 말하는 것도 무슨 의도로 말하는지 알 수 있었다. 그냥 설명해 달라고 하면 되는데 항상 저런 식이었다.

우진은 웃으며 디자인에 대해 설명했고, 설명을 마치자 딜란이 고개를 끄덕였다.

"오케이, 이해했어요."

우진은 딜란이 열심히 스케치북 사진을 찍는 모습을 보며 웃었다. 전이라면 미리 해놓는 스케치가 의미 없었을 테지만, 이제는 미리 준비한 스케치도 필요했다. 많으면 많을수록 좋았다. 고객에 맞게 조합을 할 수도 있었고, 미리 해놓은 스케치대로 옷을 만들 수도 있었다.

나중을 위한 준비라고 생각하니 동기부여도 되고 현장에서 떨어져 있는 기분이 아니었다. 우진은 혹시 딜란이 그런 것까지 생각하고 일을 시킨 건 아닐까 생각했다.

그때, 딜란이 휴대폰을 집어넣으며 혼잣말을 뱉었나.

"역시 처음에 봤던 게 가장 좋네."

"진짜 이상해요? 이거 엄청 신경 쓴 건데."

딜란은 우진을 가만히 보다가 씨익 웃었다. 그러고는 들고 왔던 상자를 올려놓았다. 안 그래도 커다란 상자에 뭐가 들었는지 궁금했었기에 우진은 상자를 쳐다봤다.

"실제로 봐도 스케치 느낌이 사는지 만들어봤습니다."

"이거 처음에 그렸던 스케치잖아요."

딜란은 실실 웃으며 어머니께 상자를 내밀었다.

"아줌마, 선물입니다."

우진은 딜란이 왜 오늘은 어머니를 옆에 뒀는지 이해했다. 고맙기는 했지만, 숍이 지금도 굉장히 바쁠 텐데 저걸 만드느라 고생했을 걸 생각하니 미안한 마음도 들었다.

"나중에 제가 만들어 드리면 되는데."

"안 돼요. 그럼 타이밍이 안 맞아요."

"무슨 타이밍이요?"

"하하, 일단 확인부터! 아줌마, 한번 입어봐요."

어쩜 저렇게 아줌마란 말을 자연스럽게 하면서 졸라대는지, 사양하던 어머니도 결국 옷을 입게 됐다. 그 모습을 본 딜란은 말없이 어머니를 빙빙 돌며 살폈다. 딜란의 행동이 부담스러웠는지 어머니는 우진을 봤고, 우진은 그런 딜란을 제지했다. 그러자 딜란이 쳐다보는 것을 멈추고선 다시 의자에 앉았다.

"스케치보다 오히려 더 느낌 좋네요. 확실히 레이디에 어울리겠어요."

"여성복이니까 당연하죠."

딜란은 실실 웃더니 가방에서 서류를 주섬주섬 꺼내 우진에게 건넸다. 우진은 의아한 얼굴로 받아 든 서류를 살폈다. 한참이나 서류를 보던 우진은 서류에 적힌 브랜드의 이름을 보고는 고개를 들었다.

"로젤리아? 로젤리아 힐의 로젤리아 말씀하시는 거예요?"

"로젤리아 말고 다른 로젤리아도 있나요?"

"그러니까 로젤리아하고 일하겠다는 건가요?"

우진은 아제슬 때가 떠올랐다. 기간은 짧았지만, 자신을 비롯해 I.J 식구들 모두가 녹초가 될 정도로 바빴었다. 힘든 것도 힘든 것이지만, 로젤리아와 함께하는 순간 고객들의 예약은 받을 수 없었다. 어차피 지금은 병원에 있기에 예약을 받을 수도 없었지만, 우진은 생각이 많아졌다. 그때, 딜란이 웃으며 말했다.

"일하는 건 아니고 우리 디자인으로 옷 만들라는 말이죠. 임 디자이너가 아직 건재하다는 의미도 있고, 돈도 벌고. 좋잖아요? 그리고 현재 I.J로는 그 물량 감당 못 합니다. 아제슬 때? 자료 보니까 그때도 미친 짓이죠."

딜란은 실실 웃으며 말을 이었다.

"로젤리아가 마음에 안 듭니까?"

"그런 건 아니에요."

"제프 우드나 헤슬도 괜찮긴 한데, 일단 헤슬은 맞춤옷 위주로 제작하니 제외. 제프 우드하고 로젤리아를 두고 고민을 했는데, 여성복이라면 로젤리아의 평가가 좀 더 우세하죠. 판매를 해도 한 벌이 아닌 재킷 따로, 치마바지 따로. 그렇게 판매될 거고. 그리고 무엇보다 '내가 병실에서 대충 그린 스케치가 로젤리아에서 탐을 낼 정도야!' 그걸 보여주려는 겁니다. 원래 사람들한테 말보다는 직접 보여주는 편이 효과가 좋거든요."

"하……."

딜란은 여전히 실실 웃었다. 브랜딩을 새롭게 하기 위해 계획한 일 중 하나였다. 다른 하나는 이미 잘 풀렸지만, 우진의 실력이 여전하다는 것을 보여줘야 완성이 되는 것이었다. 때문에 선택한 곳이 로젤리아였다. 우진에게 말한 이유도 있었지만, 로젤리아에 대해서라면 누구보다 잘 알고 있었기에 자신 있었다.

"그래서 로젤리아에 보내셨어요?"

"하하, 아직입니다. 일에서 손 떼라고 했지만, 이건 임 디자이너 작품이라서 말해주는 겁니다."

"네, 그건 뭐. 그런데 로젤리아에서 같이하려고 할까요? 제가 알기로는 엄청 폐쇄적이라고 들었는데."

"누구한테 들었어요? 잘못 들었네. 폐쇄적인 게 아니라 디자이너가 엄청나다 보니 다른 곳과 컬래버할 필요가 없거든요. 뭐, 마음에 드는 디자이너가 있으면 로젤리아 소속으로 데려오는 겁니다. 하하, 그걸 제가 처음에 했습니다."

우진은 피식 웃다 말고 딜란을 살폈다. 혹시 자신 때문에 딜란이 어려운 결정을 한 건 아닐까, 라는 생각이 들었다. 무슨 일이 있었는지 알고 있는데 딜란이 괜찮은가 걱정됐다. 지금은 웃고 있지만, 표정만 봐서는 전혀 알 수 없는 사람이었다. 그때, 딜란이 손가락을 튕기더니 말을 뱉었다.

"일은 이대로 진행하죠. 그리고 다음에 올 때는 데이비드 씨하고 같이 오겠습니다."

"데이비드 선생님이요? 그분이 왜요?"

"왜긴요? 병문안이지."

"병문안 때문에 한국에 오신다고요?"

"하하, 그건 아니죠. Mommy 시리즈 때문에 대영백화점이라는 곳에 온다고 하더군요."

"그건 어떻게 아셨어요?"

"우리 마 실장 친구라던데요?"

우진은 헛웃음을 뱉었다. 그러고 보니 며칠 전 데이비드와 통화할 때 곧 보자고 했던 말이 이제야 무슨 뜻인지 이해됐다. 우진은 조금 전까지만 해도 딜란에 대해서 걱정했는데, 말 몇 마디로 분위기를 바꿔 버린 그를 보며 피식 웃었다.

딜란은 자신의 할 일이 끝났는지 곧바로 일어났다.

"그럼 다음 주에 봐요. 즐겜."

"저기 딜란 씨, 즐겜은 게임할 때나 하는 말이에요."

"나는 사는 게 게임 같은데요? 파밍하고 렙업 하고. 하하, 아무튼 즐겜."

병실을 나온 딜란은 피식 웃고는 걸음을 옮겼다.

*　　　　*　　　　*

로젤리아 힐과 그녀의 남편이자 대표인 마이클은 심각한 얼굴로 대화 중이었다.

"딜란은 도대체 왜 그 작은 나라에 있는 건데."

"아무래두 제대로 일을 하려는 기 같아. 이 제안서도 딱 낭신 오빠 스타일이야. 퀴즈 내는 것처럼. 오히려 전보다 더 심해졌어."

그들은 딜란이 I.J에 합류했다는 소식에도 크게 신경 쓰지 않왔다. 아주 잠깐일 뿐이라고 생각했다.

　그런데 갑자기 딜란이 마이클의 개인 메일로 제안서를 보내왔다. 딜란 특유의 느낌이 물씬 묻어 있는 메일이었다. 제대로 된 정보도 없이 같이 일할 생각 있냐는 내용이었고, 너희 아니더라도 상관없지만 정을 생각해서 보내본다는 느낌의 내용이 담겨 있었다.

　"진짜 어이없어. 평생 이쪽 일은 안 할 것처럼 굴더니."

　"진정해."

　"진정하게 생겼어? 내가 자기를 얼마나 걱정했는데."

　"다시 자기 자리로 돌아간 것만 해도 어디야."

　"어떻게 거기가 딜란 자리야. 오빠 자리는 여기지!"

　로젤리아는 인상을 찌푸리더니 테이블에 놓인 제안서를 들어 올렸다.

　딜란이 로젤리아로 돌아오지 않은 이유는 충분히 알고 있었다. 하지만 다시 패션업계에 발을 들이게 된다면 반드시 다시 로젤리아로 올 것이라고 생각했다. 그런데 딜란은 로젤리아가 아닌 한국이란 작은 나라의, 이제 이름을 알리기 시작하는 숍을 선택했다.

　"I.J에 대해서 아는 거 있어?"

　"I.J 매장도 하나고. 맞춤옷 전문이고. 아제슬로 이름 좀 떨친 그런 브랜드지. 일단 내 판단으로 디자인부터 보고 판단하는 게 좋을 거 같아서 보내달라고 했어."

　"그래서 받았어?"

　"어. 그런데 내가 판단이 안 서서 당신을 부른 거고."

"일단 봐봐."

"후, 그런데 만약에 딜란 만나게 되더라도 내가 보여줬다고 말하면 안 돼. 당신 보여주지 말라고 당부했어."

로젤리아는 딜란이 무슨 말을 했길래 저러는지 궁금했다. 그러는 사이 마이클은 디자인이 담긴 태블릿 PC를 가져왔다.

"이건데."

"팬츠스커트네. 뭐 이거 딸랑 하나야?"

"어. 다른 것도 있는데 일단 하나만 보냈대."

"특별하지 않고, 그냥 그런데. 그런데 왜 날 보여주지 말라고 그랬어? 혹시 그런 건가?"

로젤리아는 딜란이 I.J에 있는 이유를 알 것 같았다. 제대로 일을 하기에 앞서 가볍게 몸을 푸는 모양이었다. 그럴 필요 없이 그냥 돌아와도 되는데 참 손이 많이 가는 오빠였다. 그때, 마이클이 메일을 보여줬다.

〈로젤리아한테 보여주면 안 돼요. 로젤리아 정도면 이 디자인이 얼마나 특별한지 단번에 알아차리니까 무조건 하자고 할 거거든요. 회사 대 회사 입장으로 마이클의 판단에 맡기고 싶습니다.〉

로젤리아는 다시 치마바지의 디자인을 살폈다. 메일 내용을 보면 가볍게 몸을 푼다는 느낌이 아니었다.

"뭔 수작을 부리려고 이러지?"

로젤리아는 인상을 찌푸렸다. 그동안 겪어온 딜란이라면 저 말은 자신이 볼 거라는 걸 알고서 일부러 쓴 게 틀림없었다.

"내가 예전 같았으면 넘어갔지. 벌써 십 년이 지났는데 아직도 날 십 년 전으로 보네."

생각할수록 기분이 좋지 않았다. 조금 전까지만 해도 I.J에 몸담고 있는 이유가 돌아오기 전 패션업계를 파악하기 위해서라고 생각했는데, 자신에게 수작 거는 걸 보면 제대로 하려는 거 같았다.

"거기서 뭘 하려고 그러는 거지."

로젤리아는 잠시 생각에 잠겼고, 마이클은 예전의 기억이 떠올라 피식 웃었다. 로젤리아가 아무리 머리를 써봐도 딜란을 이길 것 같진 않았다. 자신이 지켜본 바로 로젤리아는 대부분 딜란의 의도대로 움직였다. 지금 모습만 봐도 로젤리아는 이미 넘어가 있는 것 같았다. 심각한 척하고 있지만, 오빠인 딜란의 복귀소식이 기쁜 듯 순간순간 밝은 표정도 보였다. 그때, 로젤리아가 입을 열었다.

"한국에 사람 좀 보내봐. 뭐 하고 다니나."

"직접 안 가고?"

"만나라는 게 아니야. 뭘 하고 다니는지 관찰하라고. 기왕이면 한국 시장도 제대로 파악할 수 있는 사람으로."

마이클은 피식 웃으면서 고개를 끄덕였다.

*   *   *

I.J 블루 시즌이 끝났지만, I.J는 여전히 분주했다. 잠시 정비 기간을 갖고 곧바로 코트 시즌을 오픈해야 하기에 그 준비로 한

창이었다. 그 모습을 남의 일처럼 지켜보던 딜란은 신기한 듯 직원들을 쳐다봤다.

한번 바꾸고 나니 전체적으로 크게 문제가 없었다. 특히 거래처 부분은 볼 때마다 놀라웠다. 회사가 아닌 숍인 경우 거래처로 인해 생기는 문제가 태반인데, 상무라는 노인이 무척이나 깔끔하게 관리하고 있었다. 브랜딩만 제대로 한다면 자신이 없더라도 문제없을 정도였다.

딜란이 하염없이 직원들을 관찰할 때, 엘리베이터가 열리면서 준식이 내렸다. 딜란이 준식을 보며 실실 웃자, 준식이 약간 놀란 얼굴로 다가왔다.

"대표님 말대로 정말 외국인들 왔어요."

"뭐래요? 옷 맞추러 왔대요?"

"네. 시즌 오프라고 하고 돌려보냈어요. 그런데 어떻게 외국인들 오는 거 아셨어요? 아시는 분들이세요?"

딜란은 대답도 없이 실실 웃더니 자리에서 일어났다. 그러고는 세운이 있는 작업실로 향했다.

"데이비드는 언제 온대요?"

"어? 오늘 도착했다고 했으니까 내일이나 오겠죠."

"하하, 좋네."

"왜 자꾸 데이비드를 물어봐요?"

"일류 디지이이인데 보고 싶은 게 당연한 거 아닌가요? 하하, 사인도 받아야지. 사진도 찍어야지."

확인을 마친 딜란은 피식 웃고는 창가로 향했다. 그러고는 미소가 가득한 얼굴로 하늘을 봤다.

"뭐 하고 계십니까?"

마침 지나가던 매튜가 딜란을 보고 멈췄다. 로젤리아 일에 대한 얘기를 들었기에 뭐라도 할 줄 알았는데, 한 일이라고는 기껏 자신이 작성한 제안서를 수정한 것뿐이었다. 지금도 멋진 척 포즈를 취하고 창밖을 보는 모습이었다.

"로젤리아랑 얘기 잘되신 겁니까?"

"마침 잘 왔어요. 나처럼 서봐요, 웃으면서."

"뭐 하시는 겁니까?"

"하하, 그냥 서봐요. 지금도 로젤리아 일 하고 있는 거니까."

딜란은 의아한 표정을 짓고 있는 매튜를 잡아당겨 옆에 세웠다. 그러고는 씨익 웃으며 말했다.

"내가 아는 아줌마가 있어요. 그 아줌마가 사람이 좋기는 한데 그건 그거고. 아무튼 의심도 많고 욕심도 많거든요, 하하. 아주 머릿속에 치마바지만 가득하게 만드는 일 하는 거예요."

매튜는 쉽게 이해가 되지 않았다. 그때, 그런 표정이 무척 마음에 든다는 얼굴을 한 딜란이 매튜에게 설명을 하기 시작했다.

*　　　　　*　　　　　*

대영백화점과의 행사를 마친 뒤 곧바로 I.J로 온 데이비드는 자신을 맞이하는 사람을 보며 고개를 갸웃거렸다. 일 때문에 방문한 것도 아니었다. 친구의 얼굴을 보려고 방문한 것인데 대표라는 사람이 나와 있었다.

딜란의 이름은 패션업계에서는 상당히 유명한 인사였으니 당연히 들어본 적이 있었다. 얼굴 역시 아주 오래전 기사를 통해 본 적이 있었지만, 이렇게 대화를 나눠본 적은 처음이었다. 그런데 마치 오래전부터 알고 지낸 사람처럼 자신을 굉장히 반가워했다. 매장 밖에까지 나와서 자신을 맞이하고 포옹까지 하는 통에, 만난 적 있는데 자신이 기억 못 하는 것처럼 느껴졌다.

"영광입니다, 하하."

"별말씀을."

밖에서 한참이나 대화를 나누고 나서야 매장 안으로 안내를 받았다. 이곳 매장이 처음인 데이비드는 매장을 둘러보며 걸음을 옮겼다. 제프 우드의 건물이라고는 하나, 전과 비교할 수 없을 정도의 크기였다. 게다가 전에는 매장에 온 고객을 한 번도 본 적 없었는데, 지금 로비에는 고객들로 보이는 사람들이 기다리는 중이었다. 지금도 옷을 만들고 있는지 익숙한 재봉틀 소리가 들렸다. 이제는 정말 숍 같은 분위기가 물씬 풍겼다.

엘리베이터를 타고 사무실에 올라왔고, 문이 열리자마자 익숙한 얼굴이 보였다.

"왔냐?"

"허허, 오랜만이네. 마르키시오."

그때, 자신을 안내했던 딜란이 웃는 얼굴로 입을 열었다.

"친구분이 있는 곳이니 내 숍이다 생각하시고 편하게 계십쇼. 저는 일이 있어서 이만."

자신의 자리로 가는 딜란을 보던 세운은 조용하게 속삭였다.

"저 사람이 너 좋아하는 모양이더라."

"그런가?"

"너 언제 오는지 계속 물어보고 자기가 마중 나간다고 그러더라고."

"허허, 영광이네."

"영감, 웃음소리는."

"그나저나 홍 디자이너한테도 인사를 해야 하는데."

"작업실에서 작업 중이야. 사람들 일하니까 내 작업실로 가자."

세운은 피식 웃고는 작업실로 데이비드를 안내했다. 작업실에 들어간 데이비드는 작업 중인 홍단아에게 먼저 감사 인사부터 했다. Mommy 시리즈의 일등 공신이니 당연했다. 항상 세운을 통해 연락을 했기에 직접 인사를 나누는 건 처음이었다. 하지만, 언어 문제로 마음만 전해야 했다.

작업실에서 한참 대화를 나눈 뒤 데이비드가 자리에서 일어났다.

"한국에 온 김에 그냥 가기는 그렇고. 우진 디자이너를 만나고 가려고 하는데, 같이 갈 수 있나?"

"그럼, 요즘 숍에서 내가 제일 한가하거든. 바로 가자. 샘은?"

"이번엔 샘 없이 왔네, 허허."

"혼자?"

"혼자는 아니네. 하지만 개인적인 일인데 다 데리고 올 순 없으니까 혼자 왔네. 대영에서 한국에 있는 동안 차까지 마련해 줘서 편하게 왔으니까 걱정하지 말게."

"유명하니까 좋네. 가자. 홍단아, 잘 지키고 있어. 나 우진이 병원 다녀올게."

작업실을 나간 후 데이비드는 I.J 식구들과 인사를 나눴다. 그리고 딜란과도 인사를 나누려 했는데 자리에 보이지 않았다. 그러자 세운이 매튜에게 질문했다.

"대표 어디 갔어?"

"뒤 보시죠."

"뒤? 뭐야……. 어제부터 창가에서 뭐 하는 거래."

딜란은 테일러들에게 부탁해서 만든 치마바지를 위로 들어 올린 채 혼자 중얼거리고 있었다.

"후, 정말 이상한 사람이야. 알지? I.J에 전부 멀쩡한 사람만 있는 거. 저 사람이 이상한 거니까 오해하지 마라."

"저게 뭔가?"

"저거 우진이가 병원에 있으면서 디자인한 거야."

"허허, 병원에서도 쉬질 않는군. 인사나 하고 가지."

데이비드는 웃으며 창가로 향했다. 딜란은 그제야 웃는 얼굴로 들고 있던 치마바지를 내려놓고선 입을 열었다.

"치마바지가 제대로 만들어졌는지 살펴보던 중입니다. 하하."

"그렇군요. 바쁘신 거 같은데 방해를 한 건 아닌지."

"아닙니다, 하하. 제가 디자이너가 아니라서 잘 모르겠는데, 원단이 너무 얇은 거 같고 비치는 거 같기도 하고. 한번 봐주시겠습니까?"

데이비드도 우진의 디자인이라는 말에 내심 궁금해져 바로 수락했다. 디자인은 크게 특별하지 않았다. 때문에 데이비드는 우진이 회복하며 컨디션을 끌어올리기 위해 연습한 작품이라고 생각했다. 그래도 디자인에 대해서 물어본 건 아니었기에 그걸 말할 필요는 없었다. 데이비드는 치마바지를 다시 건네주며 입을 열었다.

"빳빳한 원단을 사용하면 주름이 없어서 앞치마처럼 보일 수도 있는데, 원단 선택이 훌륭하네요."

"그렇습니까? 하하, 봐주셔서 감사합니다. 아, 병원 가셔야죠? 바쁘실 텐데 제가 괜한 부탁을 드린 거 같아 죄송하네요."

"허허, 아닙니다."

딜란은 웃으며 손을 내밀었다. 아까 세운을 통해 자신을 좋게 본다는 걸 안 데이비드도 웃으며 그 손을 마주 잡았다.

*　　　　*　　　　*

로젤리아는 딜란 때문에 머리가 터질 것 같았다. 아무리 생각해 봐도 도무지 무슨 생각을 하고 그런 메일을 보냈는지 쉽게 파악되지가 않았다. 그때, 딜란을 관찰하라고 보낸 사람들에게서 사진이 도착했다. 한국에 도착하자마자 찍은 딜란의 사진을 수시로 보내고 있었다.

"하…⋯. 이 표정도 오랜만이네."

"그러게. 저번에 봤을 때만 해도 계속 억지로 웃고 있었는데."

로젤리아는 따로 뽑아놓은 디자인을 보며 인상을 찌푸렸다. 자신에게 보여주지 말라고 한 건 수작을 부리는 거라고 느끼고 있었지만, 진지한 표정을 보니 생각이 많아졌다. 아주 오래전 함께 일했을 때나 보여줬던 표정이었다. 누구보다 진지하고 열정적인 모습, 딱 그때의 모습이었다.

십 년을 넘게 가면 쓴 것처럼 살아온 딜란이 돌아왔다. 무슨 방법을 써도 돌아올 것 같지 않았건만. 사진 속 표정이 반갑기도 했고, 서운하기도 했다.

로젤리아는 손에 들고 있는 디자인을 물끄러미 봤다. 딜란을 돌아오게 만든 디자인치고는 너무 평범했다. 도대체 딜란이 여기서 뭘 봤길래 저러는지 알 수가 없었다. 머릿속에서 치마바지가 떠나질 않았다.

"당신이 보기에는 어때?"

"나야 봐도 모르지. 당신 오빠가 디자인은 디자이너에게 맡기고 우리들은 어떻게 팔지만 생각하면 된다고 그랬잖아."

"그러니까 당신이 보기에는 팔릴 거 같아?"

"음… 팔리긴 잘 팔리겠지. 디자인은 제쳐두고 이름만으로도 이슈가 될 거야. 소속 디자이너들의 디자인이 아니라 다른 브랜드 디자이너와의 최초 합작이니까. 우리로서는 처음이잖아. 이슈 몰이로 홍보 효과는 엄청나겠지. 게다가 그 디자이너가 아제슬 디자이너니까 효과는 배가 될 테고. 그럼 당신이 보기에 디자인은 어때?"

로젤리아는 쉽게 대답하지 못했다. 하도 봐서 눈에 익어서인지 쉽게 판단이 서질 않았다. 그때, 갑자기 메일이 또 도착했다. 밤에 사진을 받은 건 처음이었다. 보통 아침에 메일을 보냈는데 갑자기 밤에 도착한 것이다. 마이클은 곧바로 사진을 다운받았다. 그리고 파일을 클릭했고, 그 사진을 본 로젤리아는 인상을 찌푸렸다.

"데이비드 모리슨?"

마이클은 곧바로 인터폰을 통해 비서에게 데이비드의 일정을 알아 오라고 지시했다. 잠시 뒤, 직원이 데이비드의 일정을 알아 왔다.

"토트백 때문에 한국에 갔다가 들른 모양이네."

로젤리아는 말없이 사진을 넘겼다. 그러다가 딜란이 자신들에게 보냈던 치마바지를 들고 뭔가를 열심히 설명하는 듯한 사진이 보였다. 비슷한 사진들이 많았기에 전부 넘겨 버리던 로젤리아가 움직임을 멈췄다.

"데이비드한테 보여주고 있는 거야? 정말 우리한테 예의상 보낸 건가?"

"악수까지 한 걸 보면 얘기 끝난 거 같네. 하긴 딜란도 헤슬하고 일하는 게 편하긴 하겠지. 그동안 I.J가 계속 헤슬하고 일했잖아. Mommy 시리즈도 그렇고."

사진을 보자 마이클은 딜란이 다른 곳과 해도 된다고 했던 말이 그냥 해본 소리가 아니란 걸 알 수 있었다. 자신들이 답변도 없이 재고만 있었던 게 실수였다. 아쉽긴 하지만, 이미 헤슬에게로 기운 것처럼 보였다.

그때, 얼굴을 씰룩거리던 로젤리아가 입을 열었다.

"지금 당장 출발할 수 있는 한국행 티켓 알아봐 줘."

"가려고?"

"상도덕이 있지. 우리랑 얘기 중이었잖아. I.J에 내가 직접 출발했다고 알려줘. 우리가 헤슬하고 만난 거 모르고 있는 줄 알 테니까, 내가 직접 한국 가서 얘기하려고 답변 안 줬다고 둘러대고. 그 정도면 충분하지?"

"진짜 갈 모양이네. 후… 알았어. 혼자는 안 되고 비서 데리고 가."

"알아서 해줘. 최대한 빠르게."

이미 마음을 정한 로젤리아의 모습에 마이클은 고개만 끄덕였다.

*　　　　*　　　　*

다음 날. 일주일에 한 번씩 병실에 찾아오던 딜란이 며칠 되지도 않았는데 또다시 찾아왔다.

"아직 디자인 못 그렸는데요."

"하하, 알죠. 오늘은 단지 병문안."

단지 병문안이라는 말이 더 불안했다. 그런데 정말 딜란의 입에서 디자인에 대한 얘기가 한 번도 나오지 않았다. 평소 궁금했던 숍 식구들이 어떻게 지내는지도 얘기해 줬고, 테일러들의 실력이 갈수록 늘고 있다는 얘기도 해줬다. 계속 그런 대화만 나누다 보니 우진도 어느새 마음이 편해졌다.

"다들 티에리 교수님한테 혼나진 않아요?"

"그분한테 칭찬받는 게 더 이상하지 않나요?"

"그러네요. 다들 알아야 할 텐데. 예전에 처음 쓰레기란 말 듣고 진짜 우울했었거든요."

"하하, 걱정 안 해도 될 거예요. 우리 디자이너들 그 말 하도 많이 들어서 이제 익숙할걸요?"

익숙해졌을 정도로 안 좋은 말을 들었을 테일러들을 생각하니 안쓰럽긴 했다. 그래도 실력은 일취월장으로 늘고 있다는 말에 조금은 안심이 됐다.

한참 딜란과 대화를 나누다 슬슬 대화가 끊어질 때쯤, 딜란이 평소와 다르게 조심스럽게 입을 열었다.

"음, 곧 있으면 로젤리아에서 사람이 올 거예요."

"벌써요? 제 디자인 보고 뭐라고 그랬어요?"

우진은 그들이 자신의 디자인에 대해 어떤 평가를 내렸는지가 궁금했다.

"아직 답변은 없었지만, 좋으니까 찾아오겠죠, 하하."

"답변도 안 왔다면서 온다는 건 어떻게 알아요?"

"와서 얘기하겠다는 답은 왔죠. 안 좋은데 먼 곳까지 올 리는 없고, 하하."

딜란은 가볍게 웃고 나서 다시 말을 이었다.

"예전에 저에 대해서 알아보셨죠? 그럼 로젤리아 힐이 제 동생이란 것도 아시겠죠?"

"아, 네."

"이번에 로젤리아가 직접 올 겁니다."

우진은 진심으로 놀랐다. 제프 우드와 데이비드에 이어 이제는 로젤리아까지. 현재 명품으로 유명한 곳들의 대표 디자이너들을 전부 만나보게 되어 기뻤다. 하지만, 이내 병원에 있는 자신의 현실을 깨달았다.

"아, 아쉽네요. 제가 병원에 있어서……."

"그래서 말을 한 겁니다. 아마 내일은 저와 만날 테고, 늦어도 이틀 후에 직접 찾아올 겁니다."

"병원으로요?"

"네. 놀라지 마시라고 미리 말씀드리는 겁니다."

딜란은 피식 웃고선 말을 이었다.

"굉장히 직설적이거든요. 가장 먼저 꺼낼 말은 아마, 최고로 대우해 줄 테니 로젤리아 소속이 되라고 회유하는 것이거나, 아니면 일에 대한 얘기일 겁니다. 대답하기 힘드신 건 전부 저한테 넘기시면 됩니다. 기분 나빠하지 말라고 미리 알려주는 거고요. 하하, 다 저 보고 배운 거라서. 하하."

우진은 피식 웃었다. 평소라면 저 말에 무슨 뜻이 담겨 있는지 알쏭달쏭했을 텐데, 지금은 그러지 않았다. 혹시 가족이 밉보이진 않을까 걱정하는 모습처럼 보였다.

"거절한다 해도 뒤끝은 없을 겁니다. 그리고 디자이너님을 계속 떠볼 겁니다."

"교수님… 아니, 대표님처럼요?"

"하하, 저한테는 안 되죠. 그냥 저 따라 한다고 보시면 됩니다. 하하, 아마 디자인을 보고 싶어 할 겁니다. 자기 눈으로 직접 확인하고 싶어 할 게 분명하거든요. 다른 디자인은 앞으로 복귀 후에 사용할 디자인들이니까 절대 보여주면 안 됩니다. 딱 처음에 그린 디자인만 보여주면 됩니다. 아예 스케치북을 숨겨두세요. 하하."

딜란이 확신에 찬 얼굴로 말하는 걸 보면서 우진은 일단 고개를 끄덕였다. 그 뒤로도 한참이나 로젤리아의 험담을 하던 딜란이 잠시 말을 멈췄다. 그러고는 실실 웃는 얼굴이 아닌 기분 좋은 미소를 짓고선 입을 열었다.

"욕심이 많은 녀석이죠. 물론 나쁜 점도 있지만, 좋은 점도 있어요. 욕심이 얼마나 많은지, 한번 들어온 사람이 나가는 꼴을 못 봐요, 하하. 알고 보면 좋은 녀석인데… 처음 보면 이득만 챙기려는 것처럼 보여 불쾌할 수도 있습니다. 혹시 디자이너님도 그럴까 봐 미리 말씀드리는 겁니다."

동생이 밉보일까 봐 걱정하는 모습에 우진은 미소를 지으며 고개를 끄덕였다.

*   *   *

한국에 온 로젤리아는 빠듯하게 잡아놓은 약속 시간 때문에 곧바로 I.J로 향했다. 꽤 깔끔해 보이는 거리에 매장들이 수두룩했다. 차에서 내린 로젤리아는 그런 거리를 천천히 둘러봤다. 깔끔하긴 하지만, 따로 본사 없이 매장 하나만으로 운영한다는 말을 들었다. 자신이 아는 딜란과는 어울리지 않는 곳이었다.

로젤리아는 I.J 매장을 한번 훑어보고는 안으로 들어섰다. 미리 약속을 잡아놓은 상태였기에 매니저라는 사람이 자신을 맞이했다. 그 사람을 따라 엘리베이터를 타고 올라갔고, 문이 열리자마자 오랜만에 보는 얼굴이 눈에 들어왔다.

"먼 곳까지 직접 오실 줄은 몰랐네요."

로젤리아는 얼굴을 찡그렸다. 보자마자 화를 내려고 했는데 딜란이 딱딱한 말투로 선을 그었다. 그 모습에 일단은 마음을 가다듬고 입을 열었다.

"오랜만이네요. 딜! 란! 에! 반! 스!"

로젤리아는 사무실 한쪽에 마련된 방으로 안내받았다. 안내받은 곳은 숍과 어울리는 곳이 아니었다. 소파는 아니더라도 마땅한 의자도 없어서 함께 온 비서는 서 있어야 할 판이었다. 딜란은 비서에게 플라스틱 의자를 내주었고, 자신도 플라스틱 의자에 앉았다.

　"이상한 취미가 생겼네. 아니면 원래 이런 곳인 건가요?"

　"고객들을 위한 서비스의 일종이죠. 여기가 불편하면 밖으로 나갈까요? 따로 조용한 장소가 없어서, 하하."

　로젤리아는 빈 공간에 딸랑 하나 놓인 미용 의자를 한번 쳐다보고선 이내 고개를 돌렸다. 독특하긴 하지만, 저기에 신경을 쓸 겨를이 없었다.

　"그럼 시간 끌 거 없이 일 얘기부터 하죠."

　"그럴까요? 로젤리아 측에서 답변을 안 주셔서 걱정했는데 이렇게 직접 찾아올 줄은 몰랐네요."

　"만나서 얘기하는 게 더 나을 거라고 판단했습니다."

　"하하, 당연히 그렇죠. 우리 역시 로젤리아라면 그럴 거라 예상하고, 기다리고 있었습니다."

　로젤리아는 속이 부글부글 끓어오르고 있었다. 헤슬과 접촉한 걸 뻔히 아는데 동생인 자신에게까지 아무렇지도 않게 천연덕스러운 얼굴로 거짓말을 하고 있었다. 여기서 화를 냈다가는 한도 끝도 없이 끌려다닐 걸 알기에, 그녀는 애써 미소를 지었다.

　"직접 보고 판단하는 게 로젤리아니까요."

　"하하, 그렇죠. 그럼 제품에 대해 설명부터 들어보시겠습니까?"

"그러죠."

딜란은 다시 일어나더니 밖으로 나갔다. 그리고는 자신과 안면이 있는 사람과 함께 돌아왔다.

"I.J에서 MD를 맡고 있는 매튜 씨입니다. 혹시 아실지 모르겠네요."

"오랜만에 뵙습니다."

"매튜 씨가 이곳에 있다는 얘기는 듣긴 했는데, 직접 보니 느낌이 묘하네요."

로젤리아는 매튜까지 직접 보게 되자 I.J가 도대체 어떤 곳이기에 저런 사람들이 자리 잡은 것인지 궁금해졌다. 로젤리아가 매튜와 딜란, 두 사람을 가만히 살필 때, 매튜가 치마바지를 들어 올렸다.

"완성품으로 보는 건 처음이실 겁니다."

"이미 머리로 수백 번 만들어봤어요."

"I.J가 로젤리아에게 협약을 제안한 이유는 이 옷에 있습니다. 우리 I.J에서는 맞춤보다는 대량생산에 어울리는 디자인이라고 판단했습니다."

"그러면서 헤… 후, 계속해 봐요."

하마터면 헤슬이란 말까지 나올 뻔했다. 매튜와 딜란, 둘 모두 어떻게 얼굴색 하나 변하지 않고 저러는지 무척 괘씸했다. 매튜는 설명을 이어나갔고, 설명 도중 완성품을 건네주었다. 치마바지를 받아 든 로젤리아는 제품을 살폈다.

＊   ＊   ＊

치마바지를 직접 보니 더 평범했다. 바지가 기존 치마바지보다 더 평퍼짐한 느낌이 조금 특이할 뿐이었다. 만약에 바지가 아니라 치마였다면 바람이 조금만 불어도 치마가 하늘로 날아 올라갈 것처럼 보였다. 이리저리 살펴봤지만, 실제로 보니 약간 특이한 것 말고는 다른 걸 찾아볼 수가 없었다. 그때 매튜가 설명을 끝냈고, 딜란이 곧바로 입을 열었다.

"로젤리아 씨는 어떻게 보셨습니까?"

평소였다면 있는 그대로 말을 했을 텐데, 상대가 딜란이다 보니 생각이 많아졌다. 게다가 저 디자인을 헤슬의 디자이너 데이비드가 만족했다는 게 마음에 걸렸다.

로젤리아가 명품으로 이름을 날리고 있다지만, 개인의 평가는 언제나 제프 우드와 데이비드보다 밑이었다. 여성복 전문이라 상대적으로 좁은 시장 때문에 그런 평가를 받는 것이었지만, 로젤리아는 내심 신경이 쓰였다. 데이비드가 본 걸 자신이 못 보고 있다는 게 무척이나 자존심 상했다. 게다가 지금도 딜란이 이상한 미소를 지은 채 자신을 보고 있었다.

"IJ 고유 패턴으로 만든 건가요?"

"아! 그건 아닙니다. 이렇게 평퍼짐한데 그럴 이유가 없죠."

"그럼 IJ 특유의 편안함?"

"물론 편안하겠죠, 하하."

로젤리아 이름으로 판매하게 되면 팔리기는 팔릴 것이었다. 다만 저것만으로는 부족했다. 마음 같아서는 당장 계약을 하고 차후에 알아보고 싶었지만, 자신의 위치상 그럴 순 없었다. 때문에 로젤리아는 함께 온 비서에게 치마바지를 넘겨줬다.

"입어봐 줄래요?"

잠시 뒤, 비서가 치마바지를 입고 나왔다. 앞에서 보면 치마처럼 보였다. 바지 위에 덧댄 천 덕분에 펑퍼짐한 느낌도 없었고, 그냥 A라인 스커트로 보였다. 그런데 뒤를 돌면 너무 펑퍼짐했다. 안에 넣어 입은 블라우스 때문에 가뜩이나 펑퍼짐한 게 더 도드라졌다. 남방도 아닌 블라우스를 치마바지 밖으로 빼 입는 건 더욱 아니었다.

로젤리아는 계속해서 비서를 살폈다. 그렇게 한참을 살피던 중 그녀는 갑자기 비서가 벗어놓은 코트를 들어 올렸다.

"잠깐 걸쳐볼래요?"

비서가 코트를 걸치려 할 때, 갑자기 딜란의 목소리가 들렸다.

"역시 로젤리아답군요."

로젤리아는 또 무슨 꿍꿍이인가 싶어 대답 없이 딜란을 봤다. 딜란은 씨익 웃더니 매튜를 보며 고개를 끄덕였다. 그러자 매튜가 밖으로 나가더니 곧바로 재킷을 들고 왔다.

"사이즈는 안 맞을 테니 느낌만 한번 보시죠."

딜란이 직접 비서에게 재킷을 입혀줬다. 그러고는 만족스럽다는 얼굴로 로젤리아에게도 보라는 듯 비서를 가리켰다. 로젤리아는 비서의 뒷모습을 가만히 쳐다봤다. 치마바지를 실제로 보니 뭔가 부족해서 함께 팔 수 있는 아이템을 생각했고, 지금과 같은 재킷이 떠올랐다. 그런데 이미 어울리는 재킷이 있었다.

허벅지까지 내려오는 롱 재킷은 치마와 다르게 타이트했다. 치수가 안 맞아서 그럴 수도 있었지만, 저렇게 입혀놓자 재킷 밑으로 보이는 바지가 마치 주름치마 같은 느낌이 들었다. 그리고 그 주름치마 같은 모습이 밋밋해 보이는 재킷을 커버해 주고 있었다. 딱 봐도 재킷과 치마바지가 한 벌이었다.

로젤리아도 어느 정도 눈치를 챘듯이, 시간만 있었다면 지금 보고 있는 제품과 비슷한 디자인을 내놓았을 것이다. 딜란도 그럴 것을 알고 빠르게 원래 있던 한 벌을 공개한 것일 테고. 딜란의 꿍꿍이를 파헤쳤다는 생각이 들자 웃음이 나왔다.

"원래 한 벌이었군요? 안 그래도 조금 부족하다 싶었죠."

"하하, 역시 여성복 최고 디자이너로 꼽는 이유가 있군요. 일단 사과 먼저 드리겠습니다."

로젤리아는 피식 웃으며 딜란의 말을 기다렸다.

"I.J에 대해서 알아보고 오셨겠죠? 그럼 임우진 디자이너가 병원에 있는 것도 아시죠?"

"네, 얘기해 보세요."

"그 임우진 디자이너가 오랜 시간 동안 고민한 디자인입니다. 그런 디자인을 아무에게나 넘겨줄 순 없었습니다. 기왕 맡긴다면 어떤 옷인지 제대로 파악하고 알아봐 줬으면 하는 바람에 본의 아니게 실례했습니다. 사실 다른 사람에게도 보여준 적은 있습니다. 하지만, 로젤리아 씨처럼 알아보진 못하더군요."

로젤리아는 알아보지 못한 사람이 데이비드라고 생각했다. 지금까지 데이비드만 디자인의 진가를 알아본 게 아닐까 생각했는데, 반대로 자신만 알아봤다는 사실을 알게 되자 딜란 때문에 올라와 있던 화가 사그라졌다.

"재킷과 치마바지. 한 벌로 보니까 어떻게 보이십니까?"

"좋네요. 조합이 좋아요. 재킷을 슬림하게 만들어 치마를 잡아준다? 보통 재킷과 치마가 같이 가는 경우가 많은데, 조금 신선하네요. 뭐, 재킷을 벗었을 때가 걱정이긴 한데 그건 사소한 문제니까요."

"그렇죠. 옷이란 게 갖춰 입었을 때 완성되는 거 아니겠습니까? 하하."

딜란과 로젤리아의 대화가 이어졌다. 매튜는 대화를 하고 있는 딜란을 봤다. 아무리 가족이라고 하나 이 정도까지 예상이 가능한 건가 싶었다. 딜란의 시나리오에서 한 치의 오차도 없이 그대로였다.

처음 제안서를 보낸 것부터 이상했다. 정식으로 제안한 것도 아니고 로젤리아 대표의 메일로 직접 보내 버렸다. 게다가 기껏 준비했더니 제안서에서 재킷을 빼버렸다. 그러고는 로젤리아가 직접 한국으로 올 거라고 했는데, 그녀가 정말 와버렸다. 게다가 로젤리아는 딜란의 말 몇 마디로 굉장히 기분 좋은 얼굴을 했다.

딜란은 정식으로 계약해도 가능하겠지만, 최대한 빠른 시간에 최대한 많은 이득을 챙기기 위해서는 로젤리아를 직접 만나는 게 가장 좋은 방법이라고 했다. 그리고 그런 계약을 맺기 위해선 자신이 필요하다고 했다. 매튜가 생각에 빠져 있을 때, 로젤리아의 입에서 계약에 대한 말이 들렸다.

"이렇게 되면 완전 OEM이나 다름없어 보이는데. 로젤리아가 공장도 아니고, 조건이 I.J에 너무 유리한 거 같은데요?"

"하하, 유리한 건 아니죠."

"맞는 거 같은데, 우리만 손해 보는 거 같은데요?"

"아닙니다. 보시면 아시겠지만, 우리는 디자인만 넘길 뿐 일절 상관하지 않아요. 어떻게 판매하든, 얼마에 판매하든 절대로 신경 쓰지 않는다는 조건이죠."

이것 역시 딜란의 생각이었다. 욕심이 많은 로젤리아라면 맞춤옷이 아니어도 분명히 아제슬보다 비싸게 받을 거라고 했다. 그렇게 되면 브랜딩에 비해 낮은 가격을 올리기가 편해진다. 그리고 만약에 문제가 생겨도 로젤리아가 방패막이 될 거라고 했다.

가족이란 점까지 이용하는 모습이 차가워 보였지만, I.J에 이득이 되다 보니 매튜 역시 딜란의 결정에 찬성했다. 두 사람의 공방전은 한참 계속됐다. 결국 로젤리아는 자신이 대표가 아니라는 핑계로, 로젤리아 본사에서 회의를 통해 알려준다며 마무리 지었다. 매튜는 그 말에 피식 웃었다. 저 말 역시 딜란의 예상대로였다.

계약에 대한 설명을 전부 마친 딜란은 갑자기 다리를 꼬았다.

"이제 끝났네. 로젤리아, 어떻게 한국까지 왔어?"

"뭐죠? 난 아직 안 끝났는데요?"

"하하, 반가운 거 참느라 혼났는데 좀 봐줘. 한국에서 보니까 더 반가운데?"

로젤리아는 너스레를 떠는 딜란을 보며 고개를 저었고, 그 모습을 지켜보던 매튜 역시 고개를 저었다. 자신에게 말은 안 했지만, 딜란의 저 행동 역시 전부 계산된 것처럼 보였다. 그러다 보니 오히려 로젤리아가 불쌍해 보였다.

*   *   *

우진은 매튜에게서 로젤리아가 I.J에 왔다는 얘기를 들었다. 그런데 대화 대부분이 로젤리아가 아닌 딜란에 대한 이야기였다. 가족까지 이용한다느니, 피도 눈물도 없이 그저 돈 버는 기계 같다고 했다. 딜란에 대해서 단단히 오해하고 있었다. 하지만 매튜가 아니라 누가 됐더라도 오해하고도 남을 일이었다.

딜란에게서 로젤리아에 대한 얘기를 들었던 우진으로서는 당연히 아니라는 생각이 들었다. 자신이 느끼기에 그는 동생인 로젤리아도 굉장히 아끼고 있었다. 숍이 정확히 어떻게 돌아가는지 모르겠지만, 자신이 생각하기에는 아마 로젤리아도 얻는 것이 있을 것 같았다.

우진은 복잡하게 생각하기 싫다는 듯 가볍게 머리를 흔들었다. 어떻게 됐든 왼쪽 눈으로 보고 그린 디자인이 아닌 온전히 자신의 머리에서 나온 것이었다. 아직 결과가 나오지는 않았지만, 자신의 디자인 때문에 유명한 디자이너가 한국에 왔다는 점만으로도 무척 기뻤다. 그런 생각에 우진이 웃고 있자 옆에 있던 어머니가 같이 웃으며 물었다.

"매튜 그 사람이 무슨 좋은 말 했어?"

"그런 건 아니고요. 아직 확실하진 않아서요."

말을 이어가려던 우진은 어머니가 아들 자랑에 여기저기 말할 거라는 생각이 들어 입을 다물었다. 확실히 정해지고 나서 말해도 늦지 않았다.

"매튜하고 통화만 하면 웃네."

"하하, 남들은 재미없다는데 전 재밌어요."

"엄마는 사실 처음 봤을 때, 조금 그랬어."

"왜요?"

"엄청 퉁명스럽잖아. 그래도 아들하고 잘 지내서 다행이야. 그러고 보니 벌써 이 년이 다 돼가네. 혼자 지내기 외로울 텐데. 우진이 너도 잘 챙겨줘. 그 사람, 집에는 가?"

바쁘기도 했지만, 가족이 미국에 있다 보니 거의 2년 동안 가족을 못 봤을 것이었다. 다른 사람들은 바쁘더라도 한국에 가족이 있으니 명절 같은 날에 만나곤 하는데, 매튜는 그러지 못했다. 올해 추석은 일이 바빠 아예 신경 쓰지도 못했다. 작년 추석에 직원들 가족 옷을 만들어줬을 때도 매튜만 제외됐다. 우진은 매튜에게 가장 고마워하면서도 가장 신경을 못 쓰고 있다는 걸 깨달았다. 매튜를 생각하던 우진은 가만히 휴대폰 달력을 봤다.

'추수감사절 얼마 안 남았네.'

*   *   *

다음 날, 우진은 로젤리아까지 만나게 됐다. 병원에서 배려를 해줘서인지 아니면 환자가 없어서인지 모르지만, 우진 혼자만 병실을 사용하고 있어서 유명한 사람이 방문했음에도 문제는 없었다. 다만 로젤리아와 첫 대면이다 보니 굉장히 어색했다. 딜란과 함께 올 줄 알았건만, 비서와 단둘이 찾아왔다.

할 얘기도 없어서 이제 그만 가줬으면 하는 마음이었는데 로젤리아는 계속 자리를 지키고 있었다. 가끔 나오는 말도 자신이 대답하기 어려운 말들뿐이었다.

"디자인이 꽤 괜찮더라고요. 나는 당장에라도 하고 싶은데 회사에서는 아닌가 보더군요. I.J에서 내건 조건이 조금 과해요. 제작부터 마케팅까지 전부 우리가 하고 I.J는 그냥 앉아서 돈 벌겠다는 소리로밖에 안 들리더군요."

"그건 제가 잘 몰라서요. 딜란 대표나 매튜 실장하고 얘기하시는 게 좋을 거예요."

우진은 딜란이 시킨 대로 대답했다. 우진은 대화를 할수록 딜란의 말대로 행동하는 로젤리아가 조금씩 편해졌고, 웃기기도 했다. 때문에 로젤리아라는 이름은 대단하지만, 그녀 자체는 어렵게 느껴지지 않았다.

"미안해요. 병원에 있는 사람한테."

"아니에요. 괜찮아요."

"그것도 병원에서 디자인한 거라고 들었어요."

고개를 끄덕이던 우진은 속으로 웃었다. 딜란의 말대로 다른 디자인을 궁금해하고 있는 것처럼 느껴졌다. 이미 전부 치워놨기에 보여줄 만한 게 없었다. 그때 로젤리아의 시선이 침대 옆에 놓아둔 스케치북으로 향했다.

*　　　　*　　　　*

스케치북에서 눈을 떼지 못하는 로젤리아의 모습에 우진은 피식 웃었다. 스케치북에는 밑그림을 그리다 만 스케치만 있었기에 봐도 상관없었다.

"병원에서 쉬라고 해서요."

"스케치북까지 옆에 놓고 쉰다고요? 저기 컬러드 펜슬도 있는데. 내가 디자인 훔쳐 갈 사람으로 보이나요?"

"그런 건 아니고요. 정말 그린 게 없어요."

로젤리아는 당당한 얼굴로 거짓말하지 말고 보여달라는 듯 말했다. 딜란에게 어떤 사람인지 들은 후 만나서인지, 나이도 많은데 떼쓰는 것처럼 보였다. 우진은 피식 웃고는 스케치북을 넘겨줬다. 로젤리아는 정말로 보여줄 줄은 몰랐는지 살짝 놀란 듯 우진을 봤다. 하지만 궁금한 마음이 컸기에 스케치북을 펼쳤다.

"정말 없네요."

"하하, 정말 없어요."

우진은 거짓말을 자연스럽게 하는 스스로가 웃긴지 피식 웃었다.

"그런데 이건 뭘 그리려고 했던 거죠? 구도만 보면 그냥 그림은 아니겠고. 일렬로 세운 거 보면 뭘 비교하려는 거였나요? 혹시 쇼?"

"쇼 아니에요. 그냥 그림이에요."

"키도 제각각. 체형도 다 다르고. 그냥 그림은 아닌 거 같은데요?"

스케치북 같은 장에 여러 체형의 인체가 그려져 있었나. 작년에 혼자만 선물을 받지 못한 매튜의 가족에게 줄 옷을 구상한 스케치였다. 매튜의 가족을 실제로 본 적이 없어서 여러 가지 체형을 그려놓은 것이었다.

"매튜 씨한테 추수감사절 선물로 드릴까 해서 그린 거예요."

"이렇게 뚱뚱하지 않던데요."

우진은 웃으며 대략적으로 스케치한 이유를 설명했다. 그러자 로젤리아가 뭔가를 가만히 생각하더니 입을 열었다.

"직원 가족까지 챙기는 건 우리로서는 상상할 수도 없네요."

"몇 명 안 되니까 가능한 거예요. 앞으로는 힘들 거 같아요."

로젤리아는 우진을 가만히 쳐다보더니 고개를 끄덕였다. 그러고는 갑자기 자리에서 일어났다. 우진이 이제 가려는 건가 생각하며 자신도 일어나려 할 때였다.

"딜란 역시 직원이죠?"

"네?"

우진은 로젤리아가 무슨 말을 하려는 건지 이해했다. 아니나 다를까, 로젤리아는 포즈까지 취한 모습으로 입을 열었다.

"직원 차별하고 그런 건 없는 거죠? 나도 가족인데."

우진은 어이없는 얼굴로 로젤리아를 쳐다봤다.

*　　　　*　　　　*

남편이자 로젤리아의 대표인 마이클에게 예상 판매량과 마케팅 전략에 대해서 들은 로젤리아는 다시 한번 딜란을 인정할 수밖에 없었다. 치마바지만 보여줬다는 걸 알고 난 후엔 아직까지도 자신을 시험하냐는 마음도 들었지만, 그것이 아니었다. 조합으로 변하는 디자인을 직접 보고 나니, 자신이라면 어떻게 할지, 치마바지와 롱 재킷만이 아닌 다른 건 없을지 등등 생각이 이어졌다.

회사에서 보내온 판매 전략만 하더라도 이번을 기회라고 판단하고 있었다. 패션업계는 기본적으로 경직되는 순간 도태되게 마련이다. 로젤리아는 도태까진 아니지만, 큰 변화 없이 현상 유지 중이었다. 우진의 디자인이 로젤리아 자체를 변화시키는 데 앞장설 거라는 판단이었다.

여러 조합을 내놓음으로써 소비자에게 선택을 하게 만들 생각이었다. 같은 치마바지에 다른 형태의 재킷. 한 벌 판매가 아니라 고객이 원하는 디자인을 직접 고를 수 있도록 하자는 의견이었다. 그렇게 되면 기본이 필요했고, 우진의 디자인이 가장 기본이 될 것이었다. 우진의 치마바지에 어울리는 재킷들이나, 우진의 재킷에 어울리는 하의까지. 거기에 더해서 우진의 디자인이 아닌 제품끼리도 서로 어울리도록 해야 했다.

그렇게 되면 I.J에서 조건으로 건 마진의 20%도 크게 부담스럽진 않았다. 모든 고객들이 우진의 디자인만 구매한다면 문제지만, 지금까지의 경험상으로는 절대 그럴 리 없었다. 그리고 우진의 디자인보다 더 좋게 만들 수 있다는 자신도 있었다. 물론 디자인을 뽑는 데 꽤 오래 걸리긴 하겠지만, 로젤리아의 디자이너들이라면 가능했다. 마이클과 회사 역시 같은 생각을 했고, 직원을 보낼 테니 계약을 확실히 하길 원했다. 봄 시즌에 판매를 시작하려면 지금부터 준비를 해야 한다고 했다.

자신이 아는 딜란이라면 여기까지 생각하고 자신들에게 그런 제안을 해왔을 것이 분명했다. 분명히 로젤리아에 도움이 되는 제안이었다.

"이럴 거면 그냥 돌아오지, 왜 다른 곳에서 저러고 있는 거야."

호텔방 창밖을 보며 혼잣말을 뱉은 로젤리아는 말과는 다르게 안쓰러운 얼굴이었다. 우진을 만나보니 딜란이 이곳에 있는 이유를 조금 알 것 같았다. 사진으로도 봤지만, 실제로 보니 훨씬 더 어려 보였다. 유명한 디자이너치고는 너무 어린, 딱 조카 정도의 나이였다.

로젤리아 역시 조카의 꿈이 디자이너란 것을 알고 있었고, 응원하기도 했다. 그런 조카의 사고 소식을 접했을 때, 자신 역시 한동안 힘들었다. 하지만 로젤리아의 이름으로 모인 사람들 때문에 딜란처럼 물러날 수도 없었다. 딜란만큼은 아니더라도 자신도 굉장히 힘든 시기였다. 그 모든 걸 버티고 기다렸는데 로젤리아가 아닌 다른 곳을 갔다는 얘기에, 서운함을 넘어 화까지 났다.

그런데 우진을 만나고 나니 어느 정도 이해됐다. 자신도 조카 생각이 나서 옷까지 만들어달라고 했다. 자신도 이럴 정도이니, 딜란이라면 우진을 통해 조카인 닉을 보고 있었을 것이다.

하지만 냉정하게 본다면 양측 모두에게 도움이 될 것 같진 않았다. 자신도 모르게 우진에게서 닉의 모습을 찾으려 할 테고, 그건 아무리 딜란이라고 해도 조금은 드러날 것이 분명했다. 그걸 우진이 어떻게 받아들이냐는 문제가 아니었다. 시간이 지나 우진이 닉이 아니라는 현실을 깨닫는 순간이 문제였다. 교수를 하며 위태롭게 버티던 딜란이 또 무너져 버릴 수도 있었다.

그렇게 되면 딜란은 딜란대로 힘들고, 대표인 딜란이 사라져 버린 I.J는 I.J대로 힘들 게 분명했다. 모든 일을 딜란의 지시대로 했을 텐데, 당사자가 빠져 버리면 흔들리는 건 당연했다. 로젤리아 역시 무척이나 힘들었기에 누구보다 잘 알고 있었다.

그래서 서로 원망하기 전에, 서둘러 딜란을 로젤리아로 데리고 가고 싶었다.

*　　　　*　　　　*

우진은 공사 현장에 갔다가 병원에 잠시 들른 매튜에게서 로젤리아와 일이 어떻게 진행되는지 대충 들을 수 있었다. 이제는 자신 없이 돌아가는 회사 얘기를 듣는 게 익숙해졌다. 자세히 듣진 못했지만, 자신이 없어도 잘 굴러가는 숍 얘기 덕분에 마음은 상당히 편한 상태였다. 자신이 필요하다고 생각했는데 꼭 그렇진 않다는 걸 알고 나니 여유가 생겼다.

지금 우진에겐 숍이 어떻게 돌아가는지보다 매튜의 가족이 더 궁금했다.

"매튜 씨, 혹시 가족분들 사진 있으세요?"

"없습니다. 왜 그러십니까?"

"가족사진도 없어요?"

"선생님은 가족사진 있으십니까?"

그러고 보니 자신의 휴대폰에도 부모님 사진이 한 장도 없었다. 체형이라도 보고 스케치부터 그리려 했는데 수포로 돌아갔다. 깜짝선물을 준비해 주고 싶었는데 체형을 알려면 아무래도 얘기를 해줘야 할 것 같았다.

"저희 부모님은 괜찮으니 쉬시죠."

"그냥 있기 그래서 그래요. 제가 그림만 그리고 테일러분들한테 부탁하려고요."

"지금 테일러분들 바쁩니다."

"그러지 마시고, 집에 안 가신 지도 오래됐잖아요. 작년에는 못 해드렸고요. 매튜 씨만 특별하게 해드리는 것도 아니에요. 로젤리아 씨도 만들어주기로 했거든요. 내년에는 또 한국에 계신 분들만 만들어 드릴 거고! 그렇게 할 거니까 좀 알려주세요."

그 뒤로도 한참을 거절하던 매튜는 어쩔 수 없다는 듯 입을 열었다.

"아버지는 저랑 비슷합니다. 어머니는 170㎝ 정도 되고 조금 뚱뚱하십니다."

매튜는 우진의 스케치북을 가리키며 말했다.

"여기서 제일 뚱뚱한 사람 정도군요."

우진이 고개를 끄덕였고, 매튜는 아직 끝나지 않았다는 듯 말을 이었다.

"형들이 3명에 누나 2명 있습니다."

"네?"

다른 가족들까지 말하려는 모습에 우진은 오히려 자신이 미안해하며 막아섰다.

"이번엔… 부모님만 하셔야 할 것 같아요. 추수감사절 얼마 안 남았잖아요."

"알겠습니다. 그럼 형들에게는 2년 기다리라고 하겠습니다."

"꼭 그걸 말하실 필요는."

"농담입니다. 말로 설명하기보다는 사진을 보내달라고 할 테니 괜히 고생하지 마시고 보고 만드시죠. 그리고 아시겠지만, 새로운 디자인은 절대 안 됩니다."

우진은 매튜를 보며 약간 놀랐다. 매튜에게서 농담이라는 말을 들을 줄은 상상도 못 했다. 거의 2년 만에 처음이었다. 아무것도 아닌 일이지만, 조금 가까워진 것 같은 기분도 들었다. 그 뒤로 매튜는 처음에 사양하던 모습과는 정반대로 가족에 대해서 한참을 대화하고 일어났다.

매튜가 돌아간 뒤 병실에 혼자 남은 우진은 여유롭게 침대에 앉아 스케치북을 펼쳤다. 어머니도 대구 집에 들렀다가 저녁에 다시 오신다고 했으니 그때까지 시간이 많이 남았다. 다만 매튜의 가족사진이 없었기에, 들은 모습대로 밑그림을 그려볼 생각이었다.

한참 동안 펜을 잡고 있던 우진은 대상을 보지도 않고 상상만으로 그린다는 게 힘들다는 걸 새삼 느끼는 중이었다. 딱히 비교 대상도 없어서 우진은 일단 사진이 올 때까지 기다리는 게 낫겠다고 생각했다. 그럼에도 우진은 펜을 놓지 않았다. 그렇다고 펜이 움직이는 것도 아니었다. 스케치북 위에 올린 손은 처음과 그대로였다.

매튜의 가족이야 사진을 보고 만들면 될 것 같은데, 딜란의 가족인 로젤리아가 문제였다. 직업이 디자이너인 데다가 유명한 브랜드의 대표 디자이너에게 옷을 선물로 준다는 게 상당히 부담스러웠다. 왜 스케치북을 보여주고 그런 얘기를 했을까 후회했지만, 이미 늦었다.

왼쪽 눈으로 보이지 않았기에 필요한 정보를 얻고 싶었는데

묻기도 꺼려졌다. 같은 디자이너로서 자신만의 방법을 보여주고 싶지 않은 마음이었다. 하지만 지금까지 고객과의 대화를 통해 옷을 만들었는데 아무런 정보 없이 그 사람만의 옷을 만드는 것도 쉽진 않았다.

한참을 고민하던 우진은 휴대폰을 들어 올렸다. 로젤리아는 유명하니 SNS에서 작은 거 하나라도 건질 생각이었다. 로젤리아 공식 홈페이지도 아닌데 사진이 엄청나게 많았다. 대부분 로젤리아의 제품 사진이었다. 로젤리아 본인의 사진이나 모델들의 사진도 간혹 보이기는 했지만, 사람이 나온 사진이 확실히 적었다.

디자인을 구경하느라 시간이 꽤 오래 걸렸다. 하지만 아직도 얼마나 많이 남았는지 봐도 봐도 끝이 없었다. 그러던 중 꽤 오래된 것처럼 보이는 사진이 눈에 들어왔다.

"First? 뭐가 퍼스트지?"

한 20살 정도일 때 사진인 듯했고, 분위기를 보면 가족 여행처럼 보였다. 그 옆에는 굉장히 젊은 딜란까지 있었다. 우진은 딜란을 보며 피식 웃고는 로젤리아를 살폈다. 이때부터 디자인에 관심이 있는 것처럼 보였다. 20년쯤 전이다 보니 약간 촌스러웠지만 색감 자체는 굉장히 화려했는데 상당히 잘 어울렸다. 게다가 가족과 찍어서인지 다른 사진에서 볼 수 없었던 자연스러운 미소가 보였다. 그 미소를 보던 우진도 사진처럼 씨익 웃었다.

"이게 좋겠네."

*　　　　　*　　　　　*

우진의 병실에 그동안 숍 일로 바빠서 병문안을 오지 못했던 테일러들이 자리했다. 코트를 주문받고 있어서 굉장히 바쁠 텐데 여기까지 와준 게 고맙기도 했고, 쉬지도 못하고 병문안을 오게 해서 미안하기도 했다.

"병원에 있으셔서 걱정했는데 더 건강하신 거 같으세요."

"그래요? 계속 먹고 자고 해서 그런가 봐요. 안 바쁘세요?"

그 질문에 테일러들은 전부 우진을 보며 멋쩍게 웃었다. 그러다가 범찬이 대표로 입을 열었다.

"대표님이 일과 시간에만 일을 하라고 하셔서요. 그 시간 외에 일하고 있으면 쫓아내세요."

"그럼 엄청 밀리잖아요. 전에도 잠도 못 자면서 만들었는데."

"그게… 하하, 대표님이 말하지 말라고 했는데… 밀리면 밀리는 대로 만들라고 하셔서요. 고객들한테 기다리라고 하면 된다고 하셔서. 그래도 걱정하실 만큼 밀리진 않습니다. 전하고 크게 차이는 없어요. 시간 지나면 일 못 한다는 생각 때문에 일과 시간에 잡담도 안 하고 일하게 되더라고요, 하하."

우진은 전과 크게 차이가 없다는 말에 직접 보고 싶은 마음이 생겼다. 자신과 함께 있을 때는 야근을 밥 먹듯이 했는데 자신이 빠진 지금은 야근도 없고, 작업 속도도 차이가 나지 않는다는 말에 약간 민망했다.

범찬이 우진의 표정을 읽었는지 분위기를 바꾸려 입을 열었다.

"사실 오늘 온 건 병문안도 있는데 티에리 교수님이 과제를 내주셔서요. 저희들이 이번에 작업한 디자인 검사받고 오라고 하섰거든요."

"티에리 교수님이요?"

"네, 선생님한테 통과받고 오라고 하셨거든요. 그게 과제예요."

"가져오셨어요?"

범찬은 웃으며 준비해 온 서류철을 우진에게 건넸다. 우진은 테일러들의 실력이 얼마나 늘었을지 궁금한 마음에 급하게 서류를 펼쳤다. 비닐로 된 서류철에는 디자인이 가득했고, 우진은 일단 첫 장부터 주욱 살폈다. 잘했든 못했든 열심히 했다는 게 느껴져 뿌듯한 마음부터 들었다. 그러고는 다시 첫 장부터 제대로 보기 시작했다.

"이건 순태 씨 작품이에요?"

"작품까지는 아니고요……."

"우와, 그림 정말 많이 늘었어요."

"그런가요……? 계속 연습하는데도 그림은 정말 안 늘더라고요. 너무 어려워요. 그 뒷장 보시면 애니메이션으로 작업한 것도 뽑아 왔어요."

순태의 디자인은 얼핏 봐도 열심히 했다는 게 느껴졌다. 우진은 뿌듯한 마음으로 뒷장을 넘겼다. 아직은 부족한 부분이 많이 보이지만 전과는 비교할 수 없을 정도로 실력이 늘었다. 스케치에 자신의 생각도 잘 표현해 냈다. 우진이 티에리 교수에게 부탁하길 잘했다는 생각에 웃으며 볼 때, 순태가 멋쩍은 미소를 지으며 말했다.

"교수님이 제 손은 쓰레기라고… 언제든지 들고 다니다가 생각나면 곧바로 작업할 수 있도록 태블릿도 사라고 하셔서 그것도 하나 구매했어요."

"하하하, 잘하셨어요."

그 뒤로도 다른 테일러들의 디자인을 구경했다. 모두가 확실히 전과 비교할 수 없을 정도로 늘었다. 좋은 교수 밑에서 다들 열심히 배우다 보니 실력이 느는 게 눈으로 보였다. 게다가 현장에서 일하고 있어서 학교에서 수업만 듣는 학생들보다는 좋은 조건이었다. 다만 기존의 실력이 워낙 바닥이었기에, 아직까지는 다들 순태와 마찬가지로 미숙한 점이 보였다.

우진은 자신이 느낀 부분을 다 말해주고는 이번에 자신의 스케치북을 꺼냈다.

"다들 보여주셨으니까 제 거 보여 드릴게요."

"아! 안 돼요! 와, 점쟁인가······."

테일러들은 손을 젓더니 모두가 놀란 얼굴로 혀를 내밀었다.

"왜들 그러세요? 뭐가 점쟁이예요?"

"대표님이요. 대표님이 선생님께서 디자인 보여준다고 하면 보지 말라고 했어요."

우진은 피식 웃었다. 무슨 말을 어떻게 했는지 몰라도, 혹시 모를 문제를 미연에 방지하려는 듯했다.

"괜찮아요. 이건 대표님도 모르는 거예요."

테일러들은 어쩔 줄 몰라 하는 얼굴로 서로를 쳐다봤다. 보고 싶기는 하지만 딜란의 당부 때문에 고민하는 얼굴들이었다.

"선물로 드릴 거거든요. 지금 계신 분들은 내년에 받으실 수 있을 거예요."

"정말 봐도 되는 건지……."

"일단 그리기는 했는데 병원에 있다 보니까 어디 물어볼 사람이 없어서 답답해요. 한번 봐주세요."

"어휴, 저희가 무슨."

우진은 피식 웃고는 직접 스케치북을 펼쳤다. 그러자 서로의 눈치를 보던 테일러들도 스케치북을 쳐다봤다. 스케치북에는 로젤리아에게 줄 스케치가 그려져 있었다. 지금까지 그린 스케치 중 가장 빠르게 완성시켰음에도 딱히 수정할 부분이 보이지 않았다. 치수를 알 수 없었기에 스케치만 그렸지만 분명 잘 어울릴 것 같은 느낌이었다.

사진 속 로젤리아는 줄무늬 티셔츠를 입고 있었다. 목 부위에 단추는 있지만 카라는 없는 티셔츠였고, 가슴 부위는 커다란 하얀색 줄을 기준으로 연한 갈색, 연한 보라색, 연한 핑크색, 짙은 핑크색들로 줄을 이뤘다. 틱 & 틴 스트라이프와 얼터네이트 스트라이프를 섞어놓은 것처럼 보였다. 한국에서는 어린아이들이 주로 입었던, 그런 티셔츠였다.

바지는 진한 핑크색이었고, 주름으로 봐서는 데님이 아닌 면이었다. 몸에 붙는 걸 보면 스판덱스도 섞인 것처럼 보이는 바지였다. 티셔츠나 바지 모두 화려했지만, 로젤리아에게는 꽤나 잘 어울리는 모습이었다.

우진이 그린 스케치는 사진과 크게 다르지 않았다. 바지는 면 대신 핏을 살릴 수 있는 데님이었다. LJ 패턴으로 만들 생각이었기에 착용감은 오히려 좋을 거라고 확신했다. 그리고 티셔츠 역시 조금 변형했다. 똑같은 티셔츠였지만, 나이를 고려해서 카라를 넣었고 색상은 화려하면서도 조금은 단순하게 디자인했다. 하늘색 파스텔 톤을 기본으로 두기로 했다. 그리고 줄무늬 대신 불규칙적인 사각형을 프린트할 생각이었다. 그 사각형에는 사진에서 봤던 줄무늬 색들을 그려 넣었다.

매튜가 말한 대로 새로운 디자인도 아니었다. 대신 무난한 디자인을 색감으로 커버한 디자인이었다. 테일러들에게 스케치 볼 시간을 충분히 준 우진은 평가가 듣고 싶어졌다.

"어떤 거 같아요?"

"역시 최고세요."

"아, 그런 말 말고요. 정말 솔직하게요. 저도 솔직하게 말했잖아요."

첫 만남부터 지금까지 줄곧 자신을 어려워하던 테일러들은 선뜻 대답하지 못했다. 의논할 상대가 필요했기에 우진이 약간 답답해할 때, 범찬이 나섰다.

"레트로 아닌가요……? 약간 올드한 느낌인데 세련돼 보이기도 하고……."

"맞아요. 복고 느낌을 현대적으로."

"그런데… 제가 공부하기에는 이미 유행이 한 번 지나간 거로 아는데……. 티에리 교수님도 유행 주기라는 게 있다고 그러시더라고요. 빨라졌다고 해도 15년도에 한 번 유행했던 건데……."

"와, 공부 열심히 하셨네요."

"아닙니다."

우진의 진심 어린 칭찬에 범찬은 멋쩍은 미소를 지으며 머리를 긁적였다. 우진은 그런 범찬을 보며 기분 좋은 미소를 지었다. 범찬의 말처럼 패션에는 유행 주기가 있었다. 예전에는 20년으로 봤지만, 지금은 모든 게 빨라진 만큼 그 주기도 줄어들었다. 그래도 3년은 너무 일렀다.

우진 역시 다 알고 있었지만, 신경 쓰진 않았다. 유행도 유행이지만, 그 사람에 맞는 옷을 입었을 때가 가장 멋있다는 걸 왼쪽 눈을 통해 보았던 경험이 굉장히 컸다.

우진은 왜 그런 스케치를 그렸는지 설명하기 위해, 로젤리아의 SNS로 들어가 자신이 봤던 사진을 보여줬다.

"그럼 이 사진 한번 보세요."

휴대폰을 넘겨받은 테일러들은 그 사진을 한참이나 들여다봤다.

"어? 로젤리아… 아닌가요?"

"맞는 거 같은데."

우진은 웃으며 고개를 끄덕이자 테일러들이 좀 더 관심 있게 살폈다.

"와, 어렸을 때부터 남달랐네요. 지금 입어도 소화하기 힘들 거 같은데 엄청 잘 어울리네요."

"그러게. 스트라이프 간격만으로도 느낌을 달리 줄 수 있구나."

"이 사람 대표님 같은데?"

"어디? 어, 진짜네. 이때는 안 웃고 있네."

사진을 보며 신기해하는 것도 잠시, 모두의 입에서 잠시 디자인 공부를 한 결과가 나왔다. 우진의 스케치와 사진을 비교해가며 다른 점을 찾았고, 약간의 변형으로 다른 느낌을 준다는 걸 배웠다며 좋아했다. 우진은 그런 테일러들을 보고 피식 웃으며 입을 열었다.

"제가 직접 만들어 드리고 싶은데 보시다시피 그럴 수가 없어요. 바쁘신 거 아는데 이것 좀 부탁드려도 될까요?"

"네⋯⋯? 저희보고 로젤리아 옷을 만들라고요?"

"아체슬도 만들었잖아요."

"그건⋯ 고객들이 입는 거고⋯⋯."

우진은 자신도 좀 부담스러웠는데 테일러들은 오죽할까 싶었다.

"작업지시서도 다 작성했거든요. 그거대로 만들면 돼요."

우진이 미리 작성해 둔 작업지시서까지 건넸다. 그 작업지시서를 보던 테일러들은 눈을 껌뻑이며 우진을 봤다.

"치수 없는데요?"

"하하, 그건 직접 재야 해요."

"저희가요?"

"네. 제가 미리 말을 해드리고 싶은데, 저도 연락처를 몰라서요. 가족 선물이라 대표님한테 물어보는 것도 이상하고. 로젤리아 씨가 저한테 만들어달라고 했으니까, 그렇게 말하면 가르쳐 줄 거예요."

테일러들은 손에 들린 지시서를 가만히 들여다봤다. 처음부터 자신들에게 부탁할 모양이었는지 자신들이 알아볼 수 있도록 빼곡하게 글이 적혀 있었다. 정성껏 작성한 걸 보며 테일러들은 자신들도 모르게 만들어보는 시늉을 했고, 자신들끼리 디자인에 대해 의논하기도 했다. 병문안을 와서 옷에 대한 얘기뿐인

테일러들의 모습에 우진은 뿌듯한 미소를 지었다.

*　　　　　*　　　　　*

머칠 뒤. 로젤리아는 로젤리아 직원들과 I.J에 자리했다. 담당자들이 왔기에 자신이 나설 필요가 없었다. I.J는 I.J대로 얻는 것이 있었고, 로젤리아 역시 얻는 것이 있다 보니 계약은 일사천리로 이루어졌다. 로젤리아는 모든 진행 과정을 지켜봤다.

그때, 계약서에 사인을 마친 딜란이 로젤리아를 보고 피식 웃었다.

"왜 웃으십니까? 지금 일하는 자리 아닌가요?"

"사인했잖아, 하하."

로젤리아는 딜란이 제안한 이유를 알고 나서 마음이 풀린 상태였다. 때문에 로젤리아도 딜란을 보고 피식 웃었다. 딜란이 입을 열었다.

"바쁘겠는데? 똑바로 안 만들면 회사 거덜 나는 수가 있어."

"무슨 소리야?"

"모르는 척은."

로젤리아는 실실 웃는 딜란을 보며 인상을 찡그렸다. 딜란은 로젤리아에서 우진의 디자인을 기본으로 여러 가지 제품을 내놓을 거란 걸 아는 것처럼 말했다. 이미 알 거라고 예상했지만, 실실 웃는 얼굴의 딜란에게서 직접 듣자 자신도 모르게 얼굴이 굳어졌다. 딜란의 말은 아마 로젤리아의 디자이너들이 우진 한 사람에게 당할 수 있다는 소리처럼 들렸다.

"아무리 기본 베이스가 그 디자이너한테 있다고 해도, 우리 디자이너들이 한 명을 못 당할 거 같아?"

"하하, 무슨 말 하는 거야. 제품 똑바로 만들라고 한 말인데. 똑바로 만들어야지 안 그러면 환불하고 난리 난다? 하하."

로젤리아는 자신의 속내만 들킨 것 같아 인상을 찡그렸다. 옆에 직원들만 없었다면 욕부터 했을 것 같았다. 로젤리아는 딜란을 보며 고개를 젓고선 자리에서 일어났다.

*　　　*　　　*

로젤리아는 곧바로 일어나 미용실 문을 나섰다. 로비에서 봤던 매니저가 서성이는 게 보였다. 옷을 워낙 깔끔하게 입어서 인상적이던 사람이었다.

그때, 매니저가 다가왔다.

"저, 혹시 시간 되십니까?"

"음?"

매니저는 미용실 안쪽을 힐끔 보더니 입을 열었다.

"임우진 선생님이 디자인은 다 됐는데 치수가 필요하다고 하셔서요. 시간 되시면 잠시 치수 측정 가능할까요?"

로젤리아는 피식 웃었다. 단지 조카 생각이 나서 한 말이었는네 성발 준비했을 줄은 몰랐다.

"어디로 가면 되죠?"

"2층으로 안내해 드리겠습니다."

"가요."

준식은 왠지 대표에게 들키면 안 될 것 같은 기분에 다시 한 번 문틈을 쳐다봤고, 딜란과 눈이 마주쳐 버렸다. 불안하게 자신을 보며 웃고 있는 모습에 준식은 서둘러 자리를 피했다.

한편 미용실에 남은 딜란은 계약서를 보며 웃고 있었다.

"봄 시즌에 맞춰서 공개하려면 우리하고 일한다는 걸 최대한 빨리 홍보할 테고, 그럼 I.J 이름이 저절로 올라가겠죠. 거기에 맞춰서 가우스 게임까지 홍보 시작하면 돈도 안 들이고 가만히 앉아서 브랜딩이 되는 거죠."

"한국 속담에 공짜 좋아하면 대머리 된다는 속담 있습니다."

"하하, 그러면 나 대머리 안 되게 돈 좀 모아놓지 그랬어요. 뭘 하려고 해도 돈이 없으니까 이런 거죠. 하하."

매튜가 별 반응이 없자 딜란은 재미없다는 듯 시선을 돌렸다. 그러고는 열린 문틈을 봤다. 다들 내려갔는지 조용했다.

"무슨 옷을 만들까?"

매튜는 미간을 움찔거리며 딜란을 봤다. 도대체 어떻게 아는 건지 모르는 게 없었다.

"하하, 매튜 씨 가족분들은 무슨 옷 만들어준다고 그래요?"

"모릅니다. 아직 사진도 안 드렸습니다."

"역시! 당당해. 약간 서운하잖아요. 나만 모르게 쉬쉬거리니까. 내가 뭐라고 하는 것도 아닌데. 안 그래요?"

"차라리 뭐라고 하는 게 나을 수도 있죠. 그런데 어떻게 아시는 겁니까?"

딜란은 피식 웃었다. 사람이란 참 신기한 게, 혼자만 알고 있으면 지켜지는 비밀을 꼭 다른 사람하고 공유하고 싶어 했다. 자신은 직원들의 개인사까지 알 필요 없었고, 회사에 대한 얘기만 알면 됐다. 그 정도야 로젤리아 계열사를 옮겨 다닌 경험으로 쉽게 해결할 수 있었다.

그는 딱 두 사람만 있으면 됐다. 사무실의 장 노인과, 작업실의 티에리 교수. 티에리 교수야 현재 같이 살고 있기에 문제없었다. 장 노인만 신경 쓰면 됐다. 그래서 우호적인 관계를 유지하기 위해 회의를 할 때도 일부러 더 칭찬하곤 했다. 덕분에 숍에서 일어나는 일 중에 모르는 일은 없었다. 다만 우진이 로젤리아에게 어떤 옷을 주려는 것까지는 알지 못했다.

"만들기 전에 나한테 먼저 보여주고요. 팔아먹을 수 있으면 팔아먹어야죠, 하하."

*　　　　　*　　　　　*

며칠 뒤. 딜란은 저녁 무렵 퇴근할 시간쯤 준식을 통해 로젤리아가 왔다는 소식을 전해 들었다. 계약도 끝냈기에 자신을 만나러 왔다면 모를까, 숍에 올 일이라고는 한 가지뿐이었다. 테일러들을 통해 디자인을 미리 봤지만 그래도 로젤리아가 입은 모습이 궁금했던 그는 2층으로 내려갔다.

작업실에 내려오자마자 거울 앞에서 진한 핑크색 바지에 알록달록한 줄무늬 티셔츠를 입고 서 있는 로셀리아가 보였다. 아무리 봐도 최근 트렌드와 완전 동떨어진 디자인이었다. 유행이 지난 레트로룩이라고 해도 마니아층이 있게 마련인데 저 옷은 딱 1990년대 후반, 2000년대 초반에 유행하던 색감이었다. 아무리 좋게 봐도 절대 팔리지 않을 것 같은 느낌이었다.

그런데 그 옷을 입고 있는 로젤리아를 보면 또 잘 어울렸다. 로젤리아 역시 마음에 드는지 환하게 웃고 있었다.

"마음에 들어?"

로젤리아는 딜란을 힐끔 보더니 어째서인지 환하게 웃었다. 딜란은 그 미소에 오히려 당황했다.

"오빠가 말해줬어?"

"뭐가?"

"참 나, 또 아닌 척하네."

로젤리아의 반응이 색달랐다. 핀잔을 주면서도 웃고 있었다. 딜란은 로젤리아의 반응으로 봐서는 손해 볼 게 없다고 판단해 긍정도 부정도 하지 않았다. 대신 옷에 대해 물었다.

"마음에 들어?"

로젤리아는 바지를 한번 보더니 약간 부럽다는 얼굴로 말했다.

"괜찮네. 왜 제프 우드하고 헤슬이 같이했는지 알 거 같네."

"당연한 거 말고. 전체적인 디자인은 어때?"

"그냥 무난하지. 색감으로 그걸 커버한 건 인정해."

"로젤리아에서 판매해 볼래?"

표정이 변한 로젤리아의 반응으로 보면 자신과 같은 생각처럼 보였다. 딜란은 피식 웃고는 말을 이었다.

"농담한 걸 가지고."

로젤리아는 그럴 줄 알았다며 피식 웃었고, 딜란은 그 반응이 무척 신선했다. 말하는 거나 느낌으로 봐서는 우진의 디자인과 로젤리아의 반응이 연관이 있는 것처럼 보이는데, 좀처럼 감이 오지 않았다. 그때, 로젤리아가 입을 열었다.

"나 내일 돌아가. 조만간 다시 오니까 그때 봐."

"직접 홍보하러 가는 거야?"

로젤리아는 홍보한다는 말도 안 했는데 이미 알고 있는 딜란의 말에 흠칫 놀랐다. 하지만 이내 표정 관리를 하며 말했다.

"찔러보지 말지? 일 얘기 할 거면 또 전처럼 격식 갖추고 하든지. 아무튼 나중에 봐."

로젤리아는 우진이 디자인한 옷을 입고 나갈 생각인지 그대로 코트를 걸쳤다.

"그러고 가려고?"

"옛날 기분 좀 내보려고. 나 간다."

딜란은 궁금했지만, 웃는 표정으로 숨긴 채 로젤리아를 배웅했다. 로젤리아가 가고 난 뒤 딜란은 이유를 물어볼 생각에 급하게 테일러들을 불렀다. 그런데 다들 표정이 이상했다. 그중 준식이 대표로 질문을 했다.

"돌아가신다는데 식사라도 하셔야 하는 거 아닙니까?"

"그거 때문에 그래요? 하하."

딜란은 피식 웃었다. 로젤리아를 오랫동안 못 보게 되면 모를까 곧 다시 보게 될 것이었다. 로젤리아의 반응으로만 봐도 조만간 다시 올 것이 틀림없었다.

"다이어트 중이라서요. 하하, 그건 그렇고 디자인 좀 다시 보죠. 아, 맞다. 우리말로 해야지! 디자인 보여주자!"

범찬은 우진이 준 스케치를 그대로 건넸다. 딜란은 스케치를 보며 한참을 생각했다. 하지만 아무리 봐도 로젤리아의 반응을 이해할 수 없었다.

"도대체 뭘까?"

딜란은 혼잣말을 뱉었고, 그 혼잣말을 들은 범찬이 조심스럽게 입을 열었다.

"레트로 생각하고 그리신 겁니다."

"그건 아는데. 로젤리아가 왜 좋아하지?"

"그냥 옛날 생각 나서 그러신 거 아닐까요?"

"옛날 생각?"

범찬은 말보다는 직접 보여주는 게 낫다는 생각으로 로젤리아의 SNS에 들어갔다. 그리고는 우진이 보여줬던 사진을 찾아서 딜란에게 보여줬다.

"음……."

한참이나 사진을 보던 딜란은 아무런 말 없이 다시 휴대폰을 돌려줬다. 그리고는 아무렇지 않은 척하며 사무실로 향했다.

작업실에 남은 테일러들은 딜란의 반응을 보며 고개를 갸웃거렸다. 매일 웃고 있던 사람의 얼굴에 처음으로 당황스러움이 서린 것이다.

"사람 맞네."

"그러게……. 그런데 왜 저러는 거야?"

"모르지. 퇴근이나 하자."

궁금하긴 했지만, 고민해 봤자 자신들의 머리로 알 수 있는 사람이 아니었다.

한편 사무실로 올라온 딜란은 범찬이 보여줬던 SNS를 보고 있는 중이었다.

"참 나, 이거 때문이었네."

사진을 보고 나서야 옛 기억이 떠올랐다. 거의 30년도 더 된 사진이었다.

당시에도 자신은 경영을 하고 있었다. 대학 시절 동아리에서 만든 벤처기업으로, 영화를 주제로 지역 잡지를 제작하는 기업이었다. 관객들의 솔직한 리뷰를 중심으로 잡지를 채웠다. 그것이 자신의 첫 번째 실패이자 마지막 실패였다.

하지만 딜란은 실패라고 생각하지 않았다. 너무 앞서간 생각이라 때가 안 맞았다. 아마 그 당시 SNS가 있었다면 분명 성공할 수 있었을 것이다.

지금 보고 있는 사진이 그때의 것이었다. 사진 속에 보이는 알록달록한 옷. 회사가 망하기 일보 직전일 때 로젤리아가 손을 보태겠다며 나서서 만든 옷이었다. 당시 자신은 결혼한 지 얼마 안 된 상태였고, 아내의 배 속에는 아들 닉이 있었다. 그렇다 보니 로젤리아의 작은 도움도 절실했다.

딜란은 옛 생각을 떠올리며 로젤리아가 입고 있는 옷을 쳐다봤다. 당시 'There's Something About Mary'라는 영화가 엄청난 흥행을 거두는 중이었고, 로젤리아는 주인공인 카메론 디아즈가 입은 옷을 직접 제작했다.

아무것도 아닌 자신들이 카메론 디아즈를 직접 섭외할 수 없었기에 로젤리아가 직접 옷을 만들어 입고서 사진까지 찍었다. 그 옆에 있는 자신이 입은 옷 역시 역시 남자 주인공을 모티브 삼아 로젤리아가 만들어준 옷이었다. SNS가 있었다면 효과를 볼 수 있었을 터였다. 하지만, 잡지를 통해서만 볼 수 있었고, 게다가 일반인이다 보니 대중들은 별 관심이 없었다. 당연히 얼마 지나지 않아 망했다.

다음에 들어간 곳이 로젤리아였다. 로젤리아는 대학을 졸업하고 작은 옷 가게를 준비 중이었고, 자신은 그 작은 곳에 빌붙어 버렸다. 로젤리아의 권유이기는 했지만, 피해를 주고 싶지 않은 마음에 미친 듯이 일에 몰두했고, 점점 커져 지금의 로젤리아를 일궈냈다.

사진을 보자 그때의 기억이 새록새록 떠올랐다. 그때 로젤리아가 아니었다면 지금의 자신도 없었을 것이다. 딜란은 씁쓸한 얼굴을 하고선 사진을 위로 올렸다. 그러다가 로젤리아에서 처음으로 만들었던 옷이 눈에 들어왔다.

민무늬 블라우스. 옷 가게를 갓 시작한 자신들은 거래처들의 먹잇감이었다. 원단은 물론이고 공장까지 모두 다 비싸게 제작한 제품이었다. 꽤 잘 팔렸지만, 지금의 I.J처럼 남는 게 없는, 그런 제품이었다. 그런데 그 제품 밑에 'Second'라는 글이 적혀 있었다.

분명히 로젤리아의 첫 작품이었는데 글은 'Second'였다. 딜란은 다시 사진을 밑으로 내렸다. 그러고는 알록달록한 옷을 입고 있는 사진을 봤다. 그 사진 밑에 'First'라는 글이 적혀 있었다.

'First'까지 확인한 딜란은 스크롤을 올려가며 확인했다. 세 번째, 네 번째, 계속 숫자가 이어졌다. 딜란은 저 숫자가 의미하는 걸 어렴풋이 알 것 같았다. 전부 자신과 함께 만들었던 옷들이었다. 물론 중간에 늘어난 다른 디자이너의 제품 사진도 있었지만, 그런 사진에는 아무런 글도 없었다. 그리고 자신이 회사를 그만뒀을 때쯤부터 숫자가 멈춰 있었다.

한 번도 생각해 보지 않았다. 처음이야 로젤리아가 도와줬다는 사실이 고맙긴 했지만, 자신이 아니었다면 로젤리아가 이 정도까지 성공하지 못했을 것이었다. 그렇다 보니 자신은 할 만큼 했다는 생각에 아무렇지도 않게 일을 그만뒀다. 아내와 아들을 잃은 이후 정신적으로 너무 힘든 시기였고, 마음속으로는 이 정도면 충분하다는 생각을 하고 있었던 것 같았다.

세상에 혼자 남아 자신만 힘들다고 생각했는데 그게 아니었다. 딜란은 로젤리아에 대한 미안함 때문에 가슴이 울렁거렸다.

그때, 로젤리아의 SNS에 새로운 글이 올라왔다. 순간 스쳐 지나가는 생각에 딜란은 급하게 글을 클릭했다. 그러자 우진이 만들어준 옷을 입은 로젤리아의 사진이 나왔다. 그리고 그 밑으로 십 년 만에 다시 글이 달렸다.

[Go back to the beginning. First again.]

―

제3장

복귀

　며칠 뒤. 인터넷에는 온통 I.J에 대한 얘기로 넘쳐났다. 헤슬과, 제프 우드에 이어 로젤리아와도 손을 잡는다는 소식 때문이었다. 로젤리아는 기자들과 직접 인터뷰를 했고, 한국에 직접 방문했다고 했다. 또한 모든 준비가 끝난 상태이며 제품은 3월부터 출시된다고 알렸다. 그 기사를 보던 우진은 피식 웃을 수밖에 없었다.

　누가 딜란의 동생이 아니랄까 봐 인터뷰도 상당히 닮아 있었다. 매튜에게 한창 준비 중일 거라고 들었는데, 당장에라도 판매가 가능할 것처럼 인터뷰했다. 거기에 더해 기다려 달라는 말 대신 당당하게 기대하라는 말을 했다.

　우진은 어떤 기자가 I.J와는 어떻게 함께하게 됐는지 질문한 기사에서 로젤리아의 답변을 듣고 웃어버렸다. 딱 한 번 만났을 뿐인데 자신과 굉장히 돈독한 관계라고 인터뷰하며, 코트 안에 보이는 티셔츠를 살짝 보여주면서 선물로 받은 거라고까지 했다.

아무리 코트 안에 입었다고는 해도 공식 석상에 입고 나올 옷은 아니었다. 그래도 자신이 만든 옷을 마음에 들어 하는 모습에 우진은 뿌듯한 마음이었다.

그리고 그 기사 덕에 우진은 본의 아니게 많은 전화를 받아야 했다. 기사를 본 제프 우드는 물론이고 데이비드에게서까지 전화가 왔다. 제프 우드야 있는 그대로 말하는 사람이기에 익숙했지만, 데이비드의 반응에는 약간 놀랐다. 그는 자신도 얼마 전에 한국에 왔었다며 헤슬에 그런 제안을 하지 않았다는 걸 서운해했다. 우진은 당연히 딜란을 방패막이로 삼았다. 어쩌다 보니 내로라하는 브랜드들과 통화까지 하는 사이가 돼버렸다.

우진은 계속 기사를 읽어 내려갔다. 로젤리아의 기사 말고 자신에 대한 기사도 수두룩했다. 크다면 큰 수술이긴 했지만 지금은 회복 중인데, 기사에는 당장에라도 죽는 병에 걸린 사람처럼 적어놨다.

〈병마도 막지 못한 열정〉
〈'디자이너 임우진' 투병 중 큰 성과〉

기사만 보면 정말 아파야 하는 건 아닐까 싶을 정도였다. 사실 이번 일에 자신의 역할은 크지 않았다. 디자인이 중요했지만, 제프가 처음에 만났을 때 그랬듯이 디자인이 좋다고 무조건 성

공하는 게 아니라는 걸 이번 일을 통해 느꼈다. 그렇다고 디자인
이 나쁘다고 생각하진 않지만, 자신이 생각하기에 저 정도로 극
찬을 받을 만한 디자인은 아니었다.

자신이 조금 부족하더라도 함께 일해주는 사람이 있다는 생
각에 마음이 조금 편해지기도 했다. 한편으로는 너무 기대하는
사람들의 반응에 부담감도 생겼지만, 그 사람들의 기대에 부응
하려고 하는 의지 또한 강해졌다.

병실에 있었지만, 이번 일을 통해 느끼는 게 많았고, 배우는
게 많았던 좋은 경험이었다.

기사는 저녁이 되도록 끝이 없이 이어졌다. 그러던 중 갑자기
새로운 기사들이 터져 나왔다. 이번에도 I.J에 대한 기사였다. 가
우스에서 이때다 싶었는지 광고를 풀어버린 것이다. 지상파방송
에까지 광고를 내보냈다. 인터넷을 통해 광고를 보던 우진은 어
이가 없어 웃었다.

팟사태권이 디자인한 붉은 악마를 선두로 테일러들이 디자인
한 스킨들이 뒤따랐다. 그걸로 부족했는지 광고에선 I.J 디자인
팀이 스킨 제작에 참여했다고까지 알렸다. 이미 디자인을 봤던
우진도 게임으로 된 영상으로 보니 새롭게 느껴졌다.

반응은 이미 알고 있었기에 볼 필요는 없었다. 게임 사이트는
욕 반, 자랑 반이었다. 그럼에도 인증 숏이 수두룩하게 올라왔기
에 걱정은 없었다. 그동안 겪어본 바로는, 욕하는 사람들은 뭘
해도 욕할 사람들이었다, 그리고 반응이 좋지 않았다면 가우스
에서 이렇게 광고할 리도 없을 것이었다.

기사를 통해 숍의 소식을 보던 우진은 몸을 들썩거렸다. 왼쪽

눈이 보이지 않는다는 걱정은 하지 않았다. 하루빨리 숍으로 돌아가고 싶은 마음이 더 크게 들었다.

*　　　*　　　*

한동안 떠들썩하던 I.J 소식이 차츰 줄어들었다. 그래도 여전히 가우스에서 TV 광고를 하고 있었기에 노출 빈도는 예전보다 늘었다. 게다가 들리는 얘기로는 I.J 블루 판매도 성적이 좋았고, 다음 시즌인 코트 역시 반응이 좋다고 들었다.

우진은 이제 자신만 돌아가면 된다는 생각으로 치료에 전념했다. 오늘은 의안을 착용하는 날이었기에 우진은 안과에 들른 후 병실로 돌아왔다. 이제 숍으로 돌아갈 날도 멀지 않다는 생각에 얼굴이 밝았다. 의안도 꽤 잘 나왔다. 아주 자세히 보면 의안이라는 게 티가 났지만, 눈동자까지 움직였기에 크게 신경 쓰지 않아도 될 것 같았다.

올해를 넘기고 싶진 않았지만, 퇴원 날짜는 1월로 잡혀 있었다. 우진은 시간이 빨리 가길 바라며 스케치를 하고 있었다. 그때, 매튜와 함께 티에리 교수가 찾아왔다.

"교수님이 할 말 있다고 해서 같이 왔습니다."

우진은 티에리 교수가 무슨 말을 할지 눈치챘다. 자신이 입원해서부터 퇴원할 때까지의 기간이니 거의 3개월이 다 되어가고 있었다. 이제 돌아가야 할 때가 된 것 같았다. 아니나 다를까, 티에리 교수의 입에서 예상한 말이 나왔다.

"다음 학기에 다시 복직하게 돼서, 아무래도 미리 말을 해야 할 것 같아 왔네."

"축하드려요……."

"축하하는 표정이 아닌 거 같은데. 어차피 자네도 돌아올 거 아닌가."

우진은 진심으로 아쉬웠다. 하루빨리 돌아가 자신도 조금이나마 배울 생각이었는데, 티에리 교수의 얼굴을 보면 이미 마음을 굳힌 듯했다. 아쉬운 건 아쉬운 거고, 비록 짧은 기간 동안이라고는 하나 티에리 교수가 있어서 정말 많은 도움이 되었다. 자신이 잡는다고 안 갈 사람이 아니란 걸 알기에 우진은 아쉬움을 뒤로하고 입을 열었다.

"교수님 계셔서 든든했거든요. 테일러분들 실력도 정말 많이 늘었어요."

"언제까지 테일러라고 부를 겐가?"

티에리는 잠깐 웃고서는 말을 이었다.

"사실 그거 때문에 왔네. 딜란한테는 이미 얘기해 놨네. 디자이너들에게도 얘기를 해놨고."

우진은 아직 아무런 얘기도 듣지 못했기에 무슨 말인지 알 수 없었다.

"최 디자이너는 자네가 옆에서 조금만 도와줘도 잘해 나갈 수 있을 거라네. 다만 다른 디자이너들은 당장 현장에서 일하기는 힘들어."

우진도 내심 걱정하던 부분이었다. 가우스 때에도 게임 개발 일을 했던 팟사라곤의 도움이 없었다면 힘들었을 일이었다. 게다가 티에리 교수까지 도움을 줬는데 이제는 그도 없었다.

"일단은 딜란이 생각해 둔 게 있다고 하니까 문제는 없을 거 같지만, 그래도 걱정이라네."

"어떤 부분이 걱정되세요?"

"내가 없다고 안일해질까 걱정이지. 조금이라도 안일해지는 순간 다시 예전으로 돌아갈 걸세. 그래서 일단은 내가 좀 준비는 해놨네."

티에리 교수는 들고 왔던 종이를 우진에게 건넸다. 직접 작성한 내용을 프린트로 뽑아서 묶은 책이었다.

"별건 아니고 앞으로 해야 할 건데, 디자이너들에게 직접 주는 것보다 자네가 과제를 내주는 게 나을 거라고 판단했네. 지금 준 건 반이고, 나머지 내용이 담긴 USB는 딜란에게 줬으니 받으면 될 거고. 이건 병원에서 심심할까 봐 가져온 거라네. 내용이 많으니 퇴원할 때까지 충분히 볼 걸세."

우진은 책을 보자 아쉬움이 더 커졌다. 하지만 입 밖으로 내진 않았다. 자신이 숍으로 가고 싶은 것처럼 티에리 교수도 학교로 돌아가는 게 우선임을 알고 있었다.

그 뒤로 한동안 숍에 대한 얘기를 꺼내던 중 매튜가 휴대폰을 내밀었다.

"좋아하시더군요. 다음에 건강해지시면 식사 대접 하고 싶다고 하셨습니다."

휴대폰 속 사진에서 매튜의 부모님이 보였다. 특별한 옷은 아니었지만, 그동안의 노하우를 녹여 디자인한 옷이었다. 매튜의 어머니가 상당히 뚱뚱하다 보니 완벽하게 커버할 순 없었지만, 전보다는 날씬해 보였다.

"아버지가 더 좋아하시더군요."

"그래요?"

"네. 어머니가 계속 살이 쪄서서 걱정하셨는데, 옷 입어보시고는 다른 옷들에도 관심을 보이시나 봅니다. 자주는 아니지만, 가끔 산책도 나가고 하신다더군요."

"와, 잘됐네요."

옷 만드는 사람에게 이보다 더 좋은 칭찬은 없었기에 우진은 기분 좋은 미소를 지었다. 역시 자신이 만든 옷을 입고 만족해하는 모습을 보는 게 가장 즐거웠다. 우진은 사진을 물끄러미 보며 씨익 웃었다.

*　　　　　*　　　　　*

2020년이 얼마 남지 않은 늦은 밤. 모든 일과가 끝난 시간인데도 LJ는 소란스러웠다. 사람이 많은 것도 아니었다. 모두가 퇴근하고 사무실에는 딜란과 매튜만 남아 있었음에도 각자 일을 하느라 무척이나 시끄러웠다. 두 사람 모두 통화 중이었고, 통화를 마친 뒤엔 다른 곳에 또다시 전화 연결을 하는 모습이었다.

한참 시간이 지나서야 두 사람의 목소리로 시끄럽던 사무실이 조용해졌다. 딜란은 전화기를 내려놓더니 소파에 등을 기댔다.

"아, 힘들다."

"그러니까 왜 남아계신 겁니까?"

"빨리빨리 해야죠. 빨리빨리 몰라요? 이모, 불백 빨리빨리는 잘도 하면서. 하하."

"큼."

"하하, 매튜 실장도 빨리하려고 남아 있는 거잖아요."

딜란은 피식 웃더니 서류를 펼쳤다. 서류에는 목동 IJ 건물과 건물 주변 사진들이 있었다. 딜란은 사진을 보며 입을 열었다.

"아무리 봐도 지금 이곳은 위치도 그렇고, 주변 상가들도 그렇고, 목동보다는 훨씬 좋은 위치인데. 목동은 건물은 괜찮은데 주변 상가들이 영 안 맞는 느낌입니다. 비어 있는 상가도 보이고."

"어쩔 수 없습니다. 이곳은 제프 우드에서 임시 대여 해준 건물이라, 언제까지 있을 순 없습니다. 그리고 제프 우드에서도 한국에 입점하려고 준비 중입니다."

"그러니까 돈도 많을 텐데 기왕이면 여긴 우리 주고 옆 건물 사서 들어오면 얼마나 좋아."

매튜는 피식 웃다 말고 딜란의 표정이 진심이라는 걸 느끼고서 고개를 저었다.

"로젤리아에서 사달라고 하시죠."

"저번에 못 봤어요? 로젤리아가 나 노려보는 거? 하하, 우리는 계속 여기 있고, 헤슬, 제프 우드, 로젤리아까지 3대 명품이 들어오면 딱 좋을 거 같은데. 그거만큼 편하게 이미지 올리는 게 없잖아요."

딜란은 아쉽다는 얼굴로 사진을 한참이나 들여다봤다. 매튜 역시 딜란의 말에 동의하지만 이루어지기 힘들다는 생각에 고개를 저으며 입을 열었다.

"그거보다 차라리 I.J Watch나 월드햇 매장을 옮겨서 해서 I.J 거리를 만드는 편이 좋겠군요."

매튜가 농담으로 웃어넘길 때, 딜란이 갑자기 반응을 보였다.

"오, 굿 아이디어인데요? 지금 스위스에서 판매하는 시계도 임 디자이너가 준 디자인으로 잠시 반짝하고는 영 시원찮던데. 시계야 가격 올리는 건 문제도 아니고. 괜찮은데요?"

딜란은 갑자기 휴대폰을 꺼내 들었다. 그러고는 혼자 중얼거리기 시작했다.

"여기가 괜찮겠는데? 한국 사람들 다른 나라에서 만들었다고 하면 좋아하니까 제작은 그대로 스위스에서 해도 되고. 그럼 판매만 하면 되니까 적당한 공간만 있으면 되겠네."

"뭐 하십니까?"

"매장 보고 있잖아요."

"무슨 매장 말입니까?"

"시계 매장 보죠. 여기 이 건물 아직도 있나요? 도로가에 있는 이 건물."

딜란은 로드뷰로 목동 로데오의 거리를 보여줬다. 딜란이 말한 2층짜리 건물은 목동 I.J에서 나오는 골목의 옆 블록에 위치했기에 매튜도 본 적 있었다.

"있습니다. 정말 할 생각이십니까? 시계 매장과 우리 매장이 있다고 로데오 거리가 I.J 거리가 되는 건 아닙니다. 그리고 선생님 디자인이 아닌 이상 판매량이 크지 않습니다. 그걸 누구보다 잘 알고 있는 스위스 어르신들도 동의하지 않을 겁니다."

"판매량 늘려주려고 하는 겁니다. 앞으로 임 디자이너가 디자인 뽑으면 주문 제작 해야 하는데, 망하면 안 되잖아요. 그리고 그 담당은 우리 아닙니까."

"주변을 보면 I.J 매장 말고는 전부 중저가 매장입니다. 우리야 특별한 케이스니까 위치가 크게 중요하지 않지만, 시계 매장은 곤란할 수도 있습니다. 우리 매장 고객은 한정적이니까요."

"하하, 그렇죠? 그런데 만약에 우리 매장에서 나오는 골목, 여기 도로에 로젤리아나 명품들이 들어오면 어떨까요? 그 사람들이 다 예비 고객이 되겠죠?"

딜란은 로드뷰를 보며 실실 웃었다.

*   *   *

로젤리아의 남편인 마이클은 보고서를 보며 딜란의 말을 떠올렸다. 갑자기 전화해서는 로젤리아가 나아갈 방향을 제시하며 직접 조사한 제안서까지 보내왔다. 이제는 회사와 관계되지 않은 사람이지만, 로젤리아를 일궈낸 사람인 데다가 그 능력을 직접 봤기에 딜란의 말을 흘려 버릴 순 없었다.

그래서 직원들에게 조사를 해 오라고 지시했다. 직원들이 작성한 보고서만 보더라도 딜란의 제안은 확실히 괜찮게 느껴졌다.

"현재 로젤리아는 따로 로젤리아 코리아를 운영하고 있기는 하지만, 매장은 주요 백화점에만 입점해 있습니다."

"그래서요?"

"한국 시장도 무시할 수 없는 만큼, 본사에서 직접 관리하는 매장을 오픈하는 게 낫다는 판단입니다. 시기도 적당합니다.

Infinity Mix의 판매와 더불어 매장을 오픈하면 특수 효과를 노릴 수 있다고 판단됩니다."

"그렇겠죠."

마이클은 고개를 끄덕거렸다. 사업부 역시 자신의 생각과 동일했다.

"그런데 매장 위치로 목동이라는 곳은 적당하지 않아 보입니다. I.J가 목동으로 옮기지만, Infinity Mix 시리즈가 끝난 뒤도 생각해야 합니다. 당분간은 효과를 볼 수 있지만, 멀리 본다면 아무래도 로젤리아 코리아가 위치해 있는 청담동이 가장 적당합니다."

"그래요? 내가 들은 바로는 조금 시들시들하다고 하던데. 앞으로는 목동 로데오가 명품 거리로 탈바꿈할 거라고 들었습니다."

"아닙니다. 올해 말에 제프 우드도 청담동에 위치한 매장에 입점할 예정입니다. 현재 우리가 입점해 있는 백화점과 인근한 지역입니다."

마이클은 보고서에 첨부된 사진을 보며 턱을 쓰다듬었다.

"만약에 제프 우드, 헤슬이 아제슬을 이어나가기 위해 목동에 입점한다면?"

"네? 저희 팀이 한 조사로는 청담동이 확실합니다. 몇 년 전에 이미 건물까지 구매해 놓은 상태인데."

"그러니까요. 거길 내버려 두고 목동에 입점한다면? 그리고 목동이 속한 구에서 대대적으로 홍보한다면 어떨까요?"

"그렇게 되면… 목동이 최적입니다."

마이클 역시도 같은 생각이었기에 고개를 끄덕거렸다.

밤늦게 I.J 사무실에 자리한 매튜는 걸려오는 전화만으로 정신이 없을 정도로 바빴다. 원인을 제공한 딜란 역시 마찬가지였고, 영어가 가능한 세운까지 함께였다. 그중 세운은 못마땅한 얼굴로 투덜거렸다.

"꼭 사기꾼 된 거 같잖아. 데이비드가 직접 전화했어!"

매튜도 동의한다는 듯 고개를 끄덕거리자, 통화를 마친 딜란이 마구 웃으며 말했다.

"하하, 사기는 아니죠. 좋은 곳을 알려준 거지."

"나 참. 그게 사기라는 겁니다. 로젤리아에는 헤슬하고 제프 우드 입점한다고 그러고, 헤슬에는 다른 두 곳 입점한다고 그러고. 그게 사기죠."

"그렇게 말 안 했는데요? 목동에 다 함께 있으면 얼마나 좋을까 그런 식으로 얘기했는데 그게 그렇게 들렸나요? 하하."

"와… 사기 치려고 일부러 새 디자인 얼마 안 남은 로젤리아부터 알려줬잖아요. 로젤리아에서 건물 알아보고 다니니까 헤슬하고 제프 우드도 혹하잖아요."

딜란은 실실 웃더니 의자를 매튜의 책상 옆으로 끌고 와 앉았다.

"뭐 나쁠 거 없잖아요? 정말 I.J를 중심으로 세 곳이 위치하면 좋잖아요. 양천구에서 지원도 받지, 새로운 명품 거리를 만든 브랜드라는 칭호까지 얻지. 세 곳도 손해가 아닐 텐데."

"그거야 잘됐을 때 말이고. 혹시라도 잘 안되면?"

"그거야 그 브랜드들 선택이 잘못된 거죠, 하하."

딜란은 실실 웃는 얼굴로 매튜를 향해 입을 열었다.

"골목 입구 쪽 그 건물은 임대 가능하대요?"

"말씀하신 입구 오른쪽으로 알아봤는데, 계약 만료일이 4월이라 그 이후에 들어가야 합니다."

"적당하네요. 한 달이면 충분히 알려질 테고. 오케이, 그럼 최대한 빨리 계약까지 해버려요. 괜히 임대료 올라가면 짜증 나니까."

딜란은 자신이 말만 해놔도 깔끔하게 일을 처리하는 매튜가 마음에 들었다.

"그럼 우리가 들어갈 건물은 공사 끝나면 곧바로 인테리어 되고요?"

"네, 가능합니다. 우리 쪽에서 내부 디자인만 마음에 들면 한 달 안으로 가능하다고 했습니다."

"인테리어 디자인이 되면 가구도 맞춰서 추천해 준다고 했고. 이래서 다들 매튜, 매튜 그랬던 거네."

매튜는 들은 척도 안 했고, 딜란은 마구 웃었다.

며칠 전, 매튜는 시키지도 않은 보고서를 가져왔다. 보고서는 자신의 생각과 일치하는 부분이 상당했다.

자신이 I.J에 와서 가장 신경 쓴 일이 브랜딩을 다시 짜는 일이었고, 지금까지는 성공적이었다. 하지만 당분간은 쭉 유지를 해야 하는 타이밍이었다.

예전에는 우진이 직접 고객을 만나러 가는 시스템이다 보니 사전에 이전한다고 알리지 않아도 문제가 되지 않았다. 하지만 지금은 달랐다. 고객들에게 혼동을 주지 않기 위해서 충분한 시간을 두고 공지를 해야 했다. 그리고 공지를 하는 기간에 목동에서 I.J를 운영하는 게 좋겠다는 내용이 적혀 있었다.

다른 부분은 기존과 동일했지만, 창고를 축소하고 대신 우진만의 공간을 만들자고 했다. 그리고 그 공간만은 고급스럽게 보이도록 만들 계획을 내놓았다. 또한 전부 이전하기 전, 우진과 일부 직원들만 먼저 이동해 우진의 고객만 받자는 내용이 적혀 있었다.

딜란도 이전 공지까지는 생각했지만, 우진에 대한 생각은 하지 못했다. 지금 이곳에 디자이너 팀이 끝까지 남아서 고객들을 받는다면, 우진과 디자이너 팀이 나뉘어 있다는 걸 자연스럽게 알릴 수 있었다. 처음엔 매튜를 보고 약간 이름값에 못 미치는 것 같아 실망했는데 볼수록 능력 있는 사람이었다. 딜란은 매튜를 보며 씨익 웃더니 입을 열었다.

"이제 밖의 일은 조금 잡혀가는 거 같은데 내부가 걱정이네요."

매튜는 또 자신에게 맞추라는 건가 싶어 인상을 찡그렸지만, 안 들을 순 없었기에 귀를 기울였다.

"그 디자이너들 실력이 문제란 말이에요. 당장 I.J 팀으로 내놓기는 어려울 거 같은데. 지금 광고도 나오고 있으니 딱 적기입니다. 우리 이전하는 시기하고 로젤리아에서 치마바지 판매가 겹칠 거 같은데, 최대 효율을 끌 수 있는 기회를 놓치게 될 거 같아서 안타깝죠. 티에리 교수가 없는 말은 안 하는 사람인데 당장은 어렵다고 하니 걱정입니다."

매튜는 딜란을 물끄러미 봤다. 저렇게 자신의 생각을 풀어서 얘기할 사람이 아닌데. 저 안에 숨은 말뜻이 궁금했다. 그의 얼굴을 본 딜란이 물었다.

"왜 그래요? 진짜 걱정돼서 물어보는 겁니다."

"흠, 급하게 서두르는 것보다 확실해졌을 때 진행하는 게 좋을 것 같습니다. 당장은 지금처럼 진행하는 게 가장 적당해 보입니다. 지금만 하더라도 최소 반년은 무리 없을 거 같습니다. 저는 그것보다 선생님이 걱정입니다. 대표님도 아시겠지만, 지금까지 I.J 가격이 낮은 건 선생님이 그러시길 원해서였습니다. 돌아오시기 전에 미리 말씀드리는 게 좋을 것 같습니다. 어차피 내일 병원 가실 거 아닙니까?"

딜란은 대수롭지 않다는 듯 고개를 저었다.

"그건 신경 쓰지 마요. 내가 오너한테 매주 디자인을 왜 받았을 거 같아요?"

"음, 맞히라는 겁니까?"

"하하, 그건 아니고. 그 디자인들을 지금처럼 테일러들이 만들어 판매하면 기존 가격하고 크게 차이 안 나잖아요. 그건 그거대로 팔고, 오너가 일대일로 직접 고객을 만나서 제작하는 건 비싸게 팔고. 사실 그게 당연한 거잖아요."

매튜는 우진의 빈응을 상상했다. 무작정 비싸게 판다면 또 끙끙 앓을 게 뻔했다. 하지만 딜란의 말대로 일부만 제대로 받는다면 우진도 이해하지 않을까 싶었다. 그래도 걱정되는 부분이 있었기에 매튜는 입을 열었다.

"선생님 부모님이 공장을 하셔서 그런지, 최대한 가격을 낮춰서 받으려고 하십니다. 그리고 디자인만 생각하시는 분인데, 아무리 건강상 이유라고는 하나 고객을 몇 명씩만 받는다면 못 견뎌 하실 겁니다."

"하하, 고객을 그렇게 생각하는 사람이 가만히 있을까요? 잘은 몰라도 가만있을 것 같진 않은데. 맡은 고객이 없을 때도 다른 고객들을 위해서 죽어라 디자인하지 않겠습니까? 고객들은 선택할 수 있는 디자인이 많아지니 좋고, 우리는 우리대로 돈 버니까 좋고. 오너는 오너대로 디자인할 수 있으니까 좋고, 하하."

매튜는 헛웃음을 지었다. 우진이라면 딜란 말처럼 해결할 것이 분명했다. 그런데 그렇게 되면 테일러들이 지금처럼 굉장히 바쁠 것이 틀림없었다.

"그럼 테일러들이 지금처럼 바쁠 텐데, 그게 힘들 거 같군요."

"음? 바쁜 건 바쁜 거고, 돈은 벌어야죠. 돈 벌려고 내가 있는 건데. 지금 타이밍 놓치면 다음에 또 가우스 같은 일 해야 할 수도 있거든요."

매튜는 자신도 모르게 고개를 끄덕였다. 확실히 기회이긴 했지만, 테일러들의 실력이 받쳐주지 못하는 게 문제였다. 자신이 머리를 싸맨다고 테일러들의 실력이 하루아침에 느는 건 아니었다.

"같이 생각해 보자고요. 나 혼자 생각하니까 머리 아파서 그래요, 하하."

그때, 책상 위에 올려둔 휴대폰이 울렸다. 늦은 밤이라 올 전화가 없었기에 매튜는 궁금해하며 휴대폰을 들어 올렸다. 번호를 본 매튜는 고개를 갸웃거린 뒤 통화 버튼을 눌렀다.

"안 주무셨습니까?"

─아, 네. 저기 매튜 씨, 혹시 내일 대표님 올 때 티에리 교수 님이 주셨다는 자료, 나머지도 가져와 달라고 부탁 좀 드릴까 해 서요. 티에리 교수님한테 말씀하셔서 그동안 디자이너분들이 냈 던 과제도 같이 좀 부탁드려요.

"그걸 다 보셨습니까?"

─하하, 할 게 없어서요. 보다 보니까 디자이너들 특징이 적혀 있는 데서 끊겨 버리더라고요. 그래서 궁금해서 전화했어요.

"그럼 대표님께 직접 말씀하시지."

─말만 하면 신경 끄라고 하잖아요, 하하. 계속 자기 일 그만 둔다고 협박해요.

매튜는 피식 웃으며 딜란을 봤다. 자신이 통화하는 사이에도 잠시도 가만있지 못하고 무언가를 작성하고 있었다.

"아마도 그만둘 일 없을 겁니다."

*   *   *

다음 날. 우진은 딜란이 자신의 디자인을 보는 동안 그가 가 져온 쇼핑백에서 프린트된 종이를 꺼냈다. 티에리 교수처럼 책으 로 만들어준 게 아니어서 섞이지 않도록 한 장, 한 장 조심히 넘 겼다. 그때, 스케치를 다 본 딜란의 목소리가 들렸다.

"나도 이미 다 봤는데 전부 발전이 필요하다는 내용뿐이던데 요, 하하."

"다 보셨어요?"

"그럼요. 암울한 평가들. 티에리 교수는 좀 긍정적으로 해줄 수도 있는 걸 꼭 그렇게 말해서 있던 사기마저 떨궈놓는 게 문제입니다."

"하하, 아니세요. 그럼 이렇게 자료 만드셨겠어요? 그리고 평가해 놓은 자료 보면 좋은 말도 엄청 많아요."

우진은 신나서 설명했고, 딜란은 그런 우진의 얘기를 듣고 있었다.

어쩌면 저렇게 디자인에 대한 얘기밖에 모르는지 신기했다. 아무리 신경 쓰지 말라고 해도 보통 전문경영인이 오면 수익부터 궁금해하는데, 어떻게 된 사람이 수익에 대해선 물어본 적이 한 번도 없었다. 이러니까 숍을 거품처럼 실속 없이 운영했을 것이다. 디자이너로서는 몰라도 사업은 영 아니었다.

딜란이 그런 우진을 보며 피식 웃을 때, 우진은 자신이 메모한 종이를 한 장 내밀었다.

*　　　　　*　　　　　*

딜란은 메모지를 가만히 들여다봤다. 사람들 이름인 것 같긴 한데 아직 한국어가 익숙하지 않은 데다가 덮어 쓴 흔적 때문에 무슨 내용인지는 알지 못했다.

"이게 뭔데요?"

"그게 매장 얘기이긴 한데… 하하……."

딜란은 하도 덮어 써서 지저분해 보이는 종이를 흔들며 말했다.

"그냥 말하시죠."

"그러니까 티에리 교수님 가시면 제가 과제 같은 거 내줘야 하거든요."

"그런데요?"

"그 과제를 어떻게 내줄까 하다가 생각났어요. 평가 보면 유진 씨 같은 경우는 기본에 매우 충실하지만, 독창성 및 창의성이 떨어진다고 하거든요. 순태 씨는 완전 그 반대고요. 그래서 생각해 보니까 둘이 서로 장점을 배우면 되지 않을까 싶더라고요. 그리고 디자인 팀들도 I.J 팀으로 묶여 있으니까 처음부터 함께하는 게 좋지 않을까요? 실력이 는 다음에 혼자서 가능해질 때 되면 그때는 한 명씩 맡으면 될 거 같은데."

"오."

"디자인도 조합이 꽤 중요하다 보니까 사람도 그렇지 않을까 해서 생각해 봤는데, 어떠세요?"

딜란은 우진의 말을 듣고는 가만히 생각에 잠겼다. 확실히 좋은 방법이었다. 티에리가 인정한 범찬부터 공개하고 나머지 디자이너들을 차례대로 한 팀씩 공개하고. 그리고 반응에 따라 팀 인원을 변경해 가면서 새롭게 팀을 만들 수도 있었다. 조합에 따라서 굉장히 많은 팀을 내놓을 수 있었다.

우진은 딜란의 반응의 내심 기대하며 바라보았고, 딜란은 그런 우진을 보고 피식 웃으며 말했다.

"매장 일에 신경 끄시죠."

＊　　　　＊　　　　＊

며칠 뒤. 퇴원 수속을 끝낸 우진은 곧바로 차를 타고 이동했다. 오랜만에 병원을 나와 보는 바깥 풍경임에도 관심을 주지 않았다. 그저 거울을 보며 왼쪽 눈에 넣은 의안을 신기한 듯 살펴보느라 정신이 없었다. 며칠 전까지는 이질감이 느껴졌지만, 지금은 익숙해져서 그런 느낌도 없었다. 정말 자신의 눈처럼 눈동자가 움직이는 모습이 신기했다.

그때, 차 안에 함께 있던 아버지가 걱정되는 목소리로 입을 열었다.

"잘생겼으니까 거울 그만 봐."

"하하, 그런 거 아니에요."

아버지는 피식 웃더니 말을 이었다.

"다들 몰라볼 거야. 엄청 자연스러워. 그런데 우진이 너 정말 혼자 있어도 돼?"

"괜찮아요. 의사도 일상생활 하는 데 지장 없을 거라고 했잖아요."

"그건 일상생활이고. 곧바로 매장으로 간다는 건 아니지. 네 엄마 화난 거 안 보여?"

"하하… 그냥 인사만 하려고 그러는 거예요."

우진은 말없이 창밖만 보는 어머니를 조심히 살폈다. 어머니는 우진이 걱정은 되지만, 병실에 있을 때도 잠시도 가만있질 못하고 계속해서 일하던 걸 지켜봤기에 그가 얼마나 매장에 가고 싶어 하는지 알고 있었다. 때문에 말려도 소용없다는 생각에 입을 다물고 있는 상태였다. 우진은 그런 어머니의 손을 잡으며 입을 열었다.

"딜란 대표가 한 말 들으셨죠? 당분간은 저한테 일 안 시킨다고 그랬잖아요. 정말 인사하러 가는 거예요. 저도 당장 일할 생각은 없으니까 걱정하지 마세요."

"그럼 대구로 가면 되지! 뭐 하러 서울에 있어."

"정말 쉬엄쉬엄한다고 약속할게요. 그러니까 기분 푸세요."

그 뒤로도 우진은 계속해서 어머니를 달래야 했다. 결국 매장에 도착할 때쯤 돼서야 어머니는 자신의 손 위에 올려놓은 우진의 손을 잡았다.

"정말 엄마가 같이 안 있어도 되겠어? 엄마가 딱 한 달만 있겠다고 세운 씨한테 얘기해 볼게."

"저야 좋은데 세운 삼촌이 불편하실 수도 있잖아요. 정말로 퇴근할 때, 숍에 갈 때 전화할 테니까 걱정하지 마세요."

"후, 이 고집을⋯ 대신 진짜 전화해야 해. 안 그러면 말려도 찾아올 거야."

우진이 웃으며 고개를 끄덕였지만, 어머니는 여전히 못마땅한지 얼굴을 찡그렸다. 그때, 익숙한 거리가 보였다.

"벌써 다 왔네. 인사 잘하고. 혹시 이상하다 싶으면 아빠한테 바로 전화하고."

"알겠어요. 들어갔다가 가세요."

"됐어. 다들 일하는데 들어가 봐야 방해만 하지. 어여 들어가 봐. 이러고 있다가 네 엄마가 또 못 가게 붙잡겠다."

우진은 부모님께 인사를 드린 뒤 차에서 내렸고, 어머니는 창문을 연 채 걱정스러운 말을 꺼내놓았다. 그러다가는 끝도 없을 것 같았는지 아버지는 그냥 차를 출발시켜 버렸고, 우진은 사라져 가는 차를 보며 미소 지었다. 그러고는 매장으로 가기 위해 뒤를 돌았다.

매장 문을 연 우진은 조금 떨리는 마음으로 로비를 쳐다봤다. 그러자 전에는 볼 수 없었던 풍경이 눈에 들어왔다. 로비에 하나뿐이던 소파도 눈에 띄게 늘었고, 그 소파에는 고객들로 보이는 사람들이 앉아 있었다. 아제슬 때보다 많은 고객은 아니었지만, 지금은 아제슬을 하지 않고 있는 중인데도 고객의 수가 상당했다. 이제 매장에서만 주문을 받는다는 얘기를 듣긴 했지만, 눈으로 보니 새롭게 느껴졌다.

그때, 익숙한 목소리가 들려왔다.

"선생님!"

"어? 선생님!"

고객을 응대하고 있던 준식과 테일러들이 우진을 발견하고선 큰 목소리로 말했다. 그러자 고객들의 시선도 우진에게로 향했다.

"아! 올라가 계시죠. 지금 좀 바빠서!"

우진은 웃으며 고객들에게도 고개 숙여 인사를 했다. 오랜만에 숍 풍경을 좀 더 보고 싶었지만, 자신이 방해할 수도 있었기에 일단 엘리베이터에 올라탔다.

엘리베이터가 열리자 사무실에서 일하는 사람들이 보였다. 다들 바쁜지 자신이 온 줄도 모르고 있었다.

우진은 자신이 사용하던 자리부터 쳐다봤다. 그러자 그곳을 차지하고 있는 딜란이 보였다. 약간 자리를 빼앗긴 것 같은 느낌도 들고, 이제 내 자리는 어디에 있는 건가 하는 생각에 쳐다볼 때, 딜란이 시선을 느꼈는지 우진을 봤다.

"안녕하세요, 하하."

우진은 반가운 마음에 미소를 지으며 인사했다. 하지만, 자신을 본 딜란은 얼굴을 찡그리더니 대뜸 손가락질부터 했다.

"아오! 왜 왔어! 왜!"

"네?"

우진은 굉장히 당황했다. 딜란의 큰 목소리 덕에 사무실 식구들의 시선이 우진에게 향했다. 그러자 다들 하던 일을 멈추고 자리에서 벌떡 일어나 우진을 반겼다.

"선생님!"

"우진아! 어떻게 왔어! 퇴원했어?"

"퇴원한다고 말도 없이!"

우진이 다들 자신을 반갑게 맞이하는 모습에 미소를 지어 대답하려 할 때, 딜란이 인상을 쓰며 앞으로 다가왔다.

"이러고 온 겁니까? 밑에 고객들도 있는데? 후……."

우진은 자신의 모습을 내려다봤다. 병원에 있다 보니 머리도 정리가 안 된 상태였고, 옷만 하더라도 검은색 패딩에 트레이닝복 바지였다. 딜란은 우진을 위아래로 훑어보며 인상을 썼다.

"밑에서 고객들하고 마주쳤어요?"

"네……."

"그 모습으로 인사도 하고?"

"네……."

"아! 내가 정말. 유 실장님! 유 실장님!"

그러자 미용실에서 미자가 고개만 살짝 내밀었다.

"부르셨어… 선생님? 선생님!"

미자가 반가워할 새도 없이 딜란은 급하게 입을 열었다.

"빨리! 빨리! 깔끔하게 해줘요. 준비해 놓은 옷도 가져오고."

우진은 딜란에게 끌려가다시피 미용실로 향했다. 의자에 앉자 거울에 자신을 보고 있는 사람들이 보였다. 딜란의 말에 동의한다는 듯 피식거리고 있지만, 모두의 얼굴에는 반가워하는 기색이 담겨 있었다. 그런 사무실 식구들을 보며 우진은 피식 웃어버렸다. 그들과 인사할 새도 없이 오자마자 머리카락부터 자르는 스스로가 웃겼다.

"오랜만에 앉으니까 기분이 이상하네요."

"이상하긴요… 그런데 괜찮으세요?"

"아, 눈이요? 이제 괜찮아요."

미자는 머리카락을 자르면서 우진의 눈을 계속 쳐다봤다. 우진은 그런 미자를 보며 미소를 지었다. 머리카락을 다 자른 뒤 정리할 때, 미자가 머뭇거렸다. 그러자 우진이 웃으며 말했다.

"전처럼 머리 세워주세요. 안 그러면 대표님이 뭐라고 할 거 같아요."

미자는 조심스럽게 머리를 올렸고, 우진의 눈을 보더니 입술을 살짝 떨었다.

"멋지세요."

"하하, 고마워요. 이렇게 해놓으니까 정말 돌아온 느낌이네요."

그때, 지켜보던 딜란이 헛웃음을 뱉으며 말했다.

"그럴 때가 아닙니다! 내일부터 오라니까 도대체 왜 온 건지!"

"인사도 드리고 오랜만에 숍도 좀 보려고 한 건데."

"후, 아무튼 빨리 옷부터! I.J 얼굴이 그런 이상한 모습으로 등장하면 어떡합니까! 그 이상한 옷은 뭡니까!"

"이상했어요? 이 패딩, 어머니가 춥다고 사주신 건데."

"흠, 아니, 아니. 패딩 말고 바지가."

"바지는 아버지가."

"아! 아무튼 빨리 옷 입고 로비 한 바퀴 도십쇼."

지켜보던 I.J 식구들이 큭큭거렸고, 매튜는 준비해 온 옷을 우진에게 건넸다. 우진은 그 옷을 가만히 쳐다봤다. 매튜가 가져온 옷은 예전에 직접 만든 디자인대로 새로 만든 정장이었다. 우진이 미소를 지은 채 옷을 살펴볼 때, 매튜가 입을 열었다.

"잘 만들었습니다. 일단 대표님 말대로 옷부터 입으시죠."

"나가주셔야지 입죠, 하하."

그 말에 사무실 식구들이 우르르 나갔다. 밖으로 나온 직원들 중 장 노인이 흐뭇하게 웃으며 입을 열었다.

"이제야 다들 얼굴에 활기가 도는고만."

식구들은 장 노인의 말에 동의한다는 듯 다들 미소를 지었다. 그러던 중 홍단아가 신기하단 얼굴로 입을 열었다.

"그런데 선생님 눈 수술하신 거 맞아요? 티가 하나도 안 나요."

"그러게. 참 신기하고만."

"진짜 얘기 안 하면 모르겠어요. 의안이라고 해서 이상할 줄 알았는데."

그때, 미용실 문이 열리며 우진이 나타났다.

"정말 잘 만들었네요. 전에는 이 재봉 방법 잘 못했었는데 연습 많이 했나 봐요."

"참 나, 누가 옷쟁이 아니랄까 봐. 대표 말대로 빨리 내려가 보거라."

우진은 고개를 끄덕이고는 딜란과 매튜, 두 사람과 함께 엘리베이터에 올라탔다. 딜란은 1층으로 내려가는 짧은 시간 동안에도 우진을 타박했다.

"고객들한테 가볍게 인사만 하고 바로 작업실로 올라가면 됩니다. 후, 그러니까 내일이나 오라니까, 뭐가 급해서 바로 온 겁니까? 당장 할 일도 없다고 그렇게 말했는데!"

"하하, 그냥 인사드리러 온 거예요."

딜란에게 잔소리를 듣는 사이 1층에 도착했다. 우진은 딜란이 알려준 대로 고객들과 눈을 마주치며 미소로 인사했다. 원래 유명했지만, 그동안 더 유명해진 덕분에 매장에 있는 고객들 모두가 우진을 보며 신기해했다. 그런 시선이야 예전 아제슬 때 이미 겪어봤기에 우진은 자연스럽게 고객들에게 인사한 뒤 작업실로 올라왔다.

우진은 딜란에게 조심스럽게 입을 열었다.

"고객 정말 많은데요? 이렇게 많으면 윤 매니저님 혼자 힘들겠어요."

"신경 쓰지 말래도요."

그러자 매튜가 조용하게 얘기했다.

"로비 직원 이미 채용 중입니다. 매장 관리직은 총괄 매니저인 윤 매니저를 포함해 총 네 명이 될 예정입니다."

우진은 고개를 끄덕이고는 작업실에서 한창 작업 중인 테일러들을 봤다. 서로 떠들 시간도 없는지 재봉틀 소리만 요란하게 들려왔다. 우진은 그런 테일러들을 가만히 바라봤다. 병원에 있으면서 가장 많은 소식을 들은 사람들이었고, 최근에도 만나 굉장히 친숙하게 느껴졌다.

✳　　　✳　　　✳

물론 작업실이 가장 편안한 장소인 이유도 한몫했지만, 테일러들의 재봉하는 모습만 봐도 얼마나 많은 노력을 했는지 보였다.

그렇게 테일러들을 둘러보던 중 범찬과 눈이 마주쳤다.

"선생님! 오셨어요!'

범찬의 말에도 테일러들은 고개도 들지 않았다. 그 모습을 보며 우진은 서운하기보다는 뿌듯함이 들었다. 천에 바늘을 넣었으면 마무리가 먼저였다. 우진은 웃으며 기다렸고, 한 사람씩 고개를 들었다. 그런 테일러들과 가볍게 인사를 한 우진은 자신이 방해가 될까 싶어 자리를 피하려 했다.

"다들 바쁘신데 인사 나중에 해요."

"네! 숍에서 보니까 이상하게 더 반가운 거 같아요!"

"하하, 저도요."

우진이 웃으며 뒤를 돌 때, 딜란이 우진의 손에 원단 하나를 쥐여줬다.

"이게 뭔데요?"

"온 김에 서비스 한번 하시죠. 저기 난간 쪽에서 원단 펼치고 고개만 끄덕거리시면 되는 일이에요. 어렵지 않죠?"

우진은 고객에게 제대로 된 모습을 보여주려 한다는 걸 눈치 채고 웃으며 고개를 끄덕였다. 그러고는 원단을 펼치려 할 때, 범찬이 웃으며 다가오더니 우진에게 상자를 내밀었다.

"어?"

우진은 범찬이 내민 상자를 가만히 쳐다봤다. 상당히 익숙한 상자였다.

"혹시 필요하실 거 같아서 챙겨뒀습니다."

우진은 고개를 끄덕이며 상자를 열었다. 상자 안에는 예전에 착용하던 단안경이 들어 있었다. 우진은 단안경을 물끄러미 봤다. 이제 필요 없는 물건이지만, 막상 단안경을 보니 느낌이 묘했다. 그때, 매튜가 입을 열었다.

"불편하시면 착용하지 않으시는 게 좋을 것 같습니다."

"전에도 어차피 안 보였는걸요. 불편하진 않아요."

"그럼 착용하시는 것도 도움 될 겁니다. 모노클이 선생님 트레이드마크이니까요."

우진은 피식 웃었다. 그동안 언론에 노출된 자신의 사진은 전부 단안경을 착용하고 있는 모습이었다. 우진은 단안경을 들어 올리고는 왼쪽 눈에 착용했다. 오랜만에 착용했음에도 전혀 어색한 느낌이 아니었다. 오히려 단안경을 착용하니 마음이 더 편안했다.

우진은 씨익 웃으며 렌즈를 위로 올렸다. 전처럼 홀로그램은커녕 아무것도 보이지 않았다. 이미 예상했던 일이기에 우진은 덤덤하게 렌즈를 다시 내렸다. 그래도 단안경까지 착용하니 확실히 느껴졌다. 자신이 돌아왔다는 것이.

*   *   *

며칠 뒤. 사무실에 자리한 우진은 조그맣게 한숨을 뱉었다.

출근한 지 꽤 오래 지났는데도 병원에 있을 때와 달라진 게 없었다. 직원들은 오히려 어머니보다 더했다. 일을 도와주려 할 때마다 그냥 앉아 있으라고 하거나, 집에서 쉬라는 말을 했다.

우진은 구석 자리에 앉아서 디자인 구상만 하는 중이었다. 간혹 회의에 참석하기는 했지만, 딜란은 질문조차 받질 않았다. 그래도 확실히 자신이 있을 때와 다른 점이 많이 보였다. 두서없이 모든 일을 하던 식구들은 이제 맡은 일만 하면 됐다. 당연히 효율성이 높아졌고, 일 처리도 빨라졌다. 변한 모습이 좋긴 하지만, 자신이 할 일이 없다 보니 약간 불안했다.

퇴원해서 지금까지 아무것도 안 했는데 숍은 더 잘 운영됐다. 게다가 회의 때 들어보니 범찬을 필두로 한 디자이너 팀의 디자인으로 주문을 받는다고 했다. 도대체 자신은 언제부터 고객을 받으라는 건지 말이 없었다.

그때, 자리에서 일어나던 매튜가 우진에게 다가왔다.

"일어나시죠."

"어디 가세요?"

"목동에 갑니다. 선생님도 보셔야 하니 같이 가시죠."

우진은 어차피 숍에서 할 일도 없었기에 자리에서 일어났다. 병원에 있느라 공사가 끝났다는 얘기만 들었고, 완성된 건물에 가보는 건 처음이었다. 목동에 도착하니 공사하는 곳이 한두 군데가 아니었다. 노부부의 집 골목 입구에 있던 곳 또한 한창 인테리어 작업을 하는 중이어서, 골목 전체가 공사장 같은 분위기였다.

"여기도 공사 중이네요."

매튜는 무슨 말을 하려다 말고 걸음을 옮겼다. 완성된 상태라고 들었는데, 건물 앞에 도착하니 건물 전체에 높은 펜스가 세워져 있었다.

"공사 다 된 거 아니에요?"

"공사는 완료된 상태고 잔금까지 지불했습니다. 지금은 외관 인테리어 중이라서, 전부 끝나면 펜스 철거할 예정입니다. 들어가시죠."

매튜의 안내를 받아 안으로 들어갔다. 아직 인테리어 공사가 덜 됐음에도 내부가 굉장히 깔끔했다. 현재 사용 중인 매장보다 좁긴 했지만, 지금의 매장 느낌과 흡사해 보였다.

"3층으로 가셔야 합니다. 엘리베이터로 가시는 게 좋을 것 같습니다."

엘리베이터를 타고 올라간 우진은 내부 모습을 보며 고개를 갸웃거렸다. 넓을 거라는 예상과 달리 복도부터 보였고, 그 복도 끝에 또 문이 보였다. 복도 양쪽에는 커다란 I.J 로고가 새겨져 있었다. 고작 3m 정도밖에 안 되는 복도를 엄청 화려하게 꾸며 놓았다. 게다가 문에는 영화에서만 보던 사자 문고리가 달려 있었다.

"여기는 뭐 하는 곳인데 이렇게 화려해요?"

그러자 매튜가 문을 열며 입을 열었다.

"선생님만의 공간입니다."

문고리를 잡고 있던 우진은 고개를 돌려 다시 뒤를 돌아봤다. 지금 보니 짧은 복도가 굉장히 비밀스러운 곳으로 안내하는 것처럼 느껴졌다. 복도에는 다른 곳으로 가는 문도 없이 앞에 있는 문 하나뿐이었다.

"저 혼자 4층 다 쓰는 거예요? 왜 이렇게 하셨어요? 원래 이런 거 아니었잖아요."

"전체를 사용하시는 건 아닙니다. 일단 안으로 들어가시죠."

아직 내부를 본 게 아니었기에 우진은 일단 안으로 향했다. 커다란 문을 연 우진은 내부를 천천히 둘러봤다. 전체적으로 고풍스러운 분위기였다. 기둥마다 장식이 새겨진 몰딩을 해놓았다. 이 공간만은 유럽의 성에 있는 방처럼 느껴졌다.

다른 곳에 비해 먼저 공사가 끝났지만 아직 다른 가구들을 채워놓지는 않았다. 때문에 텅 비어 있어서 굉장히 휑했다. 방을 천천히 둘러보던 우진은 사방이 유리로 된 공간을 발견했다. 그러자 매튜가 그곳을 가리키며 입을 열었다.

"저곳에서 작업하시게 될 겁니다."

"그냥 2층에서 해도 되는데요."

"대표님 지시입니다."

작업실에 들어간 우진은 창 너머를 쳐다봤다. 지금은 비어 있지만, 어떤 느낌으로 꾸미려는 것인지 말하지 않아도 알 것 같았다. 우진은 머릿속으로 비어 있는 공간에 가구를 하나씩 배치했다. 그러고는 그곳에 앉아 있을 고객들까지 떠올렸고, 그런 고객들과 마주하고 있는 자신도 상상했다.

그렇게 한참을 상상하던 우진은 조그맣게 한숨을 뱉었다.

여러 가지 감정이 뒤죽박죽 뒤엉켰다. 처음 분위기를 보자마자 느낀 것은, TV나 영화에서 성공한 디자이너들만 갖고 있는 개인 공간이 생겼다는 것에 대한 두근거림이었다. 막연하게 상상만 했었던 것이었는데, 실제로 생겨 버리니 디자이너로서 성공한 것 같은 느낌이 들었다.

하지만 분위기상 지금까지 상대했던 고객과는 다를 것 같았다. 매튜는 직원들이 예약을 받으면 전처럼 옷을 만들면 된다고 했다. 하지만 선착순은 아닐 것 같았다.

우진은 감정이 미묘했다. 딜란을 통해 병원에서 그렸던 디자인을 테일러들이 제작, 판매한다고 듣긴 했다. 그런 결정은 그동안 자신이 회사 운영을 못 했기에 생긴 일이었다. 만약 하던 대로 회사를 운영했으면 머지않아 재정난으로 시작해 폐업까지 갔을 수도 있다고 했다. 때문에 딜란의 결정에 토를 달 수도 없었다.

고객들도 중요하지만, 현재로서는 I.J 식구들이 더 가까웠기에 못마땅하지만 일단은 고개를 끄덕거렸다. 그러다가 문득 드는 생각에 우진은 입을 열었다.

"매튜 씨, 제가 디자인한 걸 우리 디자이너들이 만든다고 했죠?"

매튜는 우진을 보며 고개를 끄덕였다. 다음에 어떤 말을 할지

듣지 않아도 알 것 같았다. 아니나 다를까, 우진의 입에서 딜란이 예상했던 말이 그대로 나왔다.

"그럼 제가 디자인 많이 뽑으면 그거 다 디자이너분들이 만드는 거죠?"

"맞습니다."

"하, 다행이다."

"왜 그러십니까?"

"하하, 아니에요."

고민이 많던 우진의 얼굴이 갑자기 활짝 폈다. 우진은 제대로 보지 못한 방 구석구석을 살폈고, 매튜는 그런 우진을 보며 피식 웃었다. 우진이 뭘 한다고 말은 안 했지만, 표정에 다 드러났다. 딜란의 예상대로였다.

우진이 디자인을 뽑지 못한다고 해도 전혀 상관없었다. 오히려 많이 뽑는 것이 문제였다. 정작 만드는 사람들은 테일러들이었다. 매튜는 의욕에 불타오르는 우진을 보며 피식 웃었다.

"대표 손바닥 안이시군요."

*   *   *

2월이 되자 I.J 홈페이지에 이전에 대한 공지가 올라갔다. 공사도 얼추 마무리되고 있었고, 이전까진 이세 한 달이 남았다. 하지만 고객들에게 혼동을 주지 않기 위해 조금 이른 시간에 공지를 올렸다. 홈페이지에는 댓글이 열려 있는 곳이 아무 데도 없었기에 사람들의 반응을 볼 순 없었다.

홈페이지를 확인한 딜란은 자신의 옆자리에 자리한 우진을 봤다. 자신이 듣기로는 고객과 소통을 매우 중요하게 여긴다고 들었는데 지금은 아예 관심이 없는 사람 같았다. 딜란은 연필을 들고 생각에 빠진 우진에게 조용히 물었다.

"안 궁금해요?"

"네? 뭐가요?"

"하하, 우리 이전한다고 공지 올렸는데 반응 안 궁금하냐고요."

우진은 잠시 생각하는 듯하더니 입을 열었다.

"욕 많아요?"

"음?"

"많나 보네요. 그런데 신경 안 쓰려고요. 겪어보니까 욕할 사람은 꾸준히 하더라고요. 그것보다 제가 어제 준 스케치 봤어요? 어때요?"

"급한 건 아니니까 천천히 보죠."

우진은 딜란을 가만히 쳐다보더니 얼굴을 찡그렸다.

"그냥 욕 많은 거 봤는지 궁금한 거예요?"

"그냥 궁금해서요, 하하."

우진도 사실 궁금하긴 했다. 하지만, 이미 가야 할 길을 정해 뒀는데 이용하지도 않을 고객들의 소리를 들을 필요는 없었다. 오히려 반응을 안 보게 되니 마음이 더 편했다. 우진은 자신을 떠보듯 질문하는 딜란을 한번 보고는 입을 열었다.

"그런데 저 다음 주부터 목동으로 가잖아요."

"그렇죠."

"그럼 예약은 어떻게 됐어요? 고객 직접 받으신다고 했잖아요."

"알아보는 중입니다."

딜란이 도통 얘기를 안 해주는 통에 이 부분만은 답답했다. 인터넷이나 SNS에도 예약을 받는다는 공지는 한 줄도 없었다. 그렇다고 매장에 찾아오는 사람도 없었기에 어떻게 하려는 건지 알 수가 없었다.

우진은 뜬금없이 떠보면서 리듬이나 깨는 딜란을 보더니 조그맣게 한숨을 뱉고는 다시 펜을 잡았다. 예약이 잡혀 있지 않다고 해도 해야 할 일이 많았다.

그때, 딜란의 휴대폰이 울렸다. 딜란은 우진을 보고 피식 웃더니 수첩을 챙겨 자리에서 일어났다.

미용실로 들어온 딜란은 수첩을 펼치더니 곧바로 통화 버튼을 눌렀다.

—I.J입니까?

"네, 맞습니다."

—강우생명 조용일 부사장님 19일 4시 가신답니다.

"알겠습니다. 그럼 나머진 메시지로 안내해 드리겠습니다."

딜란은 씨익 웃더니 수첩에다가 동그라미를 쳤다.

"강우생명까지 다섯. 딱 좋네."

딜란은 수첩을 넣더니 어디론가 전화를 걸었다.

"마이클, 광고는 나왔어? 로젤리아는 한국에 언제 와."

—오랜만에 통화해서 일 얘기부터입니까?

"하하, 다른 얘기는 만나서 해야지. 아무튼 언제 오는데."

─한국 날짜로 3월 5일에 도착합니다.

"알겠어, 하하."

딜란은 곧바로 또 수첩에 메모를 하기 시작했다.

"소문이 나려면 좀 빠듯하겠네."

─무슨 소문?

"아니야. 그건 그렇고, 거긴 마음에 들어?"

─음, 이미 공사 시작했는데 마음에 들고 안 들고가 중요합니까? 솔직히 딜란 씨 추천 아니었으면 거들떠도 안 볼 곳 같습니다.

"하하, 고마워하게 될 날이 올 거야."

딜란은 피식 웃으며 통화를 마쳤다.

*   *   *

딜란에게 갑작스럽게 통보를 받은 우진은 당황함보다 설렘이 먼저였다. 몇 개월 만에 고객을 만난다는 생각에 들뜰 수밖에 없었다. 그렇게 약속 시간이 빨리 오길 바라며 완벽하게 준비까지 마친 상태였다.

고객을 만나기 위해 목동에 나와 있었지만, 이곳에서 처음으로 고객을 받는다는 생각에 우진은 방에 놓은 소파나 장식품들에는 아예 관심도 없었다.

"약속 시간이 몇 시예요?"

"2시부터입니다."

"시간 엄청 안 가네요."

우진은 시계를 한 번 봤다가 일어나서 거울도 한 번 봤다가 가만히 앉아 있질 못했다. 그나마 통유리로 된 작업실에 들어가 있을 때만 안정이 됐다. 작업실에 앉아 있던 우진은 문득 드는 생각에 문만 살짝 열고 매튜에게 물었다.

"매튜 실장님, 혹시 대표님이 한 말이 무슨 뜻인지 아세요?"

"선생님도 당하셨습니까? 궁금해하면 더 그러니까 안 궁금한 척하면 됩니다."

"그런 게 아니라요. 며칠 전에 알려주면서 그러더라고요. 지금 받는 고객이 고객일 수도 있고 아닐 수도 있다고. 그게 무슨 소리일까요. 제가 디자인을 잘 뽑아야지 우리 고객이 된다는 소리인가? 실장님도 모르세요? 대표님이 실장님한테는 얘기 잘 해주잖아요."

매튜는 딜란에게 들어 이미 알고 있었지만 우진에게 말해줄 수는 없었다. 딜란이 하려는 일은 어떻게 보면 고객을 이용할 수도 있는 일이었다. 딜란에게 처음 얘기를 들었을 땐 자신 역시 반대했었다. 하지만 딜란의 말을 듣고 보면 틀린 말이 아니었다.

고객을 받되 그 고객의 행동에 따라서 옷을 제작할지를 결정한다고 했다. 오너인 우진을 무시하거나 예의에 어긋나는 행동을 하면 옷을 맞출 수 없는 것이었다. 우진의 위치를 끌어올리는 것과 동시에, 아무에게나 만들어주는 옷이 아니라는 점을 강조한다고 했다.

물론 서로 존중하면 예약을 할 수 있게 되니 문제가 아니었다. 다만 딜란이 예약받은 명단이 문제였다. 딜란은 스스로 사회적 위치가 있는 사람들에게 직접 연락을 했다. 개인정보를 알 수 없으니 이번엔 대부분 회사의 중역이거나 유명한 연예인들이 었다.

그 수가 열 명가량이었는데, 문제는 대부분의 사람들이 소위 갑질이나 권위적인 행동으로 사회적인 논란이 있었던 사람들이 라는 점이었다. 딜란은 많은 곳에 안내문을 돌렸다고 했지만, 매 튜가 보기에는 대부분 문제가 있는 사람이었다.

고객에게 문제가 있든 없든 우진이 달가워하진 않을 방법이었 다. 하지만 딜란의 말처럼 우진이 존중받아야 한다는 생각에 침 묵하는 중이었다.

그때, 커다란 문을 노크하는 소리가 들렸다. 잠시 뒤, 임시로 로비를 책임지고 있는 준식과 딜란이 보였고, 그 뒤로 50대 정도 로 보이는 남성이 들어왔다.

방 안으로 들어오자 준식이 먼저 우진을 소개하려 했지만, 그 럴 필요가 없었다. 우진을 알아본 남성이 곧바로 우진에게 손을 내밀었다.

"TV에서보다 훨씬 젊군. 반갑네. 나 강우생명 조용일일세."

우진이 고개를 끄덕이며 손을 잡자, 부사장이라는 사람은 우 진의 어깨를 툭툭 토닥거렸다. 우진이 웃으며 자리로 안내하려 할 때, 갑자기 손 하나가 끼어들어 자신의 어깨를 두드렸다. 고 개를 돌려보니 딜란이 얼굴을 찡그리고 있었다.

우진은 자신과 부사장 사이에 끼어든 딜란을 보며 고개를 갸 웃거렸다. 그때, 딜란의 입이 열렸고, 그 말을 들은 우진은 경악 했다.

"너, 나가줄래?"

한국말로 또박또박 말했기에 잘못 들었을 리도 없었다. 부사
장 역시 당황한 얼굴로 딜란을 봤다. 자신이 들은 걸 확인하려
는지 함께 온 비서를 돌아봤지만, 비서 역시 당황한 얼굴이었다.

"나가라니까? 옷 안 만들어."

우진이 무슨 오해가 있다는 생각에 직접 나서려 할 때, 매튜
가 우진의 팔을 잡으며 고개를 저었다. 우진은 지금 벌어지는 일
이 도대체 무슨 상황인가 싶었다. 부사장이 황당하다는 얼굴로
가만히 서 있자 딜란은 걸음을 옮기더니 문까지 열었다. 그러자
부사장과 함께 온 비서가 앞으로 나섰다.

"왜 그러는 겁니까?"

딜란은 비서를 힐끔 보더니 뒤쪽에 있던 부사장을 향해 입을
열었다.

"당신이 보기에는 우리 디자이너가 재밌어?"

"재미요?"

"재미가 아닌가? 잠깐, 사전 좀. 아! 우스워?"

부사장은 딜란이 무슨 말을 하는 건지 알아듣지 못하는 얼굴
로 비서에게 빨리 해결하라는 신호를 보냈다.

"무슨 오해가 있으신 모양인데."

"오해 아니야. 우리 디자이너가 부하야? 왜 반말로 시작해서
등까지 두드려."

"아, 부사장님께서 반갑다는 의미로 그런 겁니다. 한국에서는
보통 윗사람이 반갑다는 의미에서 하는 표현입니다."

"반갑다는 의미로 등 두드려? 나 볼 때는 안 두드리던데. 안
반가웠나 봐. 그리고 저 사람이 왜 우리 디자이너 윗사람이야.

키도 우리 디자이너가 더 큰데. 장난해?"

"아니, 오해를……."

"알았고! 빨리 나가. 우리 디자이너 스트레스 받으면 또 병원 가야 해. 병원비 청구한다?"

한참이나 지속된 상황에 대화를 들으며 오만상을 짓던 부사장은 비서를 불렀다. 그러고는 딜란을 노려보더니 입을 열었다.

"지금 자네 실수하는 거 같은데."

"실수 아닌데."

"후… 됐네. 그만 가지."

비서는 입을 다물고는 알았다는 듯 한발 물러섰다. 문을 나서던 부사장은 딜란을 다시 노려봤다. 웃는 얼굴로 빨리 나가라는 듯 손짓으로 문을 안내하는 모습이 열불 나게 만들었다.

"쯧쯧, 영 소문보다 못하군. 이런 곳에서 만드는 옷, 나도 거절이네."

"하하, 소문이랑 똑같네. 잘 가고."

부사장은 얼마나 화가 나는지 얼굴이 타오를 듯 뻘게져서는 문을 나섰다. 부사장이 나간 것을 확인한 우진은 자신을 잡고 있는 매튜의 손을 뿌리친 뒤 급하게 입을 열었다.

"이게 무슨 짓이에요?"

"뭐가요?"

"고객한테 무슨 짓을 한 거냐고요!"

우진의 목소리가 다소 올라갔다. 옆에 있던 매튜는 알아듣지 못했지만, 분위기상으로 예상했던 일이 터졌다는 것을 알았다. 우진이 저렇게 화를 내는 것도 처음 봤고, 딜란이 과연 어떻게 대처할지도 궁금했다.

"왜 그런 거냐고요! 내가 알아들을 수 있게 말해봐요!"

"하하."

"웃지 말고요! 어떻게 고객한테 그럴 수 있어요!"

"오자마자 반말하니까 그런 거죠. 하하."

"아니, 반말 잠깐 한 걸로 그러면 안 되죠!"

우진의 큰 소리에 딜란의 얼굴에서 미소가 사라졌다. 그러고는 팔짱을 끼더니 우진을 물끄러미 쳐다봤다. 그렇게 한참 동안 우진의 화를 받던 딜란이 입을 열었다.

"후, 아직 멀었군요. 이봐요, 우진 군."

우진은 갑자기 변한 딜란의 분위기에도 화가 수그러들지 않는지 굳은 얼굴이었다. 그런 우진을 살피던 딜란이 조용히 입을 열었다.

"왜 그렇게 화를 내는 거죠? 혹시 저 사람 때문에 I.J에 무슨 문제가 생길까 봐?"

"그런 문제가 아니잖아요! 기껏 초대까지 해서 온 분인데!"

"그러니까 초대받아서 왔으니까 반말도 참아야 한다?"

"심한 말도……."

"그만. 알아들었어요. 그런데 왜 그래야 하죠? 아! 한국말로 '손님이 왕이다' 그런 건가요? 아니면 그 사람 때문에 숍이 망할까 봐서? 그것도 아니면 투정인가요? 그동안 병원에 있다가 오랜만에 만난 사람인데 옷을 못 만들게 돼서?"

우진은 쉽게 대답하지 못했다. 딜란의 말대로 손님이 왕이라는 이유도 있었고, 혹시 지금 일로 I.J에 타격이 올 수 있을 거라고도 생각했다. 그동안 사무실 식구들을 비롯해 디자이너들이 얼마나 열심히 해왔는지를 알기에 자신보다 I.J 식구들 걱정이 먼저였다. 그런데 걱정할 일이 없다는 듯 장난스럽게 대처하는 딜란의 모습 때문에 우진은 화가 올라왔다.

그때, 딜란이 소파에 등을 기대며 말했다.

"저런 사람 하나 때문에 문제 생길 일 없어요. 문제 생겨도 내가 해결할 테니까. 나도, 교수도 그만두고 다시 시작하는 일인데 잘돼야 하지 않겠어요?"

"그럼 제가 알아들을 수 있게 얘기해 주세요."

딜란은 팔짱을 풀더니 소파에 앉더니 우진에게 앞에 앉으라고 권했다. 우진이 앉자 평소와 다르게 진지한 얼굴을 한 딜란이 한국어가 아닌 영어로 말했다.

"서비스는 직원이 할 테니까, 우진 군은 그런 대우 받을 필요 없어요. 매니저나 직원들이 저런 대우를 받는다면 화는 나더라도 이렇게까지 하진 않죠. 그런데 우진 군 얘기라면 다릅니다. 지금 우진 군은 I.J를 대표하는 상징입니다. 원래 상징은 고고하고 위대해야죠. 그래야 그 상징을 받드는 사람들도 의미가 있는 거고, 자부심을 느낄 수 있는 거죠."

딜란은 또 꼬아서 얘기했지만, 이번엔 어느 정도 알아들을 수 있었다.

"그 누구한테도 고개 숙일 필요 없습니다. 그저 웃으로 보여 주면 됩니다. 그것이 지금 I.J 직원들 모두 힘쓰는 브랜딩 작업의 마지막입니다. 뿐만 아니라 우진 군의 행동 하나하나에 디자이너들이 영향을 받습니다. 최고의 실력을 가진 디자이너와 함께

한다는 자부심을 가질 수 있도록 도와주십쇼."

딜란은 앞으로 받을 고객들까지 어떤 사람인지 얘기했고, 무슨 생각으로 그랬는지 솔직히 꺼내놓았다.

그 말을 들은 우진은 머리로는 이해했다. 디자이너들이 자신을 어떻게 생각하고 있는지 이미 충분히 알고 있었기에 크게 와 닿았다. 하지만 브랜딩 작업이라고 해도 이런 방식은 아니었다. 그저 사람 하나를 바보로 만든 것처럼 느껴졌다. 그 사람들이 어떤 사람들이건 간에, 지금 자신들도 달라 보이진 않았다.

우진의 표정을 살펴보던 딜란은 피식 웃으며 말을 이었다.

"그들도 예의를 갖추고 I.J를 인정하고 대우해 준다면 우진 군의 옷을 입을 수 있을 겁니다. 그리고 그들을 시작으로 고객들도 변하게 될 겁니다. 이번 일로 명품 디자이너에게 필요한 도도한 이미지를 챙기게 될 겁니다."

"I.J가 도도한 이미지는 아니었잖아요."

"하하, 앞으로도 그런 이미지는 아닙니다. 전처럼 고객들과 가깝지 않지만, 그렇다고 거리를 두지도 않을 겁니다. 내가 말하는 건 우진 군, 오직 우진 군을 위한 작업입니다. 우진 군의 이미지만 바꿔도 브랜딩에 크게 도움 될 겁니다. 처음부터 제대로 잡혀 있었다면 아까 같은 경우는 아예 없었을 테죠."

우진은 반박을 하고 싶었다. 하지만, 딜란이 오고서 변한 I.J를 봤기에 그럴 수 없었다. 제정적으로나 I.J 식구들 만족노나 보는 면에서 자신이 있을 때보다 나았다. 우진은 딜란을 물끄러미 보고선 입을 열었다.

"그럼 예의를 갖추면 옷 만들어도 된다는 거죠?"

"물론이죠."

"일부러 이상한 트집 잡고, 일부러 화나게 하고 그런 건 아니죠?"

"절대."

우진은 마지못해 고개를 끄덕였고, 그걸 본 딜란은 웃으며 일어났다.

"오늘 예약받은 사람들 중에 우진 군의 옷을 입을 수 있는 사람이 나타나길 바라죠."

딜란은 나가는 길에 매튜를 불러서 함께 나갔다. 작업실에 혼자 남은 우진은 왠지 자신의 옷을 입을 수 있는 사람이 없을 것 같다는 느낌이 들었다.

제4장

반가운 고객

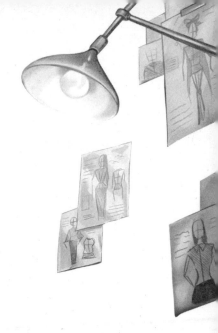

매장 근처에서 식사를 하고 돌아가는 우진의 표정은 그다지 좋지 않았다.

며칠 동안 꽤 많은 고객을 만났지만, 예상했던 대로 한 건의 예약도 받지 못했다. 신기하게도 처음에는 예의를 갖추던 사람들도 대화를 이어나갈수록 점점 반말을 했다. 예전이라면 그런 모습들을 당연하다고 여기며 웃어넘겼을 텐데, 딜란의 말을 듣고 난 이후부터는 유독 신경이 쓰였다.

"아무래도 제가 어려서 그런 건 아닌 거 같아요."

"저도 그렇게 생각합니다."

함께 있던 매튜가 동의하자 우진은 더욱 심각한 얼굴로 입을 열었다.

"그럼 뭘까요? 제 행동 때문인가요?"

"선생님의 친절함과 사람의 특성이 겹쳐져서라고 생각합니다. 동서양을 막론하고 지위가 높은 사람들의 특징이죠. 예의를 갖추면 그에 걸맞은 예의 있는 행동으로 답해야 하는데, 그게 아니거든요. 누군가의 위에 있으려고 하는 게 사람이고, 지금 만난 사람들이 전부 그런 경험을 통해 지금 자리에 있는 것이니 그런 행동이 더 쉽게 나오는 것이겠고요."

"흠, 그럼 제가 어떡해야 해요? 대화를 통해서 옷을 만들고 싶은데, 계속 이러면 못 만들 수도 있잖아요."

"선생님이 뭘 할 필요는 없으십니다. 하시던 대로 하시면 됩니다. 조만간 대표님이 말한 대로 그런 사람이 나타나겠죠. 모두가 그런 건 아닐 겁니다. 그리고 선생님의 옷을 입은 사람이 한 명, 두 명씩 늘어갈수록 사람들도 느끼는 게 있겠죠."

매튜는 옆에 따라오는 우진을 가만히 쳐다봤다. 지금 말은 이렇게 했지만, 자신이 봤을 때는 상당히 오래 걸릴 것 같았다.

대표인 딜란이 예약 확인을 직접 했다. 대표가 직접 예약 확인을 한다는 것도 이상한데, 딜란은 상대방이 스스로 위대한 사람처럼 느끼도록 치켜세웠다. 대표가 직접 예약 확인까지 하고 치켜세우기까지 하는데, 당연히 스스로가 특별하다고 생각하고 오게 마련이었다. 그러다 보니 우진은 아직도 옷을 만들지 못했다.

"후, 그런데 참 신기해요."

"어떤 게 말입니까?"

"그렇게 매몰차게 쫓아냈으니 언론은 힘들더라도 인터넷에 한마디 말이나 하다못해 항의 전화라도 할 줄 알았는데 너무 조용해서요."

매튜는 잠시 다른 곳을 보더니 고개를 저었다. 대부분은 아예 연락도 없고 넘어갔지만, 우진이 모르는 항의 전화가 몇 통 있었다. 하지만, 딜란의 한마디에 전부 꼬리를 내렸다.

"지금 우리한테 갑질하는 겁니까?"

이 말 한마디로 모든 게 해결 가능했다. 초대받은 대부분이 이미 한 번씩 그런 일로 문제가 됐던 사람들이었다. I.J의 이미지가 좋기 때문에, 이미 안 좋은 이미지인 자신들이 뭐라고 한들 대부분 I.J의 편을 들 것이 확실했던 것이다.

우진과 매튜는 대화를 하며 걸음을 옮겼다. 로데오 거리에 있는 건물에 거의 다 왔을 때쯤 한창 인테리어 공사 중인 건물에서 나오는 사람이 보였다.

"매튜 씨, 저기 대표님 아니에요?"

"맞습니다."

"저기서 뭐 하시는 거예요? 왜 남의 건물에."

딜란은 밖에 나와서까지 건물을 살폈다. 하루 종일 안 보여서 청담동 매장에 있는 줄 알았는데, 왜 남의 공사장에서 저러고 있는지 도무지 이해할 수가 없는 사람이었다.

"대표님!"

"어? 어디 가세요?"

"밥 먹고 왔어요. 여기서 뭐 하세요?"

"하하, 마침 잘 왔어요. 여기 어때요?"

"네?"

우진은 건물을 살피며 고개를 갸웃거렸다. 크기는 I.J와 비슷했고, 분위기를 보면 꽤 고급스러운 옷을 파는 매장처럼 보였다. 마치 I.J와 비슷한 느낌의 매장이었다.

우진은 딜란이 질문한 이유를 생각했다. 바로 옆에 I.J 매장이 있는데 새로 구했을 리도 없었다. I.J 매장이 아닌데 어떠냐고 묻는 모습에 우진은 설마하며 입을 열었다.

"여기 로젤리아 매장 들어와요?"

"오……."

딜란은 우진이 단번에 알아차린 게 재미없다는 듯 얼굴을 찡그렸다. 그러고는 건물을 가리키며 입을 열었다.

"1층부터 3층. 로젤리아 매장 들어옵니다. 그리고 바로 옆 건물 보이죠?"

"저기도요?"

"저곳이 로젤리아 코리아가 이전할 겁니다. 뭐 재고관리나 고객 센터 같은 것만 운영하겠지만. 그래도 이 블록이 명품 브랜드가 적어서 걱정했는데 때마침 로젤리아에서 들어온다고 하더군요, 하하."

우진은 딜란이 로젤리아가 이곳에 매장을 내도록 힘썼을 거라고 생각하며 건물을 쳐다봤다. 우진도 주변 매장들과 I.J가 너무 안 어울리는 느낌에 내심 걱정 중이었다. 하지만 로젤리아가 생긴다면 확실히 든든했다. 어차피 기성복을 판매하는 곳이니 고객이 겹칠 일도 없었기에 더 반가웠다.

우진의 표정을 살피던 딜란이 미소를 지으며 로젤리아 건물부터 옆 건물로 하나씩 손가락을 옮기며 말했다.

"앞으로 이 거리가 어떻게 변하게 될지 궁금하군요, 하하."

우진은 로젤리아 건물부터 차례대로 건물들을 바라봤다. 지금 당장은 비어 있는 곳도 있었다. 하지만 I.J와 함께 로젤리아까지 들어선다면 거리가 조금은 달라지지 않을까 생각했다. 우진은 이름다운 매장들로 가득 찬 거리를 상상했다. 여러 브랜드들로 빈 매장을 채우다가 제프 우드나 헤슬의 매장까지 들어선 모습을 상상한 우진은 자신도 모르게 씨익 웃었다.

"뭘 보고 그렇게 좋아하는 거죠?"

"하하, 아니에요. 언제 오픈이에요?

"치마바지 오픈 날보다 조금 이르죠."

"그럼 얼마 안 남았네요?"

딜란은 직접 보라는 듯 로젤리아 건물을 가리키며 웃었다. 우진은 다시 로젤리아 매장을 쳐다봤다. 로젤리아가 들어올 걸 알고 봐서인지 확실히 고급스러웠다. 매장을 가만히 보던 우진은 딜란을 쳐다보며 물었다.

"그럼 우리도 로젤리아 오픈에 맞춰서 뭘 내보는 게 좋지 않을까요?"

"오. 하하, 오늘 예약 고객 잡혀 있지 않습니까."

우진은 예약이라는 말을 반가워하다가 이내 반가운 기색을 지웠다. 딜란이 받은 고객이면 보나 마나 옷을 만들기는 글렀다. 그래도 혹시나 하는 마음에 고객에 대해 물었다.

"어떤 분이세요?"

"음, 제가 듣기로는 우진 군도 한번 본 적 있는 걸로 알고 있는데. 스케줄표 적어뒀는데 안 보셨죠?"

"거기에 그냥 고객이라고만 적어놨잖아요."

딜란이 지금까지 받은 예약 고객들 중 대부분이 부자에 속해 있었기에 우진은 자신이 알고 있는 재벌이나 부자를 떠올렸다. 많지는 않아도 몇 명 정도는 있었지만, 딱히 이상한 사람은 없었다. 딜란이라면 분명히 이상한 사람을 예약받았을 것이었다.

"혹시 라이언킹덤 대표?"

"라이언킹덤? 아, 호정어패럴 계열사. 거기 아닙니다. 하하."

"그럼 누군데요?"

"하하, 완성 희망일이 열흘 정도더군요."

"그건 대표님이 안 쫓아내야 얘기하죠. 그런데 누구예요? 말 해줘야 저도 준비하죠. 하……."

딜란은 궁금해하는 우진을 보며 재밌다는 듯 웃었다. 그러자 뒤에 서 있던 매튜가 우진의 귀에 조용하게 말했다.

"어차피 이따 보게 될 겁니다. 그만 가시죠."

"아… 그런데 매튜 씨도 모르세요?"

매튜는 대답 대신 우진을 물끄러미 봤다. 그 모습을 보던 딜란이 소리 내서 웃었다.

"해보니까 재밌죠? 하하."

딜란의 말에 우진이 매튜를 보자, 그는 그 말이 사실이라는 듯 고개를 돌려 다른 곳을 바라보았다. 매튜까지 변해 버린 모습에 우진은 더 당하기 싫다는 듯 곧바로 등을 돌렸다.

"어디 가요! 궁금할 텐데! 힌트 줄까요! 힌트!"

*　　　　　*　　　　　*

작업실에 돌아온 우진은 고객이 온다는 얘기를 들었지만 아무런 준비도 하지 않았다. 어차피 만들지도 못할 테니, 그보다는 청담동에 있는 디자이너들에게 줄 스케치를 구상 중이었다. 많으면 많을수록 선택의 폭이 넓어질 터였고, 옷을 만들지도 못하는 일에 신경 쓰고 싶진 않았다.

노크 소리가 들렸다. 시간을 보니 벌써 고객이 올 시간이었다. 혹시 예의를 갖출 수도 있다는 희망이 남아 있었는지 우진은 자신의 옷매무새를 정리했다. 그러고는 닫혀 있는 문을 열었다. 언제나처럼 딜란이 가장 앞에 서 있었다.

그때, 딜란의 어깨 너머로 익숙한 목소리가 들렸다.

"오랜만이에요!"

"어?"

딜란은 손을 들어 안으로 안내했고, 우진은 작업실로 들어오는 사람을 보며 살짝 당황했다. 그동안 딜란이 받았던 고객들과는 전혀 다른 유형의 사람들이라, 지금 눈앞에 있는 사람들은 전혀 생각해 본 적이 없었다.

"얼마나 걱정했다고요. 문병이라도 가고 싶었는데 드라마 촬영 때문에 갈 수가 없었어요. 미안해요."

"누가 보면 당신이 옷 맞추러 온 줄 알겠어. 오늘 주인공은 강민주 배우님이 아니고 나라고. 하하, 안녕하셨죠? 너무 오랜만에 뵙는 거 같군요."

강민주와 남편인 박재영이었다. 박재영은 꽤 괜찮은 사람이라고 생각했는데 어떻게 딜란이 예약을 받았는지 궁금했다. 혹시 자신이 모르는 얼굴이 있는 건가 싶었다. 그렇다면 상당히 곤란한 자리가 될 것 같았다. 곤란함의 원인인 강민주는 얼굴만 봐도 자신을 반가워하고 있다는 게 느껴졌다. 우진은 박재영이 그런 사람이 아니길 바라면서 자리로 안내했다.

"두 분 다 오랜만에 봬요."

"그렇죠? 저도 우리 배우님 오랜만에 봅니다. 하하, 이번에 KBC에서 사전 촬영 하는 드라마가 해외 올 로케라서 일주일에 한 번 보면 많이 보는 겁니다, 하하."

"말도 말아요. 이이가 주말마다 12시간씩 비행기 타고 왔어요."

여전히 아내를 사랑하는 박재영이었다. 저런 사람이 무슨 문제가 있을까 하는 생각에 우진은 대화에 집중하지 못했다. 우진은 한쪽에 서 있는 딜란을 힐끔 쳐다봤다. 실실 웃고 있었지만, 저런 얼굴로 몇 명이나 내쫓은 전적이 있어 불안했다.

그때, 딜란과 시선이 마주쳤다. 그러자 딜란이 우진에게 다가왔고, 우진은 딜란이 걸음을 옮기는 동안 대화에 무슨 문제가 있었는지 생각했다. 아무리 생각해 봐도 자신을 하대하거나 예의 없는 행동은 아니었다. 그사이 딜란이 웃는 얼굴로 우진의 옆에 앉았다.

"대화 중이신데 실례합니다."

"아닙니다."

앞으로 무슨 일이 일어날지 모르고 강민주 손을 꼭 잡고 있는 박재영을 보니 머리가 지끈거렸다. 우진은 어떻게 대응해야 하는지 머릿속이 빠르게 돌아갔지만 딱히 해결책이 생각나지 않았다. 그때, 딜란의 입이 열렸고, 우진은 아예 고개를 돌려 버렸다.

"디자이너님께서 희망일에 맞춰주실 수 있다고 했습니다."

로젤리아 매장 앞에서 희망일이 열흘 안이라고 한 말이 떠오른 우진은 고개를 돌려 딜란을 봤다. 딜란은 씨익 웃으며 고개를 끄덕이더니 입을 열었다.

"그럼 대화 나누시죠. 전 잠시 후에 오겠습니다."

딜란은 아예 나가 버렸다. 닫힌 문을 보던 우진은 그제야 재영이 딜란의 심사에 통과했다는 것을 알아차렸다.

우진은 약간 이상함을 느꼈다. 박재영이 좋은 사람인 건 맞지만, 대화를 오래 나눈 것도 아닌데 딜란이 통과시켰다는 게 신기했다. 하지만 그것도 잠시, 우진은 오랜만에 맞이하는 고객과 옷에 대한 이야기를 하고 싶었다.

"어떤 옷을 생각하고 오셨어요?"

"여전하십니다. 바로 시작이군요? 하하."

우진은 멋쩍은 미소를 지었고, 박재영과 강민주는 서로를 보며 웃었다.

*   *   *

우진은 드디어 옷을 만들 수 있다는 생각에 기뻐하며 재영의 내답을 기나렸나.

"선생님이 추천해 주시는 옷을 입어야죠. 와이프도 그렇게 하라고 추천했고요."

그가 왼쪽 눈에 대해 알 리가 없기에 하는 얘기였다. 이제는 보이지가 않으니 할 수 있는 방법이 아니었다. 그렇지만 왼쪽 눈 없이 만든 옷에서도 빛이 보인 적이 있었기에 우진은 대화부터 이어나갔다.

"기간은 언제까지인가요?"

"희망일을 말하라고 해서 3월 5일이라고 했습니다. 와이프한 테 물어보니까 선생님은 그 정도면 충분하다고 하더군요."

"그럼 혹시 어떤 자리에서 입으시려고 하는지 여쭤봐도 될까 요?"

"그럼요! 하하, 5일은 옷을 받아보는 날짜고, 필요한 날은 다음 날이죠. 대영백화점에서 큰 행사를 하거든요."

재영의 말을 메모하던 우진은 고개를 끄덕였다. 대영백화점의 대표인 재영이 참석하는 행사라면 중요한 자리라고 추측했다. 그 렇다면 대표의 위치도 있으니 정장이 괜찮을 것이다.

그때, 재영의 말이 이어졌다.

"선생님이 디자인하셔서 그런지 로젤리아가 미국에 이어서 한 국에 두 번째로 출시되거든요. 사실 굉장히 이례적인 일이죠. 유 명 백화점에 입점만 했는데 매장을 내는 것도 그렇고, 하하. 아 무튼 우리 대영이 로젤리아에서 출시하는 쇼를 맡게 됐습니다."

우진은 그제야 딜란이 왜 재영을 선택했는지 알아차렸다. 로 젤리아에서 자신이 디자인한 치마바지를 출시하고, 거기에 맞춰 서 대영백화점의 대표인 재영에게 자신의 옷을 입힐 계획이었다.

재영이 말한 대로 미국 다음으론 항상 유럽에 먼저 출시했던 로젤리아가 한국을 두 번째로 선택한 일은 이례적이었기에 취재 도 뜨거울 것이었다. 그때 로젤리아가 한국을 선택하게 된 배경에 자신이 있다는 것이 재조명될 것이다. 더불어 대영백화점의 대표까지 자신이 만든 옷을 입고 있다면 그 자리에 참석한 중요 인물들이 전부 I.J와 연관이 된다.

우진은 딜란이 새삼 대단하다고 느꼈다. 딜란은 한번 걸리면 더 이상 이용할 것이 없을 때까지 이용하는 사람이었다. 로젤리 아가 I.J 근처에 자리하게 된 것도 딜란의 입김이 강하게 작용했 을 것이 분명했다.

딜란에 대해 생각하던 우진은 몸을 살짝 떨고 앞에 있는 재영 을 봤다. 재영에게도 의미가 있지만, 자신의 생각이 맞다면 자신 에게도 중요한 자리였다. 그 때문에 약간 부담감이 생겨, 예전이 라면 길다고 느꼈을 열흘이라는 시간이 길게 느껴지지 않았다. 어떤 식으로 특별하게 만들어야 하나 고민할 때, 재영이 웃으며 입을 열었다.

"그런데 거기보다 중요한 자리는 따로 있습니다. 하하, 그날이 우리 결혼기념일이거든요. 와이프도 마침 촬영도 끝났고 해서, 거기에는 얼굴만 비치고 바로 여행 갈 생각입니다, 하하. 우리 민 주한테 어울리게 아주아주 젊어 보였으면 좋겠습니다, 하하!"

우진은 헛웃음을 뱉었다. 자신도 그렇지만, 딜란이 간과한 것 이 있었다. 박재영이 상상할 수 없을 정도로 애처가라는 사실이 었다.

*　　　　*　　　　*

우진은 작업실에 틀어박혀 생각나는 대로 스케치를 그렸다. 정장부터 캐주얼까지 수많은 스케치였다. 그중엔 깔끔한 정장도 있었고, 완전히 반대인 캐주얼한 디자인도 있었다. 재영이 1박 2일로 홍콩에 간다고 해서 우진은 재영이 도착하는 홍콩의 날씨까지 찾아보며 준비했다. 벌써 꽤 많은 양이 쌓였지만, 우진은 아직 선택하지 못하고 있었다.

이미 마음이 홍콩에 있는 재영에게 스케치들을 보여준다면 무조건 캐주얼을 선택할 것이다. 우진도 고객이 원하는 것이 우선이었지만, 딜런이 재영을 선택한 이유를 알아서인지 쉽게 결정을 내릴 수 없었다. 그렇다고 여행 간다는 사람에게 정장을 권할 수도 없었다.

우진은 테이블 위에 자신이 그린 스케치를 주욱 늘어놓고 고민했다. 그때, 노크 소리와 함께 딜런이 들어왔다.

"디자인 나왔습니까?"

"아직이요."

"원단 선택하고 주문하고 하려면 시간이 빠듯한데. 이것들은 뭔데요? 오! 이거 좋은데요? 밝은 그레이색 슈트. 어두운 하늘색 셔츠에 네이비색 넥타이. 게다가 이건 뭐죠?"

"아, 야외에도 행사장 있다고 들어서요. 좀 추울 거 같은데, 너무 두꺼운 코트보다는 같은 계열로 트렌치코트처럼 그려봤어요."

"좋은데요? 진중해 보이는군요."

딜런은 정장이 마음에 드는 듯 스케치에서 눈을 떼지 못했다. 딜런이라면 정장을 선택할 거라고 예상하던 우진은 멋쩍게 웃었다. 딜런이 마음을 정하면 무슨 수를 써서라도 재영에게 정장을 입게 만들 것 같았다. 그때, 딜란의 입에서 자신의 생각과 다른 말이 들려왔다.

"디자이너가 아직이라면 아직인 거니까."

우진은 내심 놀라워하며 딜란을 봤다. 큰 브랜드의 대표까지 했던 사람인 만큼 디자인의 중요성을 누구보다 잘 알고 있었다.

"건강은 챙기면서 되도록 빠르게 완성해 주시죠, 하하. 그리고 이것들은 제가 어렵게 알아낸 겁니다."

딜란은 우진에게 서류철을 넘겼다. 서류철을 열어보니 안에는 사진이 있었다. 그 사진 속에는 자신이 스케치한 치마바지부터 로젤리아에서 이번에 출시되는 것으로 보이는 사진이 들어 있었다.

"이렇게 많아요?"

"하하, 디자인으로 따지면 제품 수는 8가지밖에 안 됩니다. 그중 가장 기본형은 우진 군의 디자인이고요. 치마바지는 통일된 디자인에 색상만 바꿨죠. 사진이 많아 보이는 건 전부 따로 조합해서 그럽니다. 재킷 디자인에 따라, 색상에 따라. 이번에 컬러 디자이너도 대거 영입했다더니 색감은 꽤 괜찮아 보이더군요."

우진은 사진을 보며 고개를 끄덕거렸다. 고작 8가지 디자인이었지만, 색까지 맞춰 조합하자 수가 상당히 많았다. 그리고 재킷과 색상을 바꾼 디자인들은 조금씩 느낌이 달랐다. 기본형인 자신의 디자인은 진중한 느낌이있지만, 다른 재킷을 입혀놓은 모습에서는 약간 캐주얼한 느낌도 들었다. 꽤 공들였다는 것이 느껴졌다.

우진은 사진을 한참이나 보고선 다시 딜란에게 건넸다. 그리고 그 순간, 탁자에 올려뒀던 자신의 스케치들이 눈에 들어왔다.

우진은 딜란과 대화를 하다 말고 스케치들을 가만히 살폈다. 자신이 디자인한 치마바지로 여러 가지 조합을 한 것을 본 우진은 죽 늘어놓은 자신의 디자인을 조합하기 시작했다.

"이건 이상하고. 이건 이상할 거 같은데 의외로 괜찮네."

처음부터 조합을 염두하고 그린 것이 아니었기에 풍기는 느낌 위주로 살폈다. 검정 데님바지에 와이셔츠는 일반적으로도 많이 입는 스타일이었기에 무난한 편에 속했지만, 너무 흔한 스타일이었다. 우진은 계속해서 스케치를 살피며 조합했다.

그때, 대화 도중 갑자기 다른 짓을 하는 우진의 행동에 당황한 딜란이 입을 열었다.

"갑자기 뭐 하시는 거죠? 좋은 아이디어라도 떠올랐나요?"

우진은 딜란을 보더니 살짝 미소 지었다. 딜란은 정장을 만들기 바랐고, 재영은 캐주얼한 복장을 원했기에 고민했다. 그런데 지금 생각으로 그 고민을 해결할 수 있을 것 같았다.

"잠시만요. 생각 좀 하고요."

우진은 다시 생각에 잠겼고, 한참이 지나서야 펜을 들고 스케치를 그리기 시작했다. 머리로 생각하던 걸 그림으로 표현하니 조금은 다른 느낌이 들어 새로 그리기를 반복했다. 시간이 꽤 오래 지나는데도 딜란은 그 모습을 가만히 보고 있었다. 그러던 중 우진이 그림 한 장을 완성시켰다.

"음… 와인색 블루종이군요. 안에는 그냥 하얀색 티셔츠고……."

스케치를 한참이나 보던 딜란은 마음에 들지 않는다는 얼굴이었다.

"아무리 봐도 정장이 제일 좋은 거 같군요. 뭐 때문에 이걸 그린 겁니까? 설마 이걸 만들 생각입니까?"

"맞혀봐요."

딜란은 전세가 역전된 상황에 움찔했다. 우진은 피식 웃더니 말을 이었다.

"이래서 자꾸 맞혀보라고 한 거였군요, 하하. 잠시만 기다려 보세요. 아직 안 끝났어요."

우진은 웃으며 빈 페이지를 펼치더니 다시 그림을 그리기 시작했다. 딜란은 움직이는 우진의 손을 물끄러미 봤다. 그림 하나는 언제 봐도 대단하다고 감탄할 때, 스케치가 조금씩 윤곽을 드러냈다. 처음에 봤던 그레이색 트렌치코트 스타일의 스케치였다. 다만 전의 스케치와는 조금 달랐다. 전에 스케치는 최근 트렌드에 맞춰 슬림한 스타일이었는데 지금 보이는 정장은 그보다는 통이 있어 보였다. 이유를 찾아보니 허리 부분에 원단을 한번 접어 턱을 만든 스타일이었다.

중년 남성들이 선호하기도 하고 노턱보다 착용감이 좀 더 편했다. 그리고 체형을 감추기도 좋은 스타일이다 보니 딜란도 만족했다. 재영이 입었을 때를 생각하면 아까 봤던 노턱보다 지금 보이는 원턱이 훨씬 좋을 것 같았다.

"전 이게 좋습니다."

"하하, 그러실 줄 알았어요. 고르기 전에 한번 비교해 보세요."

딜란은 비교할 가치도 없다는 듯 블루종을 입은 스케치는 아예 쳐다보지도 않고 정장을 그려놓은 스케치에 손을 올렸다. 우진은 어이없다는 듯 딜란을 보며 말했다.

"그거 할 거니까 비교해 보세요."

딜란은 우진을 물끄러미 살폈다. 비교해 보라는 걸 보면 이유가 있으리라 생각한 그는 블루종을 그린 스케치까지 들어 올렸다. 하지만 아무리 살펴도 우진이 보라는 이유를 찾지 못했다. 한참 동안 스케치를 봐도 쉽게 파악이 되지 않았다. 그렇다고 우진에게 묻고 싶은 마음은 없었다. 지금 우진은 평소 자신처럼 실실 웃고 있었다.

이럴 땐 또 나름대로 방법이 있었기에 딜란은 피식 웃고는 스케치를 내려놓았다. 그리고 고개를 끄덕이며 감탄사를 뱉었다.

"오……"

그 감탄사에 우진은 약간 놀랐다. 알아보지 못할 거라고 생각했는데 눈치를 챈 것 같았다. 역시 딜란이라고 생각했다.

"괜찮은 거 같지 않아요?"

"그런 거 같군요."

"이렇게 입으면 정장이고, 셔츠와 재킷을 벗고 블루종을 입으면 캐주얼하고. 물론 신발도 바꿔야 하고요. 완전 다른 느낌은 맞는데 사실 조금 걱정되는 부분이 있어요."

딜란은 그제야 우진이 뭘 비교해 보라고 했는지 알아차렸다. 그는 테이블에 내려놨던 스케치를 다시 들어 올리고는 우진의 말대로 바지를 살폈다. 블루종의 바지와 정장의 바지가 똑같았다. 하지만 느낌은 완전 정반대였다. 딜란은 속으로 감탄하는 동시에 아이디어가 계속해서 떠올랐지만, 당장 우진의 앞에서 티를 내진 않았다.

"무슨 걱정이죠?"

"정장은 괜찮은데 이 블루종이 문제예요. 젊어 보이면 좋겠다고 해서 그리긴 했는데, 너무 젊은 스타일이어서 걱정돼요."

"그럼 정장만 입으라고 하면 되죠, 하하."

"후… 좀 편안한 걸 원하셨다니까요. 일단은 좀 더 다듬어봐야겠어요."

"그러시죠. 박 대표도 선택해야 하니까 이틀 뒤까진 완성해주셔야 합니다."

우진이 고개를 끄덕이자 딜란은 만족한 얼굴로 일어났다. 작업실 밖으로 나온 딜란은 그 자리에 멈춰 서서 생각을 정리하기 시작했다. 잘하면 로젤리아의 행사에서 I.J가 더 빛나는 자리가 될 수도 있을 것 같았다.

*   *   *

며칠 뒤. 재영이 다시 숍으로 찾아왔다.

"혹시라도 선생님 옷을 못 입는 건가 걱정했습니다, 하하."

"아, 디자인 뽑는 데 조금 오래 걸렸어요. 오늘 보시고 마음에 드시면 바로 제작할 수 있어요."

"그렇군요. 하도 이상한 얘기들이 들려서."

"무슨 얘기요?"

"선생님이 어떤 분인지 모르니까 하는 말들이죠. 아직 회복이 덜 됐다는 둥 그런 얘기가 들려서요."

재영이 들은 말은 좀 더 원색적이었지만 당사자와 함께 있는 자리이다 보니 순화해서 말해야 했다. 비서가 들은 소문에 의하면 I.J에 방문한 사람들 중 옷을 맞췄다는 사람이 아무도 없었다. 그리고 방문한 사람들이 하나같이 I.J를 욕하고 있었다.

꽤 오랫동안 연락이 없던 찰나에 들은 소문인 탓에 재영 역시 소문이 사실일 수도 있다고 생각했다. 그래서 어제 디자인을 확인하러 오라는 연락을 받았을 때도 약간 걱정이 들었다.

"그럼 어떤 디자인인지 볼 수 있겠습니까?"

"그럼요! 잠시만요."

우진은 따로 준비해 놓은 스케치를 가져오더니 재영 앞에 펼쳐놓았다. 그러자 재영은 우진을 보며 당황한 얼굴로 물었다.

"설명 안 해주십니까?"

"아, 일단 마음에 드시는지 먼저 보세요. 좋은 디자인은 설명 듣고 좋아지는 게 아니라 딱 봤을 때 마음에 들어야 좋은 디자인이라고 하거든요."

"오, 멋진 말이군요. 그럼 한번 볼까요?"

두꺼운 표지를 넘기자 약간 밝은 회색의 정장이 보였다. 평소 회색을 자주 입었기에 색상에서 부담은 없었다. 게다가 트렌치코트도 마음에 들었다. 슈트와 같은 색, 같은 재질로 만든 코트가 이렇게 스타일 좋게 보일 줄 알았으면 진즉에 입고 다닐걸 하는 생각이 들 정도였다.

하지만, 자신이 원한 건 이런 게 아니었다. 아내와 결혼기념일 여행 때 입을 옷을 원했다. 좀 더 가벼운 차림이었으면 하는 바람과는 조금 다른 옷이었다.

약간 아쉬운 마음도 있었지만, 지금 보는 디자인도 꽤 마음에 들었기에 재영은 웃으며 다음 페이지를 넘겼다. 그 순간 재영은 고개를 번쩍 들어 올렸다.

"이거로 하죠!"

"하하……."

"이게 딱 좋겠습니다. 어휴, 마음에 쏙 드는데요?"

디자인 때문에 약간 걱정하던 우진은 헛웃음을 삼켰다. 너무 젊어 보일까 봐 나름 무게를 주기 위해 많은 고민을 했다. 와인색 점퍼에 화려한 무늬 대신 단순하게 목 부분과 손목의 밴딩에만 IJ 로고를 새겨 넣었다. 그럼에도 블루종이라는 점퍼 스타일 자체가 워낙 젊은 층이 많이 입는 옷이다 보니 재영이 마음에 들어 할지 걱정했다. 그런데 지금 재영을 보면 그런 걱정을 왜 했나 싶을 정도로 무척이나 좋아하고 있었다.

우진은 이미 앞에 본 정장은 잊은 듯한 재영에게 웃으며 말했다.

"두 벌이 한 세트예요."

"두 벌이나 만들어주시는 겁니까? 하하, 역시 직접 판단해야지 소문은 믿을 게 안 됩니다."

"따로 두 벌이 아니고요. 바지가 같은 바지예요. 로젤리아에서 나오는 제품 아시죠. 그거랑 같은 거예요."

재영은 고개를 갸웃거리더니 다시 앞으로 넘겼다. 그러고는 다시 페이지를 넘겨가며 확인했다. 우진은 그런 재영을 보며 웃었다. 말하지 않아도 무슨 생각 하는지 알 것 같았다.

"그날 행사 하시고 곧바로 가시더라도 셔츠 안에 티는 입지 않는 게 좋아요. 셔츠는 조금 부드러운 게 좋을 거 같아서요. 골드란아 100수로 만들 생각이에요. 그런데 티 입으면 모양이 울 수도 있거든요."

재영은 생각을 읽힌 게 조금 부끄러운지 헛기침을 했다.

"시간이 빠듯하다 보니까, 하하. 행사가 2시인데 비행기가 6시거든요. 마음 같아서는 도중에 가고 싶은데."

"티도 구김 안 가는 원단으로 만들 거라서 편하게 가져가셨다가 입어도 되고요."

"역시! 그럼 바로 출발해도 되겠군요, 하하."

"바로 출발하실 거면 헤어스타일은 지금처럼 한쪽을 내리시지 마시고 전부 뒤로 넘기시는 게 좋을 거 같아요. 그래야 정장을 입어도 어울리고 블루종을 입어도 어울릴 거예요."

"신기하네. 정말 같은 바지 맞는 거죠? 느낌이 완전 다른데."

재영은 신기한지 계속해서 스케치를 살폈다. 우진은 자신이 제대로만 만든다면 스케치대로 나올 것이기에 고개를 끄덕이며 대답했다.

"1일에 가봉했으면 하는데 괜찮으세요?"

"그렇게 빨리 됩니까?"

지금 맡고 있는 고객이 재영뿐이었다. 지금만 하더라도 자신의 모든 시간을 재영을 위해 소비하고 있었다. 우진은 자신 있다는 듯 웃었다. 그러자 재영은 만족한다는 얼굴로 입을 열었다.

"그럼 잘 부탁드립니다! 하하."

*　　　　*　　　　*

행사 당일. 자신의 디자인으로 출시되는 자리인 만큼 우진 역시 로젤리아의 행사에 참여해야 했다.

조금 이르게 온 우진은 행사장인 로비가 아니라 대표실에 자리했다. 처음에는 불편할 거라 생각하고 거절했지만, 딜란이 기자들의 예상 질문을 건넸다. 지금 대표실은 조용한 게 질문지를 보기에 딱 적당했다. 게다가 지금 재영의 모습을 보니 오길 잘했다고 생각했다.

"어제 받고 집에서 입어봤거든요? 우리 민주도 바지가 같은 건지 모르더라고요. 그리고 저보고 오빠라고 부르더군요. 하하하! 오빠 소리가 얼마 만인지."

"잘 어울리셔서 다행이에요. 제가 좀 봐드릴게요."

우진은 웃으며 재영의 옷매무새를 살피던 우진은 왼쪽 눈이 보였다면 지금 모습에서 빛이 날지 궁금했다. 아쉽기는 했지만, 수술한 걸 후회하진 않았다. 이번 재영의 옷을 만들 때만 하더라도 오히려 전보다 더 많이 고민하고 집중했다. 재영뿐만이 아니라 수술하기 전 눈에 의지하지 않고 옷을 만들었을 때와 마찬가지로 뿌듯했다. 확실히 보고 만들었을 때보다 성취감이 강했다.

우진이 재영의 옷매무새를 정리할 때, 함께 대표실에 와 있던 매튜가 입을 열었다.

"실례지만, 쇼 시작 전에 자리하려면 이제 내려가시는 게 좋을 듯합니다."

우진은 마무리로 다시 확인까지 마쳤다. 재영도 이번에 맡은 브랜드가 명품인 데다가 대표 디자이너까지 왔기에 쇼에 자리해야 했다.

"같이 가시죠."

재영과 함께 1층 로비로 내려온 우진은 비서의 안내를 받아 자리에 앉았다. 그런데 자리가 약간 불편했다. 왼쪽으로는 재영이었고, 지금은 비어 있지만 오른쪽은 로젤리아에서 나온 관계자였다. 게다가 행사장에 등장하자마자 미리 와 있던 취재진들이 계속해서 촬영했다. 전부터 카메라가 부담스러웠던 우진은 뒤에 앉은 매튜에게 입을 열었다.

"쇼 시작 언제 해요? 2시인데."

"이제 곧 할 거 같군요. 저기 보시죠."

매튜가 가리키는 곳을 보자, 관계자도 아님에도 마치 관계자인 척 로젤리아 사람들 사이에 껴서 실실 웃으며 지시하고 있는 딜런이 보였다. 그리고 그 옆에는 로젤리아까지 있었다. 어제 한국에 왔다는 말을 들었지만, 쇼 때문에 오늘에서야 보게 됐다. 그런 로젤리아가 딜런에게 인사를 하고선 무대 뒤로 가는 걸 보니 이제 행사가 시작할 것 같았다.

잠시 뒤, 우진의 생각대로 스피커에서 노랫소리가 커지며 MC의 말이 들려왔다.

―2020년 Spring을 강타할 로젤리아의 신제품, Infinity Mix 시리즈를 소개합니다.

우진은 인피니티라는 말에 약간 놀랐지만, 이내 뜻을 이해했다. 과장되긴 했지만, 그만큼 조합이 다양하다는 점을 강조하는 이름이었다. 그때, 쇼의 시작으로 로젤리아와 계약한 자신의 디자인이 걸어 나왔다.

모델을 보던 우진은 가볍게 웃었다. 어머니를 보고 뽑은 디자인인데 지금 입고 있는 모델은 그보다 어렸고, 통통하지 않은 마른 몸이었다. 우진이 생각하기에는 저런 모델보다 오히려 살이 조금 있는 중년 여성에게 더 잘 어울릴 것이었다. 하지만 특별한 기획이 아니고서야 런웨이에 중년 여성을 세우는 쇼는 없었기에 이해했다.

재킷까지 입고 나온 모델이 런웨이의 끝에 서더니 재킷을 벗었다. 그러고는 돌아가지 않고 런웨이의 끝에 섰다. 그때 다음 모델이 런웨이 끝에 도달했고, 처음에 섰던 모델과 마찬가지로 재킷을 벗었다. 그러고는 두 모델이 서로의 재킷을 교환했다.

계속해서 옷을 교환하는 방식으로 쇼가 진행되었고, 반응은 생각보다 괜찮았다. 쇼에 참석한 사람들은 흥미로운 얼굴로 사진을 찍어가며 제품들을 비교했다. 자신들의 취향에 맞는 색으로 조합할 수 있다 보니, 쇼를 보는 와중에 동행한 사람들과 상의하는 모습도 보였다. 사람들의 반응이 좋다 보니 옆자리에 앉아 있는 로젤리아 관계자도 흡족해했다.

어느덧 Infinity Mix 시리즈로만 이루어진 쇼가 끝나갔다. 꽤 오랜 시간 동안 진행된 쇼였다. 하나의 제품으로 이렇게 오랜 시간 쇼를 한 건 로젤리아가 최초였다. 자신의 디자인이 나온 데다가 쇼를 보는 것이 오랜만이라 즐기며 관람하던 우진은, 재영은 어떻게 봤을까 궁금해졌다.

아마도 빨리 끝나길 바라고 있을 것 같은 생각에 우진은 웃으며 재영을 봤다. 그런데 재영이 꽤 관심 있게 지켜보고 있었다.

"왜 그러십니까?"

"그냥 좀 신기해서요. 관심 없으신 줄 알았어요."

"제가 운영하는 곳인데 관심이 없으면 됩니까? 백화점보다 우리 민주가 조금 더 위일 뿐이죠. 하하, 저기 로젤리아 씨가 직접 제품 설명을 하려나 봅니다."

재영의 말대로 무대 인사를 하러 나온 로젤리아가 보였다. 무대 뒤에서 옷을 갈아입었는지, 조금 전에 봤던 옷이 아니었다. 아마 색상과 디자인으로 봐서 자신이 디자인한 옷처럼 보였다. 우진은 웃으며 지켜볼 때, 관계자가 로젤리아에게 마이크를 건넸다.

"길게 하진 않겠죠?"

"하하, 그러겠죠."

재영의 장난스러운 말에 우진은 웃으며 로젤리아를 봤다. 그러다가 로젤리아와 눈이 딱 마주쳤다. 그런데 마치 경쟁이라도 하는 듯한 눈빛으로 자신의 옷을 한번 쓰다듬었다. 그 모습을 본 우진은 웃으며 살며시 박수를 보냈다. 로젤리아도 우진의 행동에 피식 웃더니 마이크를 잡고 앞으로 나갔다.

제품에 대한 설명도 각 디자인마다 설명한 탓에 생각보다 길어졌다. 게다가 통역사를 통해서 진행하다 보니 더 더뎌졌다. 우진은 꽤 좋은 시간이라고 생각했지만, 옆에 있는 재영은 아닌 듯했다. 아마 지금 상태로 봐서는 예정된 행사 시간을 넘길 듯 보였다. 그럼에도 로젤리아는 아직 할 말이 남았는지 입을 열었다.

"그럼 Infinity Mix 시리즈를 탄생시킨 디자이너들을 만나보겠습니다. 먼저 Basic을 탄생시킨 임우진 디자이너입니다."

갑작스럽게 자신의 이름이 들리자 무대를 보던 우진은 깜짝 놀랐다. 사전에 얘기도 없던 일이었다. 리허설은커녕 언질도 받지 못한 일이었기에 당황스럽기만 했다.

로젤리아의 손짓에 따라 사람들의 시선이 움직였고 취재진들의 카메라까지 전부 자신을 향했다. 이미 소개를 한 상태인 데다가 Basic이 자신의 디자인이었기에 무대에 올라가지 않을 수는 없었다. 우진은 무대에 올라가기 전 매튜를 쳐다봤다.

"아마 대표 짓인 거 같습니다."

뒤에 있던 매튜가 한곳을 가리키며 말했다. 그곳을 보니 딜란이 이미 알고 있었다는 듯 손을 위로 들어 올렸다. 마치 무대에 올라가라는 시늉처럼 보였다. 게다가 옆에 있는 재영까지 시간 끌지 말고 올라가라는 듯 자신의 바로 앞에 대고 박수를 쳤다.

제5장

Infinity Mix

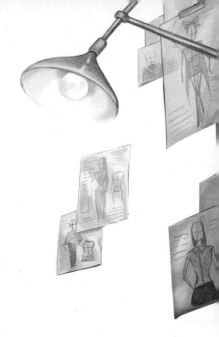

　마지못해 일어선 우진은 가볍게 심호흡을 했다. 이런 식으로 사람들 앞에 나서게 될 줄은 몰랐기에 준비한 것이 아무것도 없었다. 그러다 보니 무대로 가는 걸음이 무겁기만 했다. 우진은 어렵게 로젤리아의 옆에 섰고, 로젤리아의 행동에 또 한 번 놀랐다.

　누가 딜란의 가족 아니랄까 봐 평소와 다른 무척 친근한 미소를 지은 채 포옹을 했다. 그러고는 마이크에 대고 입을 열었다.

　"I.J의 대표 디자이너이자 이번 Infinity Mix 시리즈에 영감을 준 임우신 디자이너입니다."

　행사에 참석한 대부분의 사람들이 한국인이었기에 우진을 모르는 사람은 거의 없었다. 오히려 로젤리아가 등장할 때보다 박수 소리가 더 컸다. 하지만 우진은 마이크에 대고 어떤 말을 해야 할지 생각하느라 그런 걸 느낄 새가 없었다.

그때, 우진의 눈에 딜란이 보였다. 아까는 반대편에 있었는데 어느새 자리를 옮겼는지 사람들 사이에 서 있었다. 그런데 평소와 달리 약간 당황한 얼굴이었고, 진정하라는 듯 계속 손으로 가슴을 쓸어내리는 행동을 했다. 아마도 자신이 카메라 앞에서 약한지 몰랐던 것처럼 보였다. 예상 질문을 주기는 했지만, 이런 걸 말도 안 하고 꾸민 딜란이 바로 옆에 있었으면 한마디 해주고 싶을 정도로 얄미웠다.

그때, 로젤리아의 목소리가 들려왔다.

"임우진 디자이너가 몸이 좋지 않은 건 다들 아실 겁니다. 회복 기간 중에도 로젤리아와의 의리를 보여준 임우진 디자이너에게 로젤리아 전체가 감사를 표합니다."

로젤리아가 한국식으로 고개를 숙여 인사를 했다. 우진은 인사는 둘째 치고 언제 마이크를 넘겨줄지에만 온 신경이 가 있던 탓에 무슨 말인지 제대로 듣지도 못했다. 그저 인사하는 로젤리아가 보였고, 그에 맞춰 고개를 숙였을 뿐이었다. 그때, 갑자기 로젤리아가 웃으며 우진의 자리를 가리켰다.

우진도 로젤리아의 손을 따라 자신의 자리를 봤다. 그러자 로젤리아가 마이크를 내려놓더니 우진의 귀에 조용하게 속삭였다.

"할 말 있어요?"

"네? 아니요."

"그럼 내려가요."

우진이 다행이라고 생각하며 내려갈 때, 취재진들의 질문이 들렸다.

"회복은 아직입니까? 언제쯤이면 임우진 디자이너의 디자인을 만나볼 수 있는 겁니까?"

"수술 부위는 괜찮은 겁니까?"

"기다리는 고개들에게 한 말씀 해주시죠!"

분위기가 약간 소란스러워졌다. 그때, 기자들 앞으로 딜란이 가서 뭐라고 말을 하니 다시 분위기가 차분해졌다. 우진은 무대에서 내려와 자리에 앉았고, 그제야 가슴이 진정됐다. 그때, 로젤리아의 말이 또 들렸다.

"Infinity Mix 팀을 이끌며 전체적인 디자인을 조율한 로젤리아의 디자이너 아멜리 씨를 소개합니다."

그러자 조금 떨어진 곳에 있던 사람이 일어났다. 그러고는 주변을 향해 가볍게 인사하고 다시 자리에 앉았다. 그제야 우진은 자신이 실수했다는 걸 깨닫고 얼굴이 붉어졌다. 창피해도 이렇게 창피할 수가 없었다.

*   *   *

행사가 끝난 뒤 관계자들에게 대충 인사만 한 우진은 고개를 숙인 채 걸음을 옮겼다. 흑역사를 만들었다는 생각에 차마 고개를 들 수가 없었다.

"괜찮습니다."

"뭐가 괜찮아요. 아까 매튜 씨가 대표님 짓이라고 해서 더 속았잖아요."

갈 때는 함께 이동하던 딜란이 그 말을 듣고는 마구 웃었다.

"휴, 갑자기 무대 올라가서 엄청 놀랐네."

"아니! 아까 왜 저보고 올라가라고 그랬어요."

"하하, 일어서서 인사만 하라고 그런 거죠. 누가 남의 쇼에, 그 것도 런웨이 위에 올라갑니까."

"아… 그럼 왜 무대 위에서는 진정하라고 막 가슴 쓸어내리고 그랬어요?"

"로젤리아가 잘 수습했으니까 빨리 내려가라고 그런 건데 그 렇게 봤습니까? 하하하, 뭐 스스로 굉장히 높게 보고 있나 봅니 다. 하하."

딜란은 재밌다는 듯 계속 웃었다. 사전에 아무런 얘기도 없었 는데 생각해 보면 정말 어이없는 행동이었다. 딜란이 농담처럼 얘기하고 있지만, 정말 스스로 높은 위치에 있다고 여기고 있나 하는 생각이 들었다.

"뭘 그렇게 심각합니까. 해프닝인데. 해프닝!"

"퇴원 후에 처음 인사잖아요."

"첫인사? 하하, 이건 그냥 행사에 참석하는 일입니다. 인사는 이제부터죠."

위로하는 건지 놀리는 건지 딜란의 말을 들으면 더 가라앉았 다.

"그런데 우리 어디 가는 거예요? 아까 지하 2층에 주차했잖아 요."

"하하, 3층으로 옮겨됐습니다."

"왜요?"

"제대로 인사해야죠."

딜란은 마구 웃더니 말을 이었다.

"질문지에서 벗어나는 질문은 내가 해결할 테니 걱정하지 말아요."

우진은 또 기자를 만난다는 생각에 잠시 움찔했지만, 앞에서 너무 큰 실수로 마음을 내려놓은 덕분에 예전만큼 떨리진 않았다. 예상 질문을 생각하며 걸음을 옮기던 우진은 문득 이상한 생각이 들었다.

"대표님, 그런데 왜 하필이면 주차장이에요? 그것도 지하에서. 아… 또 그러시네."

딜란은 맞혀보라는 얼굴로 쳐다보자 우진은 아에 고개를 돌려 버렸다. 딜란이 주차장에서 기자들과 만나는 이유가 분명히 따로 있을 것이었다. 그 이유가 자신에게 해가 되진 않을 것은 확실했기에, 곧 그에 대해선 생각을 접었다.

지하 3층 주차장에 도착하자 생각보다 많은 취재진이 기다리고 있었다. 취재진들은 우진을 발견하고서 다들 몰려왔다. 그러자 딜란과 매튜가 우진을 보호하려고 감쌌다.

"빨리빨리 노노! 천천히, 천천히. 시간 많아요."

시간이 많다는데 뭐가 그렇게 급한지 기자들은 서로 질문하려고 몸싸움까지 벌였다. 자신에게 질문하는 기자도 있었고, 서로 다투는 목소리도 들려왔다.

"밀지 좀 마요. 시간 많다잖아요!"

"많기는 개뿔. 그럼 주차장에서 인터뷰하겠냐?"

기자들이 오해할 만한 장소였다. 딜란을 보니 이미 예상했다는 얼굴로 조용히 속삭였다.

"초조해야지 그만큼 절박해지거든요, 하하."

"참 나… 겨우 그거 때문에 여기서 하는 거예요?"

딜란은 피식 웃더니 시간을 확인했다.

"뭐 그런 이유도 있고요. 시간도 적당하고 딱 좋겠네요."

딜란은 실실 웃으며 기자들을 정리했다. 질문 순서까지 정해주자 기자들의 소란이 줄어들었다. 그리고 첫 번째 질문을 받았다.

"굉장히 많은 고객들이 기다리고 있는데 언제쯤 다시 만나볼 수 있습니까?"

"제 디자인은 지금도 I.J 디자인 팀을 통해 만나보실 수 있어요."

딜란의 예상에 나온 질문이었고, 우진은 어렵지 않게 대답했다. 다만 약간 속이는 기분이 들어 찜찜하긴 했다. 그 뒤로도 한참이나 질문이 계속됐고, 대부분 어렵지 않게 대답했다. 그때, 예상지에 없던 질문이 들렸다.

"요즘 돌아다니는 소문에 의하면 재벌이라고 해도 임우진 디자이너 옷을 입을 수 있는 게 아니라고 하던데. 맞아요? 제가 입수한 정보에 의하면 초대까지 받아서 갔는데 축객령을 받았다고 들었습니다. 혹시 디자인에 문제가 있는 건 아닙니까? 건강상의 문제라든지, 무슨 문제로 인해서 전처럼 좋은 디자인을 내놓을 수 없다든지."

한 기자의 말에 다른 기자들도 한 번씩 들어봤는지 고개를 끄덕이며 관심을 보였다. 그때, 딜란이 약속한 대로 앞으로 나섰다. 굉장히 자신 있는 모습에 우진은 마음 편하게 지켜봤다.

"천천히 다시 말해줄래요? 너무 빨랐어. 조금 알아듣긴 했는데. 하하, 미안한데 영어로 해주면 더 좋고요."

당당하게 나서더니 못 알아들었다는 말에 기자는 다시 천천히 질문했고, 딜란은 질문을 들으며 실실 웃었다.

"미안한데. 말뜻을 제대로 전달해야 하니까 영어로 할게요. 다음에는 무조건 한국어로, 하하. 그럼 거기에 대해 말해보죠. 당연히 신체 일부분을 떼어냈는데 건강을 챙겨야죠. 다들 회복 기간 중이라고 알 거고, 그게 사실이죠."

"그럼 초대는 왜 한 거죠?"

"몸에 무리에 안 갈 만큼 조금씩 움직여야죠. 초대한 것도 사실이고요. 그 고객들이 우리 디자이너와 맞지 않았던 것뿐이죠."

"재벌들 위주라고 들었는데 그럼 어떤 사람이 맞는다는 거죠? 정말 더 이상 디자인을 내놓을 수 없다든지, 문제가 있는 거 아닙니까?"

"오늘 보고도 그런 말이 나옵니까?"

"그건 꽤 오래전에 디자인해 놓았던 걸 수도 있잖습니까. 한참 전에 이미 보도했던 게 지금에야 나온 거고요."

딜란은 피식 웃더니 시간을 확인했다. 우진은 그런 딜란을 보며 고개를 갸웃거렸다. 질문에 답변이나 잘하지 왜 계속 시계를 보는지 이해할 수가 없었다. 그때, 딜란의 말이 이어졌다.

"퇴원 후에 이미 첫 번째 고객은 받았습니다."

"사실인가요?"

딜란의 말에 기자들은 우진을 보며 물었고, 딜란이 자리를 옮겨 우진을 가렸다.

"하하, 회복 중이라니까? 나한테 물어봐요."

"그럼 첫 고객이 누구입니까?

"재벌입니까? 아니면 일반인입니까?"

딜란은 웃는 얼굴로 고개를 저었다.

"어떤 브랜드가 고객에 대한 정보를 노출합니까. 자신들이 직접 하면 모를까."

딜란이 말을 하다 말고 다시 시계를 봤다. 그때, 건물에 연결된 엘리베이터가 도착하는 소리가 들렸다. 그리고 열린 문에서 익숙한 얼굴이 등장했다.

*　　　*　　　*

엘리베이터에서 내린 재영은 북적거리는 사람들의 모습에 잠시 당황했다. 평소라면 적막할 정도로 조용한 주차장이었기에 이게 무슨 일인가 싶었다. 지하 주차장이다 보니 사람들의 목소리가 울리기까지 해 더 크게 들렸다.

그러던 중 사람들에 둘러싸인 우진을 발견했다. 재영은 그제야 이 소란의 주범이 우진이라는 걸 알고는 웃었다. 차로 가려면 저 사람들을 지나쳐 가야 했기에, 재영은 인사도 할 겸 걸음을 옮겼다. 문을 열고 나오자 시선이 쏠리는 건 당연했다.

"왜 주차장에서 인터뷰를 하세요. 얘기하시면 응접실 준비해 드렸을 텐데요."

"하하……."

우진은 어색한 웃음을 지을 수밖에 없었다. 딜란이 차를 지하

3층으로 옮긴 이유가 바로 재영 때문인 것 같았다. 이용할 수 있는 건 전부 이용하는 딜란이라면 가능한 생각이었다.

그때, 딜란이 기자들에게 양해를 구하더니 대화에 끼어들었다.

"바빠서 가볍게 인터뷰하고 가려고 했습니다."

"그렇군요. 하하, 역시 바쁘십니다."

"그럼 좋은 여행 되시길 바랍니다."

"하하, 대표님과 선생님 덕분에 이렇게 멋진 옷을 입고 여행가게 됐습니다. 하하, 그럼 인터뷰 잘 마무리하시길 바랍니다."

양측의 친근한 모습을 관심 있게 지켜보던 기자들은 재영의 말에 눈을 반짝였다. 그러고 재영이 입은 옷을 살피기 시작했다. 패션에 관련된 기자들답게 재영의 옷에서 I.J의 로고를 발견한 기자들은 타깃을 재영으로 바꿔 버렸다.

"최근에 맞추신 옷입니까?"

"언제 맞추신 겁니까?"

조금 전까지 우진이 회복 후 옷을 제작한 적이 없다는 얘기를 하고 있던 중이었기에, 기자들의 질문은 옷을 만든 기간부터 시작됐다.

"이번에 맞추게 됐죠. 인터뷰는 나중에 합시다. 바빠서 이만."

"인터뷰 조금만 해주시죠!"

"한 말씀만 해주시고 가시죠."

"나중에요. 하하, 정식으로 요청하면 언제든지 응하겠습니다. 선생님도 다음에 따로 인사드리죠. 기자분들 길 좀."

재영은 우진에게 인사한 뒤 가려 했지만, 기자들의 질문은 계속됐다. 길까지 가로막는 기자들 때문인지 재영은 갑자기 걸음을 멈췄다. 그러고는 기자들을 한번 주욱 둘러봤다.

*   *   *

재영은 손가락으로 기자들의 가슴을 가리켰다. 행사장에서 바로 내려온 기자들의 가슴에는 소속 신문사나 잡지사의 이름이 적혀 있었고, 그걸 일일이 가리키던 재영이 갑자기 전화를 걸었다.

"서울 패션, 오리엔탈, 오츠, Moon 매거진까지 언론사에 연락해서 대영 광고 전부 다 뺀다고 그래."

재영의 말이 끝나기도 전에 갑자기 홍해가 갈라지듯 기자들이 길을 텄다. 그 모습을 본 우진은 재영이 재벌이라는 걸 실감했다.

기자들은 언론 침해라며 한마디 할 수도 있었지만, 사건 사고를 다루는 사회부 기자가 아니라 패션기자들이었기에 긁어 부스럼을 만들 필요는 없었다. 만약에 대영에서 광고를 빼버리면 하루아침에 실직자가 되는 건 확실했다. 그러다 보니 기자들은 재영을 배웅이라도 하는 듯 양쪽으로 갈라졌다. 기자들의 모습은 약간 불쌍해 보일 정도였다.

우진은 기자들이나 재영 양측 모두에게 실례를 했다는 생각에 이 일을 만든 장본인인 딜란을 봤다. 지금 상황을 꽤 만족한 얼굴로 보던 딜란이 우진과 눈을 맞추더니 이내 입을 열었다.

"휴, 괜히 주차장에서 만나 박 대표님이나 기자 여러분들에게 피해를 준 거 같아 죄송합니다."

그 말에 재영은 기자들에게 보이던 얼굴과 다르게 친근한 얼굴로 입을 열었다.

"어쩌다 보니 겹친 일인데 개의치 마세요. 기자분들도 다음에 정식으로 요청하면 언제든지 인터뷰할 용의가 있으니, 기사 내용이 필요하신 분은 그때 뵙죠. 그럼 이만."

재영은 시계를 보더니 급하게 자신의 차로 향했다. 잠시 뒤 재영의 차가 주차장을 빠져나가자 기자들이 쭈뼛대며 다시 우진에게 몰려들었다. 그러고는 재영에게 하지 못한 질문을 딜란에게 건넸다. 자신들도 지금 상황이 민망한지 아까와는 달리 조심스러워하는 게 느껴졌다. 우진은 기자도 꽤 힘든 직업이라는 생각이 들었다.

"대영백화점 박재영 대표가 I.J에서 옷을 맞춘 게 사실입니까?"

"어쩌다 보니 박 대표님하고 마주쳤네요. 박 대표님 옷이 우리 I.J 임우진 디자이너의 복귀 후 첫 작품이 맞습니다."

딜란은 마치 들키기라도 했다는 듯 곤란한 표정을 짓더니 말을 이었다.

"이번 로젤리아의 Infinity Mix와 같은 방식을 사용한 디자인입니다."

딜란은 기자들에게까지 귀즈를 내듯 내뱉했다. 그래도 이곳에 있는 기자들은 전부 행사에 참여했었기에 딜란의 말을 빠르게 이해했다.

"로젤리아는 치마바지가 베이스인데 박재영 대표 옷은 어떤 게 기준입니까?"

"마찬가지로 바지입니다. 조금 전에 입었던 바지 보셨죠?"

기자들 사이에서 웅성거리는 소리가 들려왔다. 다들 블루종에 새겨진 I.J 로고를 살피느라 바지를 제대로 보지 못했다. 이미 재영이 사라져 버렸기에 비교할 수도 없었다. 그나마 행사장에서 찍어놓은 사진이 있었기에 기자들은 저마다 촬영한 사진을 찾기 시작했다.

"이건 정장인데? 조금 전 박재영은 정장 아니었는데. MA—1이었지?"

"항공 점퍼 아니고 블루종이요."

"아무튼. 말 좀 해주고 가면 어디 덧나냐. 박 대표가 지랄해서 잘릴까 봐 사진도 못 찍었네. 아까 박 대표 사진 찍은 사람?"

재영의 사진을 찍은 사람이 있긴 했지만, 전체가 아니라 얼굴이 나오는 상반신 위주였다. 그 때문인지 기자들은 딜란에게 조금 더 설명을 듣길 원했다. 기자들이 몰리자 딜란은 실실 웃는 얼굴로 입을 열었다.

"임우진 디자이너가 휴식이 필요한 관계로 여기까지 하겠습니다."

"벌써요? 조금만 더 말씀해 주세요."

"충분히 말한 것 같습니다. 하하, 그럼 다음에 또 뵙도록 하죠. 취재해 주셔서 감사합니다."

딜란이 매튜에게 신호를 주자 매튜가 곧바로 차로 향했다. 기자들은 차를 기다리는 동안 좀 더 정보를 얻어내려 질문을 쏟아냈다. 알아들을 수 없을 정도로 각자 질문을 해댔고, 딜란은 웃으며 질문들을 받아넘겼다. 잠시 후 차가 도착했고, 우진과 딜란은 차에 올라탔다.

차에 올라탄 우진은 딜란을 보며 입을 열었다.

"일부러 기자들 모아놓고 박재영 고객님까지 만나게 했는데 설명은 왜 하다 말았어요?"

"오, 일부러 만나게 한 건지 알았군요."

"누가 봐도 이상하잖아요. 갑자기 주차장에서 인터뷰하는 것부터. 그리고 저번에도 의심스러운 표정 지었잖아요."

"하하, 제가 언제 그랬다고."

"아무튼요. 힘들게 동선까지 맞춰놓고 왜 설명은 안 했어요. 기자들이 사진 안 찍을 줄은 몰랐죠?"

우진은 이것도 딜란의 예상에 있었던 것인지 궁금했다. 하지만 창밖에 서 있는 기자를 보는 딜란의 표정을 보면 예상을 벗어난 모양이었다.

"기자들이 영 시원찮네요. 한마디 들었다고 꼬리나 내리고. 어떻게 사진을 안 찍을 수가 있지?"

딜란도 계획에 차질이 있을 수 있다는 생각이 들자 오히려 사람답게 느껴졌다. 그때, 딜란이 피식 웃으며 말했다.

"뭐 오히려 더 잘됐죠. 자기들이 알아내려고 노력한 만큼 기사도 더 신중히 쓸 테니까."

"사진이 없잖아요."

"없긴 왜 없어요?"

"직접 보내시려고요?"

"번거롭게 뭐 하러 그런 일을 합니까? 조금만 지나면 사진이 넘쳐날 텐데. 박 대표가 누구 만나러 갔는지 잊으셨습니까?"

"강민주 씨… 아! 공항이구나."

딜란은 피식 웃었다. 그러곤 이제는 기자들의 관심이 필요 없다는 듯 창에 달린 블라인드를 내려 버렸다.

"할 일은 끝났고, 이제 이사가 남았군요."

*　　　*　　　*

며칠 뒤. 본격적으로 청담동에서 목동으로 이사가 시작되었다. 디자이너에게 손이 생명이라는 준식의 성화로 인해 I.J 디자이너들은 반강제적으로 하루 휴가를 받았다. 그러다 보니 일손이 적어졌고, 창고에 있던 원단의 양이 꽤 많았기에 전문 인력까지 고용했다.

다들 이사를 하느라 정신이 없었지만, 우진은 평소와 다르지 않았다. 이미 자신의 짐은 전부 옮겨다 놓았기에 옮길 것도 없었다. 이사를 도우려 했지만, 준식의 성화로 인해 우진 역시 작업실에 갇혀 있다시피 했다.

작업실에서 스케치나 하려던 우진은 이사로 쿵쾅대는 소리 때문에 집중이 안 됐다. 그때, 디자이너도 아니면서 작업실에 와 있는 딜란의 말이 들렸다.

"이거나 봐요. 하하."

딜란이 보여준 건 며칠 전부터 올라오기 시작한 강민주와 박재영의 사진이었다. 딜란의 예상대로 로젤리아의 행사 당일 공항에서 찍힌 두 사람의 사진이 공개됐다.

사람들은 부부의 사진에 큰 관심을 보였다. 강민주가 동안의 얼굴에다가 미녀라는 건 전 국민이 알고 있었지만, 이번에 공개된 남편마저 멋있을 줄은 몰랐다는 평이었다. 많이 알려지진 않았지만, 기존의 박재영은 딱딱한 이미지였다. 포털사이트에 있는 인물 정보가 전부이다 보니 정장을 입고 있는 이미지뿐이었다. 그렇기에 공항에서의 차림은 사람들의 관심을 불러 모았다.

강민주만큼 동안은 아니었지만, 패션만큼은 강민주에 뒤처지지 않는다는 게 사람들의 의견이었다. 회색으로 된 정장 스타일의 바지가 원턱 스타일답게 하얀색 운동화에도 어울렸다. 거기에 와인색 블루종의 조합이 더해지자 상당히 깔끔하면서 세련된 느낌이었다. 게다가 무엇을 입혀놔도 아름다운 강민주 옆에서 받쳐주자 더 멋져 보였다.

우진은 자신이 보기에도 멋져 보이는 재영의 사진을 보며 미소 지었다. 그러고는 다른 사람들의 반응은 어떨까 살펴봤다.

―꾸미지 않으면서 꾸민 듯 자연스러운 게 더 멋있네.
―저 블루종 어디 거임?
―강민주가 복이란 복은 죄다 갖고 태어났네. 돈 많은 남편에다가 멋있기까지…….
―회색 코트도 괜찮은데 블루종도 괜찮네.

일부 브랜드에서 공항에 가는 연예인들을 섭외해 협찬까지 하는 이유가 있었다. 강민주의 옷은 당연했고, 재영의 옷은 그보다 더 큰 관심을 받았다. 그러자 기자들은 대중들의 욕구에 맞춰

기사를 쏟아냈다.

〈패션계 돌풍의 주인공. I.J 수석 디자이너 임우진 돌아오다〉
〈임우진 디자이너. 건강 적신호? No, No! 디자인으로 대답하다〉
〈왕의 귀환. I.J Mix 시리즈를 선보이다〉
〈로젤리아에 이어 I.J까지. 2020년 패션계 조합에 주목〉

딜란이 말했던 대로 자신들이 고생해서 기사를 작성해서인지 굉장히 세세하고 정성이 담긴 듯 보였다. 그리고 기사는 점점 늘어갔다. 하지만 시간이 지날수록 기사 제목은 저마다 달라도 내용은 대부분 같았다. 기사들은 대부분 로젤리아로 시작되어 우진이 로젤리아 Infinity Mix 시리즈에 참여했다는 것을 다시 상기했다. I.J 역시 Infinity Mix와 마찬가지로 조합으로 된 옷을 내놓았다며, 그것을 최초로 입은 사람이 박재영이라는 말까지 덧붙였다. 그러고는 로젤리아의 행사장에서 찍은 사진과 공항에서 찍힌 사진을 비교해 놓았다. 다만 로젤리아와 달리 맞춤복이라는 게 아쉽다고 지적했다.

기사를 본 대중들도 무척 아쉬워했지만, 역시 I.J라는 반응이 대부분이었다. 게다가 세계적으로 유명한 두 곳에서 같은 형태의 디자인을 선보이니, 유명 패션잡지에서는 2020년 유행 트렌드는 Mix가 될 것이라고 예상했다. 그러면서 이미 제품을 선보인 로젤리아와 I.J가 유행을 선도하는 브랜드가 될 것이라고 말했다.

로젤리아만 했다면 로젤리아만의 제품으로 끝났겠지만, 우진의 디자인까지 더해져 앞으로의 트렌드가 되어버렸다. 거기에 더해 우진이 Infinity Mix의 기본형을 디자인했다는 것이 알려지며, 우진이 트렌드세터 또는 선구자라고 칭찬하기 바빴다.

덕분에 우진은 제프 우드의 제이슨과 처음으로 사적인 통화까지 나눴다. 꽤 긴 통화였지만, 요약하자면 자신들이 로젤리아보다 더 소비자층이 두껍고 인지도가 조금 더 높으니 좋은 아이디어가 있으면 같이하자는 내용이었다. 그 통화 내용을 전해 들은 딜란은 아쉽다는 표정을 보였다.

"그 제이슨이 참 돈 냄새를 잘 맡아. 그 옷이 매출에 엄청나게 영향을 줄 겁니다. 마음 같아서는 우리도 하고 싶은데 우리하고는 안 맞으니."

"오히려 세트로 묶어서 팔면 비싸져서 안 살 수도 있을 거 같은데."

"하하, 아웃렛도 아니고 어떤 명품 브랜드에서 묶어서 팝니까? 로젤리아처럼 다 개별 판매 하지. 바지, 점퍼, 재킷 따로. 다 따로따로. 와서 바지 입어본 김에 재킷도 한번 입어보고, 점퍼도 한번 입어보고, 그러다 사는 겁니다. 소비자심리가 그렇거든요. 회사 입장에서 보면 굉장히 좋은 디자인이죠. 패션을 아는 사람은 아는 사람대로 스스로 조합해 보려고 여러 가지를 구매할 것이고, 신기하게도 그 반대인 사람에게도 반응이 좋을 겁니다. 뭘선택해야 할지 모르는 사람들은 한 세트를 구매해 버리면 여러 벌이 생기니까요. 다만 너무 많은 제품을 내게 되면 결정 마비현상이 올 수 있으니까 그걸 잘 고려해야죠."

우진이 고개를 끄덕이자 딜란이 피식 웃었다.

"아마 머지않아 대부분 브랜드에서 믹스 제품을 내놓을 겁니다. 그래도 우린 이미 얻을 건 얻었으니 신경 쓸 필요는 없습니다. 그냥 하던 대로 열심히! 하하."

제6장
변화하는 거리

　며칠 뒤. I.J 전체가 청담동에서 목동으로 완전히 넘어왔다. 신설동에 있던 성훈까지 지하에 자리를 잡았다. 고객이 기다리는 기간을 없애려고 조금씩 준비를 한 덕분에, 이사를 마침과 동시에 고객들을 받기 시작했다. 때문에 I.J 식구들 모두가 바쁜 시간을 보내느라 금세 원래 있던 곳처럼 적응했다.

　우진은 바쁜 직원들과 달리 홀로 개인 작업실에 자리했다. 우진의 옆에는 세운이 있었고, 두 사람의 앞에는 재영과 강민주가 있었다. 재영은 우진의 옷이 무척이나 마음에 들어 홍콩에서 오자마자 같은 옷을 주문할 수 있겠냐고 연락했다. 예전 같았으면 다른 고객들 때문에 불가능했던 일이 지금은 가능했다. 딜란 역시 적극 추천했다. I.J의 옷에 흠뻑 빠져 버린 대영백화점 대표는 I.J에게 도움이 되는 일이라며 무척이나 반겼다.

디자인이 같은 걸 원했기에, 재영에게 어울리는 색상만 찾으면 된다고 생각하던 우진은 꽤 고생해야 했다. 우진이 약간 긴장한 듯한 기색을 보이며 원단을 추천하려고 할 때, 재영이 먼저 농담을 건넸다.

"이거 뭐, 저도 연예인을 해야 되는 건 아닌지. 하하."

"사진 잘 나오셨더라고요."

"조금 아쉽더라고요. 제가 왼쪽 얼굴이 좀 잘 받는 편인데. 하하."

우진은 가볍게 웃었다. 지금은 농담을 하고 있지만, 기자들 앞에서 보인 모습이 꽤 강렬했기에 그 모습이 쉽게 지워지지 않았다. 그래서 이번에 고른 색상도 무거운 느낌을 주기 위해 네이비색을 골랐다. 전에 입었던 회색도 밝은 계열 중에는 무거운 느낌이었기에 자칫하면 사람 자체가 어두워 보일 수 있어서 검은색보다는 밝은 감색으로 정했다. 거기에 줄무늬를 더할 예정이었다. 줄무늬가 새겨진 원단이 아닌 감색 원단에 LJ 특유의 자수로 줄무늬를 새길 생각이었다.

감색에 흰 줄무늬 정장은 꽤 흔했다. TV에서나 영화에서 조금 높은 위치에 있다 하는 사람들이 줄곧 입고 나왔다. 실제로도 줄무늬를 통해 시선을 집중시키는 효과가 있었고, 일정한 줄무늬 간격으로 안정감을 주기도 했다.

원단을 고를 때 고정관념에서 벗어나려고 했지만, 자신이 기억하는 재영은 이 원단이 가장 어울린다고 판단했다.

"이번에 추천해 드릴 색은 이건데 마음에 드시는지 한번 보세요."

"줄무늬군요? 이것도 저번 옷처럼 코트까지겠죠?"

"네. 같은 디자인 원하신다고 들었어요."

"기대되는군요, 하하. 그럼 점퍼는 어떤 식으로? 하하."

재영은 슈트보다 점퍼에 더 관심을 보였다. 사실 블루종에 거의 모든 시간을 쏟고 있었다. 강렬한 이미지로 우진이 슈트 원단을 먼저 정해놓은 게 문제였다. 그렇다고 다른 원단을 추천하고 싶진 않았다. 그러다 보니 얇은 줄무늬가 새겨진 바지에 어울리는 블루종을 찾기가 쉽지 않았다. 며칠 동안 거의 모든 시간을 투자했는데도 어울리는 원단을 찾지 못했다. 그러다 우진은 옆에 있던 세운 덕에 힌트를 얻을 수 있었다.

이번에 이사를 하면서 예전에 보유하고 있던 가죽까지 목동으로 옮겼다. 세운과 만나게 해준 물먹은 가죽과 그때 같이 물에 잠겼던 다른 가죽들도 있었다. 그리고 그것 때문에 딜란과 얼굴을 붉혔다. 그냥 가지고 있겠다는 세운과, 잘못해서 그 가죽이 고객에게 나가면 문제가 되어 버리라는 딜란이 부딪쳤다.

세운에게 있어 소중한 가죽들이었기에 그는 물러나지 않았다. 딜란도 유품이라는 사연을 듣긴 했지만 그보다 안전이 우선이었다. 오로지 사고를 미연에 방지하겠다는 딜란 역시 물러나지 않았다. 결국 준식이 우진을 불러왔고, 우진도 두 사람의 다툼을 목격했다. 그때, 세운이 우진을 보더니 기쁘다는 듯이 크게 말했었다.

"우진이는! 이 가죽도 사용한다고요!"

"이걸?"

"그걸로 서스펜더도 만들었는데."

딜란이 사실이냐는 얼굴로 우진을 봤다. 그때는 눈에 보이는 것을 맞추느라 사용했지만, 지금은 아마 사용하지 않을 것 같았다. 그래도 사실이었기에 우진은 고개를 끄덕였다.

"내 말이 맞잖아요!"

"이것들을 전부 사용하나요?"

"이게 어때서! 내가 얼마나 관리했는데요!"

"이 스웨이드는 완전 얼룩졌는데 이런 걸 사용했다가는 큰일 나죠."

딜란이 검은빛의 스웨이드 가죽을 가리키며 말했다. 관리를 한다고 했지만, 스웨이드 특성상 복구가 힘들었다. 게다가 세월이 너무 오래 지나 상할 대로 상한 가죽이었다. 세운도 이걸 어디에 사용할 곳이 없다는 걸 알고 있었지만 버릴 순 없었다.

"혹시 알아요? 이걸로 옷이라도 만들지."

"하하, 그걸로 무슨 옷을."

세운의 흘리는 말에 우진은 스웨이드를 가만히 봤다. 만약 스웨이드로 옷을 만든다면 얇고 가벼웠기에 지금 계절에 딱 적당했다. 그리고 점퍼나 슈트 말고는 만들기 어려웠다. 그러다 우진은 내려오기 전까지 고민하던 블루종을 떠올렸고, 검은빛의 스웨이드가 정장 바지와 꽤 잘 어울릴 것 같았다. 물론 손상된 스웨이드를 사용할 순 없었다.

"이걸로 박 대표님 블루종 만들면 되겠어요."

"거봐… 아니, 우진아……. 아무리 그래도 그건 좀 아닌 거 같은데……."

세운이 오히려 당황했고, 우진은 오해가 있음을 깨닫고 바로 잡았다.

"아! 물론 이거 말고요. 검은빛 스웨이드로 천연부터 염색까지 구해주실 수 있으세요?"

"그건 어렵지 않은데……."

우진은 그 말을 끝으로 위로 올라갔고, 갑자기 할 말만 하고 사라져 버린 우진 덕에 딜란과 세운의 언쟁은 일단락되었다.

재영과 함께한 이 자리에 세운이 있는 이유도 바로 블루종 때문이었다. 가죽에 대해서는 자신보다 세운이 설명하는 게 훨씬 낫다고 판단해 이 자리에 함께한 것이다. 세운은 샘플로 가져온 스웨이드를 직접 보여주며 설명했다.

"전부 비슷비슷해 보이는군요. 그런데 이걸로 만들어도 멋질까요? 하하."

우진은 그 질문에 미리 그려놓은 스케치를 꺼냈다. 스웨이드는 호불호가 갈리다 보니 재영이 다른 원단을 고를 수도 있어서 원단부터 보여준 것이었다.

"오… 역시. 전 선생님이 추천하시는 대로 입겠습니다."

재영은 부담스러울 정도로 환한 미소를 보이며 믿음을 보였다. 우진은 믿음에 보답하기 위해 실수가 없도록 좀 더 자세히 설명했다.

"이건 새끼 양인데 관리가 조금 어려워요. 그리고……."

"괜찮습니다. 관리는 와이프가 잘해줄 겁니다. 그렇지? 하하. 뭐, 아니면 새로 맞춰도 되는 거 아닙니까? 하하."

괜히 재벌이 아니었다. 우진은 고민했던 시간이 아까울 만큼 굉장히 허탈했다.

$$*\qquad*\qquad*$$

재영이 돌아간 뒤, 우진은 늦은 시간까지 세운과 제작 방법에 대해 상의했다. 그런데 세운의 표정이 그다지 좋지 않았다.

"삼촌, 대표님 때문에 그러세요?"

"응? 아니야."

"악의가 있어서 하는 말은 아니에요. 그냥 자기 생각에서 틀어지는 걸 싫어하는 성격 같아요."

세운은 자신을 위로하는 우진을 보며 피식 웃더니 소파에 누워 버렸다.

"나도 알거든? 이상하게 대표만 보면 틱틱거리게 돼."

세운은 대수롭지 않다는 듯 손을 젓더니 일어나 앉았다.

"여긴 너무 좋네."

"처음 와보세요?"

"밖에서 보긴 했는데 그땐 공사 중이었어. 너 이제 작업실에서 자도 되겠다."

세운은 분위기를 바꿔보려 장난스럽게 말했다. 우진도 가끔씩 딜란이 얄미울 때가 있었기에 웃어넘겼다.

"그나저나 여기 골목 장난 아니겠더라."

"사람 많죠?"

"어. 깜짝 놀랐어. 저번에는 사실 좀 이상했잖아? 그런데 지금은 비싼 차도 자주 보여. 로젤리아 앞에 발레파킹 담당도 생겼더라고."

세운의 말처럼 골목에 유동 인구가 눈에 띄게 늘었다. I.J에서 받는 사람은 한정되어 있었지만, 로젤리아는 아니었다. 한국에서 로젤리아의 제품을 구매하려면 대영백화점을 제외하고는 목동이 유일했다. 대영백화점에서 Infinity Mix 시리즈를 구매하려면 최소 3주, 길게는 한 달까지 기다려야 했다.

그 기간을 참지 못한 고객들은 로젤리아 코리아가 있는 지점인 목동으로 향했다. 그래도 기다리는 기간은 대영백화점과 큰 차이가 없었다. 한정판이 아니었기에 계속해서 생산은 하지만, 로젤리아가 예상했던 수량을 훌쩍 뛰어넘고 있었다.

"저기 사거리 쪽으로 나가는 골목 있잖아? 거기도 지금 공사 중이더라. 장난 아니야."

"로젤리아는 벌써 오픈했잖아요. 거기 말고 또 공사해요?"

"어, 거기 말고. 지금 양천구에서 로데오 거리에 공사한다고 신청하면 웬만해선 다 허가해 주나 보더라고. 너 좋겠다?"

"제가 왜요?"

"왜는. 여기 네 건물이잖아."

우진은 피식 웃었다. 건물을 계약하고 공사 대금까지 전부 개인 사업자일 때 우진이 번 돈으로 구매한 것이다 보니, 법인으로 변경할 때도 건물만은 제외되었다. 뜻밖에 I.J의 오너이면서 건물주가 되어버렸다. 좋기도 했지만, 한편으로는 미안한 마음도 있었다.

"표정하고는. 사람이 자기 챙길 거 챙기고 그래야 해."

"그냥요."

"그냥은 무슨. 우리도 이번에 건물 또 임대할 만큼 돈 잘 번다. 대표가 대단하긴 대단해."

"무슨 건물을요?"

"아……."

세운은 흠칫 놀라더니 곤란한 표정을 지었다. 작업실에 둘뿐인데도 혹시 누가 있나 뒤까지 돌아봤다. 세운이 저런 행동을 하는 걸 보니 회사 일에 관련된 일일 게 뻔했다. 보나 마나 딜란이 회사 일에 신경 쓰게 하지 말라고 주의를 준 것이 틀림없었다.

"왜요? 회사 일이에요?"

"그냥 모르는 척해. 대표가 알면 또 사람 속 긁어."

"알았어요. 그런데 뭔데요?"

"후, 로젤리아 옆 매장에 시계만 판매하는 매장 차린다더라. 로젤리아 들어오기 전부터 미리 계약했다던데."

"시계요? 스위스 할아버지들 시계 말하는 거예요?"

"어. 상무님이 전에도 같이 팔았다고 그러면서 한곳에서 판매하자고 그랬거든? 그런데 딜란이 아주 박박 우기더라고. 옷 파는 곳에서 다른 거 파는 거 팔면 번잡하다고 그러면서 둘 다 도움 안 된다고. 근처에 매장을 내놓는 게 가장 좋다나 뭐라나."

"그런데 왜 하필이면 우리 매장 옆도 아니고 로젤리아 옆인데요?"

"그거? 거기 구한 것도 이유가 있더라."

딜란이라면 당연히 이유가 있을 것이었다. 세운은 딜란이 한 말을 정리한 뒤 입을 열었다.

"매번 잘못됐다를 입에 달고 다니던 사람이 어쩐 일로 시계에 대해선 칭찬하더라고."

"디자인이요?"

"하하. 아니, 가격. 독립 시계 장인들이면 우리 옆에서 했을 텐데, 어떻게 보면 각자 부품 만드는 조립이잖아. 반수제 제품에다 품질이 좋아도 결국 시계는 보석값이 가장 크다더라. 그런데 그 스위스 영감님들은 보석 세공을 안 하잖아. 우리도 그래서 가격을 좀 저렴하게 책정한 거고. 대표가 시계는 뛰어들기 힘들어서 일단은 품질과 이름을 알리는 게 중요하대. 그런 다음에 다이아몬드 같은 거 박아서 팔면 가격 올리는 건 일도 아니라고 하더라. 다이아 같은 건 보증서까지 같이 주니까."

"그런데 왜 로젤리아 옆이에요?"

"우리는 물량이 한계가 있잖아. 그런데 로젤리아는 그런 거 없고. 로젤리아 온 사람들한테 어필한다고 그랬어. 뭐라고 그랬더라. 홍단아가 엄청 웃었는데. 아, 병원 밑에 약국!"

"하하, 그럼 우리 옆에 있어야죠."

"우리 옆에는 자리도 없고, 바로 옆이나 다름없는데 뭐. 난 오히려 더 잘된 거 같아."

세운은 우진을 한번 쳐다보더니 말을 이었다.

"영감님들이 지금까지 네가 아제슬 때 준 디자인으로만 판매했나 봐. 자기들끼리 뭐 내놓기는 했는데 반응이 없었나 보더라고. 너한테 보내달라고 하려고 했는데 너 병원에 있어서 말도 못했지. 이번에 대표가 정리하면서 알아보다가 그대로 놔두기 아깝다고 연락했나 보더라고. 영감님들도 아제슬 때 한 번 해봤잖아. 우리가 주문하면 거기서 배송하고. 그런 것처럼 하면 되니까 수락했더라고."

아제슬 이후로 몇 번 시계를 부탁하긴 했지만, 대량으로 판매하는 게 아닌 한 사람을 위한 디자인이었다. 게다가 수술이라는 큰일을 겪느라 스위스에 있는 노인들까지 생각할 겨를이 없었다.

"위치가 정확하게 어디인데요?"

"우리 나가는 골목 바로 오른쪽. 그러니까 로젤리아에서 골목 하나 두고 있는 거야. 가보려고?"

"한번 보는 게 좋겠어요."

"그럼 같이 가자. 나가다가 대표가 어디 가냐고 물어보면 넌 아무 말도 하지 마. 내가 말할 테니까. 너 거짓말 못하잖아."

우진은 피식 웃으며 고개를 끄덕였다.

*   *   *

세운과 함께 시계 매장이 들어올 건물에 도착한 우진은 주변을 살폈다. 로젤리아에서 도로 하나를 사이에 두고 있는 매장이었다. 다만 이미 오픈한 로젤리와 달리, 시계 숍이 들어올 매장은 아직 안에 다른 매장이 남아 있는 상태였다. 우진은 주변을 한번 둘러보고선 매장 내부를 살폈다.

"너 병원에 있을 때 계약까지 끝냈다고 하더라. 한번 봐봐."

"꽤 넓은데요?"

"그렇지? 단층으로만 사용해도 꽤 넓은 것 같아."

우진은 고개를 끄덕거리며 주변을 살폈다. 위치는 로젤리아의 바로 옆인 데다가 I.J에서 나오는 길이었다. 현재 로데오 거리에서 가장 유명한 두 브랜드와 가장 가까운 위치였다. 언제부터 준비했는지 위치상으로는 최적의 자리였다.

"할아버지들이 시계 보내면 누가 팔아요?"

"몰라. 나한테 그런 얘기 안 해줘. 뭐 물어보면 맨날 머리 아픈 회사 일에 신경 쓰지 말고 제품이나 만들라고 그래서. 뭐 대답해 주면 덧나나? 궁금할 수도 있지. 안 그래?"

자신도 세운 역시 자신과 같은 처지였기에 우진은 고개를 끄덕거려 동의했다. 그러고는 매장을 쳐다봤다. 할아버지들이 만든 시계를 누구보다 잘 알고 있는 바이에르가 이곳을 맡는다면 좋을 테지만, 스위스 매장도 있기에 힘들 것 같았다.

"대표 성격은 마음에 안 드는데 이런 거 보면 괜찮은 거 같기도 하고."

"그러게요. 저도 할아버지들한테 신경 못 썼는데."

"아파서 그랬잖아. 영감님들도 이해할 거야. 이제 괜찮아졌으니까 디자인도 주고 그러면 되지. 안 그래?"

우진은 웃으며 고개를 끄덕였다. 전과 다르게 일부 고객만 받고 있지만, 오히려 전보다 해야 할 것이 더 늘어나고 있었다.

"그런데 이 동네, 외국인이 왜 이렇게 많아졌지? 저기 길 건너편에도 있고, 로젤리아 건물 앞에도 있고."

"로젤리아 때문에 온 사람들 아니에요?"

"로젤리아에 왔으면 여자가 있어야지. 저기 봐봐. 전부 남자들인데 로젤리아 건물 훔쳐보는 거처럼 힐끔거리잖아."

확실히 세운이 말한 대로 외국인이 꽤 많았다.

로젤리아의 Infinity Mix 때문에 상당히 많은 사람들이 로데오 거리를 찾았지만, 그래도 아직 그렇게 많지는 않았다. I.J 역시 맞춤옷이라는 특성 때문에 유동 인구가 적었기에 무리 지어 있는 외국인들은 유난히 눈에 띄었다.

그때, 로젤리아 건물을 살피던 외국인 무리와 눈이 마주쳤다.

"어? 너 알아봤나? 왜 다가오냐."

세운의 말대로 갑자기 외국인들이 다가왔다. 우진은 당황스럽기도 했지만, 자신을 알아보는 외국인들의 모습에 내심 기분이 좋아져 미소를 지었다. 그때, 앞으로 다가온 외국인이 한국식으로 고개를 숙여 인사했다.

"처음 뵙겠습니다, 마스터 임."

"네?"

마스터라는 호칭에 우진은 고개를 갸웃거릴 동안, 외국인들은 세운 역시 알아보고는 그에게까지 인사했다. 그러고는 주머니에서 명함을 꺼내 우진에게 내밀었다.

"헤슬 코리아의 에단 밀러라고 합니다. 이렇게 뵙게 되어 영광입니다."

우진은 명함을 보고선 세운을 돌아봤다. 그러자 세운 역시 놀랍다는 듯 혀를 내밀더니 한국어로 혼잣말을 내뱉었다.

"진짜 올 줄이야……."

"무슨 말이에요?"

"대표가 벌인 일이거든. 와… 혹시 저기 길 건너 사람들은 제프 우드 사람들 아니야?"

세운은 딜란이 로젤리아와 헤슬, 제프 우드에다 목동 로데오에 입점하기를 추천할 때 함께 자리했다. 게다가 한 손 보태기까지 했지만, 실제로 헤슬까지 이곳에 올 줄은 예상하지 못했다. 딜란만 하더라도 오면 좋고 아니면 말고 식이었다.

그때, 앞에 있던 에단이라는 사람이 헤슬 코리아를 담당하는 사람답게 한국어를 알아듣고는 대화에 끼어들었다.

"아마 제프 우드에서 온 사람들이 맞을 겁니다."

"청담동은 어떡하고요?"

"청담동과 목동까지 동시 입점 할 것으로 예상됩니다."

대화를 들으며 눈을 껌뻑거리던 우진은 조심스럽게 입을 열었다.

"헤슬도 로데오 거리에 들어오는 건가요?"

"네. 길 건너편입니다. 다음 주부터 공사를 시작해서 5월 달에 오픈할 예정입니다."

우진은 에단이 가리키는 건물을 쳐다봤다. 지금 서 있는 매장처럼 다른 매장이 들어서 있었다. 로젤리아 건물의 공사가 진행 중일 당시 헤슬과 제프 우드까지 이 거리에 들어선 모습을 상상해 보긴 했지만, 실제로 들어선다니 가슴이 두근거렸다.

*　　　　*　　　　*

숍에 돌아와 세운에게 자세한 얘기를 들은 우진은 좀 더 자세한 얘기를 듣기 위해 딜란부터 찾았다.

"정말 그런 거짓말로 헤슬하고 제프 우드까지 로데오 거리에 오게 한 거예요?"

"거짓말이라니요."

"사기죠. 헤슬에는 로젤리아하고 제프 우드 입점한다고 그랬다면서요. 제프 우드에는 그 반대고."

"그랬죠. 제 말이 틀렸나요? 로젤리아, 제프 우드, 헤슬까지 전부 입점하는데."

우진은 어이가 없었다. 한 곳이 빠졌다면 문제겠지만, 딜란의 말처럼 세 브랜드가 모두 입점 예정되어 있었다.

"절 너무 나쁘게 보지 마시죠."

"나쁘게는 안 봐요. 저번에 고객들한테도 그렇고 그냥 방법이 조금 그래서요."

"하하, 뭐 그렇게 느낄 수 있죠. 그런데 다른 브랜드가 단지 제 말로만 이곳에 자리한 거라고 생각하나요? 그 브랜드들은 자신들만의 생각은 없었을까요?"

우진은 아차 싶었다. 세 브랜드와 친밀하게 지내다 보니 세계적으로 이름 있는 브랜드라는 걸 잊고 있었다.

"다 자기들도 승산이 있다고 판단한 거죠. 그리고 승산이 있다는 판단에는 우리 I.J가 이곳에 있다는 게 한몫했을 거고요."

"그런가요?"

"당연하죠. 아제슬로도 묶여 있고, Infinity Mix로도 묶여 있지 않습니까? 세 브랜드의 접점은 오로지 I.J뿐이죠. 아마도 이 거리의 주인은 우리 I.J가 되지 않을까 싶습니다."

우진은 너무 허황된 말에 실소를 뱉었다. 그러자 딜란이 어깨를 으쓱거리며 입을 열었다.

"정말입니다. 이미 여러 가지로 움직이고 있습니다."

"무슨 일을 하시는 건데요?"

우진이 무척이나 불안한 얼굴로 쳐다봤다.

"하하. 뭐 회사 일이긴 한데. 표정 보니까 말해줘야지 안 그러면 하루 종일 끙끙 앓겠군요."

딜란이 입을 열려고 할 때, 작업실로 매튜가 들어왔다. 그러자 딜란이 우진을 보며 씨익 웃더니 매튜를 향해 기다렸다는 듯이 어서 오라며 손짓했다. 우진은 딜란이 무슨 짓을 벌인 건지 궁금한 마음에 매튜를 봤지만, 매튜의 표정만으로는 알 수 없었다. 그때, 딜란이 기대하는 얼굴로 질문했다.

"어떻게 됐어요?"

아무것도 모르는 우진 역시 덩달아 기대하는 얼굴로 매튜를 봤다. 하지만 매튜는 대답 대신 고개를 저었다.

"애초에 말도 안 되는 일이었습니다."

"그게 왜요! 뭐 다 들어줄 것처럼 얘기하더니 이제 와서! 뭐라고 그러면서 안 된대요?"

매튜는 대답 대신 고개를 저었고, 딜란은 무척이나 아쉬워하는 표정을 하더니 이내 생각에 잠겨 버렸다. 가만히 듣던 우진은 더 이상 궁금증을 참지 못하고 매튜에게 조심스럽게 물었다.

"뭐가 안 된다는 거예요?"

그러자 매튜가 조그맣게 한숨을 뱉더니 입을 열었다.

"그리 신경 쓰실 일은 아닙니다."

"뭔데요?"

"흠, 대표님이 양천구에다가 무리한 요구를 했습니다. 목동로인 여기 도로명을 I.J로로 변경해 달라고 했습니다."

"컥."

우진은 무척이나 놀랐다. 아무리 양천구에서 밀어준다고는 했지만, 너무 무리한 요구였다. 우진은 정말 그런 요구를 했냐는 얼굴로 딜란을 봤다. 그러자 못마땅한 얼굴로 있던 딜란이 손가락을 튕기며 입을 열었다.

"아! 내가 너무 무리한 요구를 했지. 아무리 그래도 기업 이름을 도로명으로 하는 건 아니죠? 그럼 우진로. 이렇게 요구해 보죠."

"아! 왜 그러세요! 무슨 짓을 하는 거예요."

"왜요? 찾아보니까 사람 이름으로 된 길 이름 많던데?"

"됐어요! 그런 거 하지 마세요!"

"왜요? 굉장히 큰 도움이 됩니다."

"아니, 그런 건 먼저 요청하는 게 아니라, 굉장히 유명하거나 국가의 이름을 드높인 사람들이나 쓰는 거죠!"

"아닌데요? 마을 이장? 아무튼 대표 같은 사람 이름으로 된 길도 있더라고요. 그리고 임 디자이너는 한국의 이름도 충분히 알리고 있고, 세계적으로 굉장히 유명한 사람입니다."

우진은 이대로 내버려 두면 이 거리가 우진로가 된다는 생각에 일어나서까지 말렸다. 도대체 무슨 생각을 해야 골목 이름까지 바꾸려는 건지 우진으로서는 이해할 수 없었다. 우진은 급한 마음에 도움을 청하는 얼굴로 매튜를 봤다. 그러자 매튜가 진정하라는 듯 우진을 앉히더니 입을 열었다.

"걱정하지 마시죠. 선생님이 현재 I.J의 오너로 있기에 불가능한 얘기입니다. I.J로, 우진로 모두 무엇을 하든 상업적으로 사용될 수밖에 없기에 허가가 날 수 없습니다."

"휴."

"나중에 디자이너를 은퇴하시면 가능할 수 있습니다. 그때 신청해 보죠."

"됐어요. 왜 매튜 씨까지 그러세요."

우진은 딜란보다 매튜의 말에 더 흠칫 놀랐다. 한참이나 뒤가 되겠지만, 매튜라면 정말 할 것 같았다. 우진은 매튜에게 하지 말라고 당부하고 나서도 걱정이 가시지 않는지 불안한 얼굴이었다. 그러자 딜란이 실실 웃으며 입을 열었다.

"난 내 이름으로 된 길 이름 있으면 좋기만 하겠는데 왜 그래요. 하하."

"전 괜찮으니까 하지 마세요."

"하하, 알겠습니다. 그럼 구청에서는 바꿔줄 수 없다고 하니까 기사를 내보내야겠군요."

"기사요? 꼭 그렇게까지 하셔야 해요?"

"우진로 같은 이름을 사용하진 않겠지만, 해야 하는 일입니다."

딜란은 피식 웃더니 자신의 휴대폰을 우진에게 보여줬다. 휴대폰에는 로젤리아의 기사가 있었고, 론칭이 매우 성공적이라는 평가가 나와 있었다.

〈로젤리아의 본점. 명품 붐을 다시 일으키나?〉
〈패셔니스타들 목동으로. 같은 옷 다른 느낌. 나만의 옷을 입다〉

전부 로젤리아에 관련된 기사였다.

"물론 우리 I.J의 기사도 있지만, 양에서 차원이 다르죠. 우리 야 홍보에 쓸 돈이 없으니까 기자들이 취재해서 올린 진짜 기사 들이고. 이런 거는 제대로 된 기사도 있겠지만, 로젤리아에서 힘 써서 나온 기사가 많을 겁니다. 원래 다 그런 거니 뭐 이해해야 죠. 하하."

"안 그래도 아까 보니까 사람 많더라고요."

"하하, 걱정 안 되십니까?"

"걱정을 왜 해요. 옷을 판다고 해도 전혀 다른데. 그리고 제 디자인이잖아요."

딜란은 우진의 말에 피식 웃더니 말을 뱉었다.

"그래도 그럼 안 되죠. 사람들이 느끼는 브랜드 가치에 대한 인식이 엄청 중요한 겁니다. 로젤리아에 디자인을 넘긴 I.J, 아니 면 I.J에서 디자인을 얻어 쓴 로젤리아. 어떤 게 마음에 드나요?"

극단적이기는 하지만 둘 중에 골라야 한다면 후자가 나았다. 그러자 딜란이 당연하다는 듯 웃더니 말을 이었다.

"지금 기세 싸움 하는 겁니다. 하하, 우리가 먼저 자리 잡았는 데 잘못하면 로젤리아 거리라고 불릴 수도 있거든요. 그것뿐만 이 아니라 며칠 지나면 헤슬하고 제프 우드에서도 대대적으로 기사 내보낼 겁니다. 이미 자리 잡고 있는 로젤리아가 유리한 만 큼 두 곳은 공격적으로 광고하게 될 겁니다."

우진은 이런 것에도 신경을 쓰는 걸 보며 약간 머쓱해졌다. 딜 란이 없었다면 생각해 보지도 않았을 문제였다.

"기왕 불릴 거면 I.J 거리가 좋지 않습니까? 우리는 본사도 있 고, 시계 매장도 들어올 건데. 하하."

"그게 될까요?"

"하하, 물론 힘들기야 하겠죠. 만약에 I.J 거리가 안 된다고 해도 아제슬 때처럼 I.J 이름이 가장 앞에는 있어야 하겠죠?"

우진은 딜란의 말에 자신도 모르게 고개를 끄덕거렸다.

*   *   *

예약도 잡혀 있지 않았음에도 작업실에 있는 우진의 손은 바쁘게 움직였다. 밀려 있는 고객이 있는 것도 아닌데 우진은 손에서 펜을 놓지 않았다. 그러던 우진이 스케치를 마쳤는지 펜을 내려놓았다.

"이제 끝나셨습니까?"

"언제 오셨어요. 오셨으면 부르시지."

작업실에 한참 전에 와 있던 매튜는 우진의 대답을 웃어넘겼다. 노크를 몇 번이나 했지만, 듣지 못한 건 우진이었다. 작업 중일 때는 전과 같은 모습이었다. 물론 변한 모습도 있었다. 예전 같았으면 고객을 어떻게 받을지 초조해하며 직접 나섰을 텐데, 퇴원 후 지금까지 단 한 명의 고객만 받았는데도 얼굴에는 여유가 보였다.

"많이 변하셨네요."

"제가요? 저 뭐 변했어요?"

"외모가 아니라 마음가짐이라고 해야 하나. 고객이 없는데도 초조한 모습이 보이지 않는군요."

"아."

우진은 피식 웃었다. 사실 고객을 직접 만나보고 싶은 마음은 있었다. 다만 예전과 다르게 홀로그램으로 모습이 보이지 않다 보니, 지금 만나나 나중에 만나나 걱정은 없었다. 오히려 여러 가지 준비가 된 상태일 때 고객을 만나는 것도 괜찮다고 생각했다. 더군다나 자신을 찾는 고객이 아니더라도 할 일은 많았다.

"대표님이 할 일 많이 주고 가서 그렇죠."

"그렇죠. 쉬고 있는 모습을 못 보는 분이니."

"아, 매튜 씨도 바쁘시죠. 무슨 일 때문에 오신 거예요? 제가 해야 할 일 있어요?"

"그런 건 아닙니다. 대표님이 지금 이 거리에 일어나는 일을 선생님이 조금은 알고 계시는 편이 좋겠다고 해서 올라온 겁니다."

우진은 고개를 갸웃거렸다. 제프 우드나 헤슬은 아직 매장이 들어서지도 않았기에, 일어나는 일이라고 해봤자 로젤리아에 관련된 일뿐이었다.

"로젤리아에 무슨 일 있어요?"

"아닙니다. 로젤리아는 굉장히 잘 팔리는 중입니다."

"그럼요?"

"한번 보시죠."

매튜는 들고 왔던 태블릿 PC의 플레이 버튼을 누른 뒤 우진에게 넘겼다. 우진은 화면을 보며 의아했다. 움직이지도 않는 사진인데 동영상으로 촬영한 게 이상했다. 이유가 있을 거라는 생각에 화면에 집중했다. 여전히 움직이지 않는 사진이었다.

"이 사람 모델 아니에요? 이 사진이 왜요?"

"광고입니다."

"광고요? 우리 광고 찍으려고요?"

우진은 사진을 가만히 들여다봤다. 프로필사진처럼 몸에 붙는 레깅스를 입고 차려 자세를 하고 있어서 몰랐는데, 자세히 보니 모델이 눈에 익었다. 검은 배경에 서 있는 인물은 현재 뉴욕에서 활동 중인 모델이었다. 모델 전부를 알고 있는 건 아니지만, 이쪽 일을 하다 보니 일부 유명한 모델에 대해선 듣기 싫어도 들려왔기에 알고 있었다.

"광고한다고 그러더니 이런 모델도 구했어요? 모델료 엄청 비싸지 않아요?"

며칠 전 딜란에게서 거리 이름 쟁탈전을 한다고 들었던 우진은 그가 상당히 무리하는 것처럼 느껴졌다. 그때 매튜가 고개를 저으며 입을 열었다.

"잠시만 기다려 주시죠. 촬영하고 편집까진 안 해놔서 잠시 기다리면 나옵니다."

"직접 찍은 거예요?"

매튜는 대답 대신 손을 들어 태블릿 PC를 가리켰다. 의아하긴 했지만 매튜의 말대로 화면을 볼 때, 화면이 움직이기 시작했다. 걸음을 옮기는지 화면도 같이 흔들렸다. 흔들리는 화면은 오른쪽으로 갈수록 점점 조금씩 변해갔다. 그리고 걸음을 멈췄을 때 화면 속 모델은 아까와는 전혀 다른 모습이었다.

"와, 신기하다. 어……? 이거 제프 우드 광고예요?"

"맞습니다. 보는 각도에 따라 보이는 게 달라지죠. 처음 봤던 모습이 왼쪽이고 지금이 정면입니다. 정면을 봐야 제프 우드 로고도 보이고요. 렌티큘러를 이용한 광고입니다."

화면에 점점 제프 우드의 로고가 또렷하게 새겨졌다. 그리고 오른쪽으로 이동할 때마다 모델이 입은 옷의 색이 변했다. 기존에도 보는 각도에 따라 다르게 보이는 광고가 있었지만, 제프 우드여서인지 상당히 고급스러워 보였다.

"검은 배경으로 무게감을 주고, 편안하면서도 공허한 느낌을 주죠. 덕분에 모델에게 시선이 집중되고. 게다가 특정 제품을 광고하는 게 아니라 제프 우드라는 브랜드 전체 광고입니다. 그리고 이 광고는 우선적으로 한국에서만 공개된 겁니다."

"한국에서만요?"

"큰 차이는 없겠지만, 그만큼 한국 시장에 신경 쓴다는 의미죠. TV나 잡지 광고는 아예 배제하고, 입점한 백화점이나 매장으로만 홍보할 것 같습니다."

"그럼 여기 한국이에요?"

"한번 자세히 보시죠."

우진은 다시 화면을 봤다. 빠르게 돌리자 조금씩 익숙한 배경이 보였다. 얼마 전까지 I.J가 있던 청담동 건물이었다.

"생각보다 공격적이죠. 원래 I.J가 있었다는 걸 빠르게 지우려고 프린팅부터 해버렸습니다."

"사람들 반응은 어때요?"

"현재 제프 우드가 아시아에서 가장 신경 쓰던 곳이 일본이었는데, 오히려 일본보다 신경 쓰는 모습에 사람들이 거부감보다는 환영하는 중입니다."

"이게 정말 우위 점하려고 이러는 거예요?"

"아마도요. 이렇게 좁은 거리에 내로라하는 명품이 들어선 거리도 없고, 거의 비슷한 시기에 여러 브랜드가 입점하다 보니 제프 우드에서도 신경이 쓰이나 봅니다. 아마 목동 제프 우드 건물에도 매장 전체 프린팅부터 할 것 같습니다."

우진은 역시 제프 우드라는 생각을 하면서도 내심 걱정되었다.

"우리는요? 대표님은 어떻게 하신대요?"

"우리는 인터뷰 정도가 다입니다. 우리로서는 아직까지 특별히 움직일 수 있는 게 없습니다. 다른 곳을 주시하면서 하던 대로 해야죠."

"그래도 돼요? 헤슬은요?"

"헤슬은 백화점을 홍보로 공략했습니다. 백화점에는 여성용 백만 팔고, 목동 매장에선 옷은 목동에서만 구매할 수 있는 방식입니다."

"백화점에서 원래 옷도 팔았어요?"

"헤슬 옷은 세계 어디 백화점에도 없습니다. 옷을 구매하려면 매장을 가야죠."

"맞죠?"

"그러니까 더 눈을 끄는 겁니다. 백화점에서 구매할 수 없는 걸 홍보로 쓰는 겁니다. 목동에 오면 구매할 수 있다는 걸 강조하면서. 뭔가 속이면서도 사실을 기반으로 하는 홍보죠."

다들 딜란의 예상보다 빠르게 움직이는 중이었다. 아직 두 브랜드가 입점하지 않아서인지 크게 실감이 되진 않았지만 I.J도 뭔가를 해야 할 것 같다는 느낌은 들었다.

"휴, 정말 대표님 말대로네요. 저도 나름대로 생각해 볼게요. 매튜 씨도 바쁘실 텐데 볼일 보세요."

"생각하지 말라고 하셨습니다."

"대표님이요?"

"네. 옷에 대해서만 생각하고 다른 건 절대 생각하지 말라고 했습니다. 거리가 어떻게 돌아가는지만 알고 계시면 된다고 했습니다."

우진은 I.J에 관련된 일이니 쉽게 떨쳐내진 못하겠지만 일단 고개는 끄덕거렸다.

*　　　　*　　　　*

며칠 뒤. 로데오 거리에 유동 인구가 눈에 띄게 늘었다. 짧은 도로에서 바뀐 거라고는 I.J와 로젤리아뿐인데도 그 여파가 뒤쪽 골목까지 퍼져 나갔다. 주변에 있던 식당들과 카페들에 사람들이 가득했다. 그러다 보니 골목들이 하루가 다르게 바뀌어갔다.

우진은 잠시 머리를 시킬 겸 세운과 함께 매장을 나섰다. 밖으로 나오자 I.J 건물 앞에 있는 카페에도 손님들로 가득했다. 그다지 크지 않은 카페에 있던 사람들이 쳐다봤지만, 최근 들어 저런 시선을 많이 받았던 우진은 자연스럽게 고개를 돌렸다.

"오, 자연스러웠어. 이제 인터뷰도 잘하겠는데?"

"아니에요. 매장 밖에 나오면 다들 쳐다봐서 익숙해져서 그래요."

"그러니까 자연스러웠다고. 저기 커피 맛도 없던데 왜 저렇게 사람이 많아."

"사람들이 많아졌잖아요."

"하긴 우리 계약한 식당도 사람 많아서 오거리까지 가서 밥 먹었어."

우진은 세운과 대화를 하며 걸음을 옮겼다. 짧은 골목을 벗어나자 로젤리아부터 보였다. 좀처럼 식지 않는 Infinity Mix의 인기 덕분에 명품 매장임에도 불구하고 고객들이 상당히 많았다.

"와, 불경기라는 거 다 뻥 같아. 뭔 사람이 저리 많아."

"잘되면 좋죠."

"맞다, 저 사람들이 쓰는 돈들 너한테도 일부 들어오지?"

"하하, 아니에요. 계약할 때 회사 이름으로 계약했어요. 전 성과금으로 받을걸요? 이제 저도 삼촌처럼 월급 받잖아요."

"하긴. 월급 받아도 그게 낫지. 만약에 예전처럼 했으면 저거 벌어봤자 금세 털렸을걸."

우진 역시 그럴 거라는 생각에 웃으며 고개를 끄덕이고는 로젤리아를 슬쩍 쳐다본 뒤 고개를 돌렸다. 아직까지는 돈을 번다는 것보다 자신의 디자인이 인정받고 있다는 사실이 더 크게 다가왔다.

우진은 가벼운 마음으로 걸음을 옮겼다. 처음부터 시계 매장을 구경하려고 나온 것이었다. 몇 발자국 옮기자 매장이 보였다.

"와, 엄청 빠르네요. 이제 바닥 뜯어내던 거 같은데 벌써 다 붙였어요. 이러다 내일 공사 끝나는 거 아니에요?"

"하하, 아닐걸. 해야 할 게 엄청 남아서 대표가 닦달한 거야. 빨리 바닥이랑 기본 인테리어 끝나야지 전시용 금고 들어오고 그런다고, 난리도 아니라고 그러더라. 한국 사람보다 빨리빨리 많이 한다던데. 하하."

그런 얘기를 듣지 못했던 우진은 고개를 끄덕이며 내부를 봤다. 한창 공사 중이었지만, 원래 있던 매장이 빠져나가고 곧바로 인테리어 공사를 시작한 거치고는 제법 매장 느낌이 났다.

"내가 어르신한테 얼핏 들었거든? 여기가 공사보다 전시용 케이스로 돈 엄청 썼다고 그러더라. 전면 유리로 만들어서 내부가 보이는 금고라고 하던데. 워치 와인더? 아무튼 그런 건데 가격이 엄청나대. 대표가 비싼 거 팔려면 비싸 보이는 데서 팔아야 한다고 막 지르나 봐. 그래도 뭐 딜란이니까 알아서 잘하겠지."

우진 역시 딜란을 믿기에 그 부분은 걱정하지 않았다. 오히려 딜란이 꾸민 매장은 어떤 모습일지 기대되었다.

그때, 한 아주머니가 매장 앞에 섰다. 그러고는 굉장히 못마땅한 듯 얼굴을 씰룩이며 공사 중인 모습을 쳐다봤다. 우진이 공사하는 데 무슨 문제가 있나 싶어 가만히 쳐다볼 때, 아주머니가 뱉은 혼잣말이 들렸다.

"어휴, 사기지. 사기야. 아, 열받아. 이걸 어떻게 2년이나 참지?"

분에 못 참는 듯한 얼굴로 공사 중인 매장 앞에 침까지 뱉더니 가버렸다. 아주머니가 사라질 때까지 지켜보던 우진은 고개를 갸웃거리며 세운을 향해 고개를 돌렸다.

"우리 무슨 잘못했어요?"

"저 아줌마? 매일 와서 저래."

"누군데요?"

"여기 건물 주인. 임대료 때문에 그렇지. 다른 데는 지금 엄청

오르는데 자기만 못 받으니까. 저기 건너편만 해도 두 배는 더 비쌀걸? 우리는 전에 계약해 버렸으니까 2년 동안은 문제없지. 딜란이 아주 잘했어."

"아……."

우진은 신설동 때 겪었던 일이 떠올랐다.

"그럼 2년 뒤는요?"

"그때는 인지도도 쌓았으니까 백화점에 들어가는 게 오히려 안전하고 관리도 편할 거라고 그러던데? 애초에 2년이란 시간 동안 인지도 쌓을 생각인 거지. 여기 관리직도 2년 계약으로 구했다던데."

세운은 우진을 보며 웃고 있었지만, 우진은 대답도 하지 않고 주변을 살폈다.

＊　　　＊　　　＊

숍으로 돌아온 세운은 우진의 얼굴을 살폈다. 상가에 대해 얘기를 하던 중 우진의 얼굴색이 변했다. 얘기하지는 않았지만, 누군가에게 미안해하는 표정으로 봐서 분명 I.J 때문에 다른 상인들이 피해를 볼 수도 있겠다고 생각하는 것이 보였다.

세운은 우진의 저런 모습이 좋기도 하지만, 걱정도 됐다. 딜란이 있으니 다행이지, 만약 그가 없었다면 계속 이사를 다녔을 수도 있을 것 같았다.

"너무 걱정하지 마. 대표가 그러더라고. 비싼 데는 이유가 있는 거라고. 그만큼 손님이 많아지지 않을까?"

"그럼 다행이죠. 그런데 신설동처럼 그렇게 될까 봐 조금 미안해지네요."

"거긴 손님이 오는 거리가 아니니까 그렇지."

우진도 상황이 다르다는 건 알고 있었지만 신경이 쓰이는 건 어쩔 수 없었다. 하지만 로데오 거리에 있는 건물들이 전부 자신의 건물이 아닌 이상, 할 수 있는 일은 없었다.

"저 올라가 볼게요."

"그래, 그래! 올라가서 아무 생각 하지 말고 쉬어. 대표가 뭐 물어보면 나랑 나갔다 왔다고 하지 말고. 아, 맞다. 사무실에 네 물품들 있던데, 가져다줘?"

"뭔데요?"

"몰라. 박스에 일기장이라고 적혀 있던데?"

"나중에 가져갈게요."

대표에게 시달릴까 봐 걱정하는 세운의 모습에 우진은 가볍게 웃고는 올라갔다. 그때 세운의 등 뒤에서 목소리가 들려왔다.

"어딜 다녀왔는데요?"

"어우! 깜짝이야!"

"왜 그래요? 죄지은 사람처럼."

"죄는 무슨! 갑자기 나오니까 놀라죠."

등 뒤에서 나타난 딜란은 실실 웃으며 층수가 바뀌는 엘리베이터를 쳐다봤다.

"어딜 다녀왔는데 저런 표정일까? 여기서 나갈 곳은 시계 매장밖에 없는데. 공사도 잘되고 있어서 문제 될 거 없고."

딜란은 혼잣말을 하며 우진의 표정을 추측했다. 정확히 추측

하는 모습에 세운은 얼굴을 찡그렸다. 그래서 한 소리 듣기 전에 먼저 시계 매장에서 있었던 일을 설명했다.

"그 아줌마 또 왔어요?"

"나도 처음 봤는데, 느낌이 딱 그 아줌마 같더라고요."

"알아듣게 잘 얘기했는데도 엄청 끈질기네요. 그런데 그건 그거고, 임 디자이너 표정은 왜 저런 건데요? 이해가 안 되네. 우리가 잘못한 것도 아니고 시장경제가 그렇게 흘러가는 건 자연스러운 건데."

딜란은 자신으로서는 우진을 이해할 수 없다는 듯 고개를 저었다.

*　　　　*　　　　*

며칠 뒤. 로데오 거리에 들어온 로젤리아, 제프 우드, 혜슬의 동향을 살피던 매튜의 얼굴에 걱정이 묻어 있었다.

"정말 우리는 인터뷰만으로 괜찮겠습니까?"

"괜찮대도 그러네. 우리는 우리가 할 수 있는 것만 하면 됩니다. 그리고 우리는 Infinity 시리즈의 원조라는 무기가 있잖아요. 계속해서 그 부분만 노출시키면 됩니다. 얼마나 좋아요, 하하. 만약 제프 우드에서 조합하는 옷이 나와도 우리가 원조라는 데는 누구 하나 이상하게 볼 사람이 없죠."

"그렇긴 해도 세 브랜드가 경쟁하는데 우리만 너무 조용히 있는 것 같아 걱정입니다. 혜슬은 AA항공 팸플릿에도 제품 광고 들어갔습니다."

"돈도 많네. 아무튼 걱정하지 말고 우리는 인터뷰나 잘하면 돼요. 잘할 것도 없지. 그냥 하던 대로 하면 되니까."

딜란은 전혀 걱정하지 않는 얼굴로 인터뷰를 생각하다 말고 살짝 얼굴을 찡그렸다.

"우리 임 디자이너는 아직도 주변 상가들 걱정하고 그래요?"

"네. 오늘도 이 앞에 커피숍에서 직원들 커피 주문하고 그랬습니다. 자기라도 많이 팔아줘야 한다면서."

"하하, 참 대단하네. 아예 월세를 내주지."

"얼마나 어려운지 알고 있어서 그럴 겁니다. 제가 한국에 와서 처음 사무실을 구할 때도 권리금? 그거 때문에 꽤 고생했습니다."

"능력 안 되면 떨어져 나가는 건 당연한 거고."

"그렇게만 볼 게 아닌 게, 한국은 면적이 작아서인지 임대료가 높고 그 때문에 상가들이 밀접한 거리가 망하는 경우가 몇 있었습니다. 선생님은 그 부분까지 걱정하고 있는 겁니다."

"에이, 잘 알면서 그런 말을 해요. 이 거리가 망할 거 같아요? 저 세 브랜드가 동시에 빠져나가지 않는 이상 절대 안 망하죠. 뭐, 시민들한테 반감은 살 수 있겠네. 그건 시간이 해결해 줄 거니까. 그리고 피해가 있다고 해도 우리는 적죠. 욕은 지금도 광고 열심히 하는 세 브랜드가 먹을 테니까. 하하, 차라리 그랬으면 좋겠네."

딜란은 생각만 해도 기분 좋은지 실실 웃었다. 그때, 매튜에게 로비를 책임지던 준식에게서 메시지가 왔다.

"Moon 매거진 장 기자 도착했답니다."

"아, 우리 디자이너 빠?"

"네. 같이 가실 겁니까?"

"가는 게 낫죠. 또 우리 디자이너가 인터뷰 잘 못하면 대신 답변하는 게 좋을 테니. 가죠."

딜란과 매튜는 로비로 내려왔다. 그러자 카메라를 들고 있는 기자들과 로비 직원들이 나누는 대화가 들렸다.

"로비는 촬영하시면 안 됩니다."

"그냥 배경 한 번만 찍는다니까요."

"I.J 규정상 1층 로비는 촬영이 금지되어 있습니다."

"아니, 한 장만요. 빡빡하게 그러지 마시고. SNS에도 로비 사진 올라오던데."

대화를 듣던 딜란은 피식 웃으며 장 기자와 그의 일행 앞으로 걸음을 옮겼다.

"하하, 1층 로비는 고객분들의 사생활 보호를 위해서 촬영이 금지되어 있죠."

"아, 대표님. 안녕하세요. 그냥 손님들 안 나오게 찍으면 안 될까요?"

딜란은 잠시 곤란한 표정을 지었고, 매튜는 그 모습을 보며 고개를 돌려 버렸다. 딱 봐도 연기였다.

"고객분들이 곤란하니까 그건 힘들고. 이러면 안 되는데……. 3층으로 가시죠. 사실 3층 촬영도 안 되는데, 장 기자님이 I.J 기사를 매번 좋게 써주시니까. 가시죠. 제가 안내해 드리죠."

장 기자와 일행은 서로의 얼굴을 보더니 카메라를 내려놓았다. I.J의 대표라는 사람이 직접 안내를 해준다는 말에 어깨가 으쓱해지는 기분까지 들었다.

딜란의 안내를 받아 우진의 작업실 문 앞에 선 장 기자는 짧은 복도를 보며 감탄했다. 전에 자주 가봤던 신설동 매장이나 청담동 매장과는 확연히 달라진 모습이었다. 너무 고급스러워 보이는 모습에 약간 위축이 될 정도였다.

"들어가시죠, 하하."

딜란의 안내로 작업실로 들어오자 커다란 응접실이 보였다. 그리고 한쪽에는 통유리로 된 작업실이 있었다. 촬영과 인터뷰를 하며 수많은 작업실을 가봤지만, 이런 공간은 처음이었다. 작업실과 응접실이 함께 있는 공간. 마치 영화에서 성공한 디자이너를 표현하기 위해 과장한 작업실처럼 보였다.

그러다 작업실 안에서 깔끔한 정장을 입고 고뇌에 빠진 듯한 표정의 우진을 발견했다.

"인터뷰 있다고 말했는데도 작업 중이시군요. 하하, 잠시 기다리고 계시면 제가 알리겠습니다."

"아니, 아니. 괜찮아요. 저 모습 좀 찍을게요."

장 기자는 동행한 촬영기사에게 우진을 촬영하라고 지시했다. 사진을 찍는 동안 장 기자도 우진에게서 눈을 떼지 못했다. 최근 병원에서 인터뷰를 했지만, 역시 우진은 디자인을 하는 모습이 가장 잘 어울렸다. 자리가 사람을 만든다는 말을 새삼 실감했다. 고급스러워 보이는 이곳과 우진이 무척이나 잘 어우러졌다.

그때, 동행한 촬영기사가 조용하게 속삭였다.

"오중 씨, 듣던 거랑 좀 다른데요?"

"뭐가요?"

"엄청 예의 바르고 착하다고 들었는데. 표정만 봐서는 잘 모르겠는데요. 그냥 깐깐한 다른 디자이너들처럼 보이는데."

"얘기 나눠보면 달라요. 제가 괜히 좋아하는 게 아니란 거 아실 거예요, 하하."

장 기자는 웃으며 우진을 봤다. 지금은 인상을 쓰고 있다고 하나, 대화를 나눠보면 촬영기사도 우진이 어떤 사람이란 걸 알게 될 것이 분명했다.

그때, 우진이 펜을 놓고 기지개를 켜다가 이쪽을 발견했다. 장 기자는 반갑게 웃으며 우진에게 인사를 건넸고, 우진 역시 자신을 반갑게 맞아줄 거라고 생각했다. 그런데 자신을 본 우진의 표정은 그다지 밝아 보이지 않았다.

"뭐야, 오중 씨랑 친한 거 맞아요?"

장 기자는 조금 당황했다. 그때, 우진이 작업실을 나와 인사를 건넸다.

"안녕하세요. 또 뵙네요."

"아, 네. 어디 불편하신 곳이라도……."

"아니에요. 그럼 인터뷰 시작할까요?"

"네……."

우진의 안내로 소파에 앉은 장 기자는 약간 당황스러웠다. 친하시는 않더라도 어느 정도 친분이 있다고 생각했다. 촬영기사에게도 최근 가장 잘나가는 디자이너와 친하다며 자랑까지 했는데, 지금 우진의 모습만 놓고 보면 완전 남이나 다름없었다. 촬영기사 역시 장 기자를 보며 '그럼 그렇지'란 얼굴로 피식 웃고는 자신의 일을 시작했다.

인터뷰가 시작되자 장 기자는 준비한 질문을 던졌다. 자신들에게 필요한 내용도 있었지만, 대부분은 I.J 측에서 요구한 질문이었다. 거의 Infinity 시리즈에 대한 얘기가 오갔고, 우진의 대답도 막힘없이 나왔다. 다만 전과는 다르게 딱딱한 분위기로 인터뷰를 진행했다.

"지금 I.J가 있는 목동 로데오 거리가 명품 거리로 탈바꿈하는 중인데 어떻게 생각하시나요? 항간에서는 로젤리아나, 헤슬, 제프 우드가 이곳에 자리한 이유가 I.J 때문이라는데 맞나요?"

그 질문에 우진의 얼굴이 약간 씰룩거렸다. 하지만 우진은 잠시 호흡을 가다듬더니 대답을 내놓았다.

"그건 아닐 거예요. 어쩌다 보니 이렇게 자리하게 됐네요."

딜란이나 매튜가 미리 작성한 답변이란 건 알지만 정말로 틀에 박힌 듯한 답변이었다. 어느덧 준비한 질문이 바닥을 보였다.

"끝으로, 앞으로 어떤 패션이 유행할지 디자이너로서 말씀해 주신다면?"

"앞으로 많은 브랜드에서 Infinity 시리즈가 나올 거라고 예상합니다. 소비자 입장에서는 선택지가 넓어지는 장점이 있지만, 옷을 고를 때 주의하셔야 할 점이 몇 가지 있습니다. 자신한테 어울리는 옷을 찾으려면……."

장 기자는 표정 없이 준비한 답변만 내놓는 우진을 봤다. 확실히 전과는 다른 느낌이었다. 순간 처음에 방으로 들어오면서 자리가 사람을 만든다고 생각했던 게 떠올랐다. 우진 역시 자리에 어울리도록 변한 건 아닐까 생각할 때, 우진의 말이 끝났다.

그 뒤로도 준비한 질문이 끝날 때까지 우진의 태도는 변하지 않았다. 그 모습을 보며 장 기자는 우진이 확실히 변했다고 생각할 수밖에 없었다. 자신과의 친분을 떠나 옷을 입을 고객을 생각하던 우진의 모습이 사라진 것만 같아 상당히 아쉬웠다. 우진과의 만남을 기대했던 탓인지, 지금 우진의 모습이 더 아쉬웠다.

"그럼 여기까지 할까요?"

"수고하셨어요."

"그럼 저희는 이만 가볼게요. 기사 올라가면 연락드리겠습니다."

장 기자가 촬영기사에게 일어나라고 손짓할 때, 우진이 조심스럽게 입을 열었다.

"저기 장 기자님."

"네?"

장 기자는 갑자기 자신을 부르는 목소리에 우진을 봤다. 그런데 우진이 고민하는 얼굴을 하더니 딜란을 쳐다봤다. 그에 장기자도 딜란을 보자, 딜란도 자신을 보는 이유를 모르겠다는 듯 어깨를 으쓱거렸다. 그때, 우진이 입을 열었다.

"아까 하신 질문 중에 로데오 거리가 명품 거리로 변하고 있다는 질문 있잖아요."

장 기자는 갑자기 지나간 질문을 다시 꺼내는 우진을 쳐다봤다.

"안 좋다고 하면 거짓말이고요. 사실 좋아요. 그런데 조금 걱정은 돼요."

"네? 뭐가요?"

"혹시 연남동이나 경리단길 같은 경우처럼 될까 봐요."

"젠트리피케이션 말씀하시는 건가요?"

"네. 그래서 제가… 그 부분에 대해서 부탁드릴 말이 있어요."

우진이 무슨 얘기를 하려는지 알아들은 딜란이 급하게 나섰다. 지금 여기서 할 얘기는 아니었다. 그때, 우진의 입이 먼저 열렸다.

"이 거리가 사람들한테 알려지면서 임대료가 올라갔다고 들었어요. 임대료가 올라간 이유에는 I.J도 있다고 생각해요. 그래서 그런데… 혹시 기사 올리실 때, 이 주변 음식점이나 다른 상가들도 같이 올려주시면 안 될까 해서요. 정말 맛있는 집도 있고 괜찮은 가게들도 있거든요. 사람들이 많아지면… 덜 미안할 거 같아서요."

우진을 말리려던 딜란은 어이없다는 듯 헛웃음을 뱉었고, 그 얘기를 들은 장 기자는 우진이 변하지 않았다는 사실에 기뻐했다.

제7장

일기장

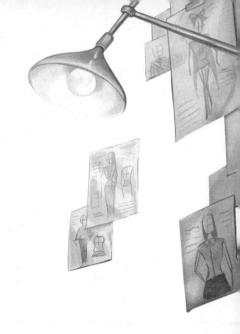

　장 기자가 돌아간 뒤 소파에 앉아 있던 우진은 딜란을 조심히 살폈다. 어느 누구에게 피해가 가지 않도록 나름대로 고민해서 한 말이었는데, 그 말을 듣고 난 뒤부터 말이 없었다. 그때, 함께 자리를 지키던 매튜가 조용하게 속삭였다.

　"선생님께서 걱정하시는 건 알겠지만, 그렇게 크게 도움이 되진 않을 겁니다."

　"그런가요……. 전 주변 상가들을 찾는 사람들이 많아지면 도움이 될까 해서. 그리고 유동 인구가 늘어난 만큼 로데오 거리에 사람도 늘어날 거 같아서 나름 생각해 본 거예요."

　"그럴 수도 있죠. 잠재적 소비자를 자연스럽게 이끌 수 있으니 그 부분은 좋습니다. 그래도 그렇게 많진 않을 겁니다. 만약 그렇게 된다고 해도 우리보다는 다른 곳들이 좋아하겠죠."

매튜와 대화를 나누는 동안 말이 없던 딜란이 갑자기 고개를 들더니 대화에 끼어들었다.

"정답! 우리한테는 하나도 도움 안 돼요!"

딜란은 고개를 젓더니 다시 생각에 잠겼다. 그에 우진은 딜란에게 걱정거리를 안겨준 거 같아 미안해졌다.

"그냥 다 같이 잘됐으면 해서 그랬는데. 다음부터는 준비된 인터뷰만 할게요."

우진의 말을 듣던 딜란은 피식 웃더니 우진의 눈을 가만히 쳐다봤다. 그러고는 어깨를 으쓱거리며 입을 열었다.

"뭐 미안해할 것까지야. 전혀 생각해 보지도 않은 생각이라 황당해서 말이 안 나오는 거죠."

"제 생각이 그 정도로 도움이 안 되나요."

"그런 건 아니고요. 자기 먹고사는 거 신경 쓰느라 바쁜데 누가 골목 가게들까지 신경 써요. 다 자기들이 알아서 살아남는 거지. 아무튼 로데오 거리 소개는 나쁘지 않아요. 임 디자이너 말대로 거리 전체가 살아나면 유동 인구가 많아질 테니. 문제는! 우리한테 매출 면에서는 도움이 안 된다는 겁니다!"

딜란은 종이를 가져오더니 그림을 그리기 시작했다.

"여기가 우리 I.J고, 이 거리가 우리 있는 골목이죠. 지금 우리가 있는 골목에는 명품들이 있지만, 우리 골목만 나가면 아예 다른 세상이죠. 가게들도 레스토랑이 아니라 분식집이나 치킨집들인데, 그 골목을 찾은 사람들은 우리 골목에 오게 되더라도 우리보단 제프 우드나 로젤리아 매장에 가겠죠!"

"왜요……?"

"왜기는! 잘 생각해 봐요. 부자면 모르겠지만, 그렇지 않은 사람들이 몇백만 원짜리 가방이나 옷을 살 때 어떨 거 같아요? 돈을 지불하면 바로 자기 손에 들어왔으면 하죠! 애초에 비교할 대상이 없다면 상관없지만, 옆 가게에서는 돈 주면 바로 들고 갈 수 있는데, 이 가게는 그게 안 돼. 그게 문제죠! 물론 우리가 손해는 아니지만! 우리보다 다른 브랜드들이 잘되는 건 배 아프잖아요!"

"아……."

전에 본 고객들만 해도 여유가 있는 사람과 아닌 사람은 확실히 차이가 났다. 비싼 옷을 처음 만들어보는 사람들은 큰맘 먹고 구매하는 것이다 보니 I.J에 전화해 수시로 확인했다. 그래서 우진은 딜란의 말을 쉽게 받아들일 수 있었다. 그래도 I.J에 손해는 아니라는 말에 마음은 조금 가벼워졌다.

"그거 때문에 말이 없으셨던 거예요?"

"음? 그건 아니에요. 매출 면에서 도움은 안 되지만, 인지도 면에서는 도움이 되죠. 나 몰라라 마구잡이로 홍보하는 제프 우드, 헤슬, 로젤리아가 욕먹을 때 우리는 안 먹을 수 있잖아요. 뭐 욕하면서도 살 건 다 사겠지만. 생각해 보니까 그게 더 배 아파."

딜란은 아직까지 배가 아픈 듯 얼굴을 씰룩거리더니 말을 이었다.

"세 브랜드가 자기 배불릴 생각할 때 우리는 같이 살 생각을 하는 걸 어떻게 알릴지 고민했죠. 아무리 자연스럽게 기사에 실려도 우리 이름이 들어간 순간 티 나게 마련이거든요."

"그냥 가만히 있으면 괜찮을 거 같은데……."

"왜 가만있어요! 우리만 얻는 게 없는데 거리 이름이라도 얻어야지. 아 참, 이런 건 안 해봐서 어떻게 해야 할지 모르겠네. 잘 이용하면 로데오 거리 전체를 IJ 거리로 불리게 할 수 있을 것 같기도 한데."

우진은 조금이라도 이득을 얻으려는 딜란의 모습에 조그맣게 웃어버렸다. 자신 때문에 고민하는 모습에 우진은 조금이라도 돕고 싶은 마음으로 입을 열었다.

"어떤 방식으로 생각해 봐야 할까요?"

"응? 임 디자이너가 왜요? 임 디자이너는 디자인하고 옷을 만들어야지, 그런 생각하지 마요. 생각은 내가 할 테니까."

"제가 꺼낸 말이라서."

"노노! 누가 꺼낸 말이든 그 생각을 받아들이는 건 내 몫이니까, 우리 각자 할 수 있는 일을 하자고요. 참, 여기서 이럴 게 아니지. 매튜 씨, 우린 이만 갑시다. 장 상무하고 얘기 좀 해봐야겠어요."

딜란은 매튜와 함께 바쁘게 작업실을 나가 버렸다. 작업실에 남은 우진은 조금이라도 돕고 싶은 마음이었지만, 아예 배제되어 버린 상황에 아쉽기도 하고 허무하기도 했다.

*   *   *

우진은 상황이 어떻게 돌아가나 궁금했지만, 딜란이 선을 긋는 통에 전혀 알 수 없었다. 고객이라도 있으면 옷에 정신을 쏟느라 그나마 나을 텐데, 고객도 없다 보니 신경이 쓰일 수밖에 없었다. 지금도 상황이 어떻게 돌아가는지 조금이라도 알고 싶은 마음에 2층 디자이너 작업실에 와버렸다.

하지만 디자이너들을 비롯해 1층 로비 매니저들까지 고객들로 매우 바쁜 상태였다. 1층 로비에서는 디자이너들과 매니저들이 고객들과 상담을 하며 취향에 맞는 디자인을 추천 중이었고, 일부는 2층에서 자신이 온 줄도 모르고 작업에 몰두하고 있었다. 그때, 로비를 총괄하던 준식이 고객 응대를 마치고, 2층으로 급하게 올라왔다.

"선생님, 어쩐 일로 내려오셨어요? 뭐 필요한 거 있으십니까?"

"아니에요. 그런 건 아니에요. 그냥 둘러보러 왔어요."

"필요하신 거 있으면 말씀하세요."

"그런 건 없고요. 혹시… 대표님 뭐 하는지 아세요?"

준식은 고개를 갸웃거리며 대답했다.

"대표님이요? 저는 잘 모르겠는데……. 대표님이 또 무슨 일 벌였습니까?"

"그런 건 아니에요. 바쁘실 텐데 저 신경 쓰지 마시고 내려가 보세요."

"아닙니다. 직원들 있는걸요. 무슨 걱정 있으십니까?"

우진은 고개를 젓고는 1층과 2층을 바쁘게 움직이는 직원들을 쳐다봤다. 다들 각자 자신이 맡은 일에 열중하는 모습이었다.

그 모습을 보던 우진은 조그맣게 한숨을 뱉었다. 할 일이 있다는 게 부럽기까지 했다. 자신이 할 일은 옷을 디자인하고 만드는 일인데, 지금은 아무것도 손에 잡히지 않았다. 이곳에 있어봤자 도움이 안 되었기에, 우진은 자신의 작업실로 올라가려고 1층 엘리베이터에 향했다.

그때, 로비 직원들이 눈에 들어왔다. 옆에 서 있던 준식을 제외하고는 전부 새로 들어온 직원들이었다. 예전 같으면 같은 공간에서 일하고 대화했을 텐데, 작업실이 분리되어 있으니 자주 마주치지도 못하는 직원들이었다. 그래서 그런지, 그들이 디자이너들과 준식이 처음 왔을 때보다 우진을 더 어려워한다는 게 느껴졌다. 고객을 응대하면서도 자신을 살피느라 눈동자가 쉴 새 없이 굴러갔다.

"저… 휴, 저 친구들 중에 이쪽 일이 처음인 친구들이 있어서 조금 서툽니다."

"대표님이 뽑으신 거 아니에요?"

"맞습니다. 경험자만 뽑으면 이쪽 일 하고 싶은 신입들은 경험을 어디서 얻냐고 하시면서 채용한 직원들입니다. 아직 미숙해서 그렇지, 열정도 있고 무엇보다 감각이 좋습니다."

우진은 딜란답다고 생각하며 피식 웃었다. 그사이 엘리베이터가 도착했고, 갑자기 할 일이 떠올랐다. 딜란이 생각을 정리해서 얘기해 줄 때까지 새로 들어온 직원들 유니폼이라도 만들다 보면 잡생각이 사라질 것 같았다.

"아! 아……."

"왜 그러십니까? 정말 어디 안 좋으신 겁니까?"

"아니에요. 휴, 혹시 새로운 직원들 치수 같은 건 없죠?"

우진은 자신이 말하고도 웃긴지 피식 웃어버렸다. 없는 할 일을 만든 자신 때문에 해야 할 일을 하고 있는 직원들을 방해할 순 없었다. 그때, 준식이 웃으며 입을 열었다.

"있습니다."

"네?"

"직원들 치수 다 있습니다. 대표님부터 로비 막내까지 다 있습니다."

우진은 생각지도 못한 대답에 고개를 갸웃거렸다. 그러자 준식이 웃으며 대답했다.

"다들 일하면서 작성해 둔 게 있습니다. 선생님께서 유니폼 제작하실까 봐 정리해 놨습니다."

"그랬어요? 치수도 알면 유니폼 만들어서 입으시지."

"어떻게 그럽니까, 하하. 유니폼은 전부 선생님께서 직접 만들어주시는 걸로 알고 있습니다. 테일… 아니, 디자이너 친구들도 유니폼만은 안 만들더군요. 저 친구들 좋아하겠습니다."

"어차피 매니저면 유니폼 못 입는데."

"하하, 마 실장님이 계속 유니폼 없으면 인턴이라고 놀리셔서. 엄청 좋아할 겁니다."

정작 우진은 자신이 만든 유니폼에 그런 의미가 있는 줄 몰랐다. 우진은 안 해도 될 일이 아니라 자신만 할 수 있는 일이라는 생각에 웃으며 고개를 끄덕거렸다.

"그럼 치수들 좀 부탁할게요!"

*   *   *

며칠 뒤. 직원들의 유니폼을 만든 뒤 각자 이름이 적힌 상자에 넣었다. 새로운 직원들뿐만 아니라 기존 사무실 식구들까지 새로 만들었다.

우진은 높게 쌓인 상자들을 보며 뿌듯한 미소를 지었다. 역시 옷을 만들 때만은 잡생각도 나지 않았고, 무엇보다 완성한 옷을 보면 성취감이 들었다. 게다가 이 유니폼이 지금의 I.J를 있게 만든 일등 공신이다 보니 애착이 가는 건 어쩔 수 없었다.

우진이 유니폼을 직접 줄 생각으로 상자를 응접실로 옮기려할 때, 언제 왔는지 딜란과 매튜가 와 있는 게 보였다. 무슨 얘기를 하고 있는지 딜란이 평소와 다르게 불쾌한 표정을 짓고 있었다.

"적당히 해야지, 이렇게까지 하는 건 반칙이지. 언제 오픈이라고요?"

"이 주 뒤에 오픈이라고 들었습니다."

"빠르네. 재수 없으면 제프 우드 거리라고 불릴 수도 있겠는데. 어, 다 했어요?"

작업실에서 나온 우진을 본 딜란은 우진을 자리에 앉혔다.

"무슨 일 있으세요?"

"우리 일은 아니고, 제프 우드 때문에 그렇죠. 건물이 건물처럼 보여야지, 무슨 그림을!"

헤슬보다 먼저 공사를 시작한 제프 우드의 공사가 끝나면서 건물을 가리고 있던 가림막이 치워졌다. 제프 우드 건물 전체에는 청담동과 마찬가지로 보는 각도에 따라 다르게 보이는 렌티큘러를 이용한 프린팅이 되어 있었다. I.J 매장과 가까이 있다 보니 보지 않으려 해도 저절로 보였다. 딜란도 아마 제프 우드의 건물을 본 모양이었다.

딜란은 제프 우드 건물이 머릿속에서 떠나지 않는지 고개를 젓다가 우진이 들고 있는 상자를 발견했다.

"그건 뭐예요? 뭐 만든 겁니까?"

"아! 잘 오셨어요. 유니폼인데 잠시만요. 대표님이랑 매튜 씨 것도 있어요."

우진은 작업실에 놓아둔 상자들 사이에서 딜란과 매튜의 이름이 적힌 상자를 꺼냈다. 그러고는 두 사람에게 웃으며 유니폼을 건넸다.

"유니폼이군요?"

"네. I.J 직원들 중에 유니폼 없는 분들이 있어서 만들었어요."

"그런데 왜 저렇게 많아요? 매튜 씨는 이미 두 벌이나 있잖아요?"

"만드는 김에 다 만들었어요. 오래됐잖아요."

매튜는 고맙다는 인사를 하며 상자를 받아 들었고, 딜란은 그런 매튜를 보더니 입을 열었다.

"뭘 있는 사람 것까지 만들었어요."

"할 일이 없어서요. 하하."

"디자인해요. 디자인. 그러다가 아주 요 앞 카페 주인까지 만들어주겠네."

"그럴까요? 하하."

우진은 상자를 꼭 안고 타박하는 딜란 덕에 기분 좋은 웃음이 나왔다. 그때, 갑자기 딜란이 고개를 숙여 상자를 쳐다봤다.

＊　　　　＊　　　　＊

딜란이 우진을 보고 또 상자를 보는 행동을 반복했다. 우진이 딜란이 왜 저러나 쳐다볼 때, 한참이나 반복되던 딜란의 행동이 멈췄다. 딜란은 실실 웃는 얼굴로 고개를 들었다.

"좋은데요?"

"뭐가요?"

"유니폼이요."

우진은 고개를 갸웃거렸다. 그러다가 좀 전 대화 중에 나왔던 말을 떠올렸다. 하지만 카페 주인에게까지 유니폼을 주자는 것은 아닐 것이 분명했다. 딜란이 말하는 게 무엇인지 궁금해하는데, 딜란이 실실 웃으며 입을 열었다.

"할 일 없어서 여기저기 돌아다니던데 내가 할 일 줄게요."

딜란의 표정에 약간 불안한 마음도 들었다. 하지만 불안함보다 궁금함이 더 컸던 우진은 조심스럽게 물었다.

"제가 할 일이 뭔데요?"

"디자이너의 할 일이 뭐죠?"

"디자인하고… 옷 만드는 거요?"

"하하, 당연히 그거죠."

우진은 정말 유니폼을 만들라는 건가 싶어 아무런 말도 하지 못하고 딜란의 다음 말을 기다렸다. 그때, 딜란이 들고 있던 상자를 내려놓으며 입을 열었다.

"유니폼 만들죠."

"이 유니폼이요? 이건 안 돼요. 판매한 적 있어서 그냥 나눠

주긴 좀 그래요."

"하하, 그건 안 주죠. 우리 I.J 상징이나 다름없는데. 그거 말고 로데오 거리에 있는 상가들이 전부 입을 수 있는 그런 유니폼!"

딜란이 말을 뱉고 실실 웃는 사이, 우진은 I.J가 있는 골목뿐만 아니라 로데오 거리 전체에 있는 상가들이 같은 유니폼을 입고 있는 모습을 상상하고는 자신도 모르게 감탄했다.

"도움 되겠죠? 하나로 묶인 특색 있는 거리로 다시 태어나는 겁니다. 일단 우리 I.J가 주변 상가들을 살리려고 내놓은 아이디어라고 밝히는 게 우선이고, 그 뒤에 유니폼을 나눠 주는 거죠. 그럼 이 로데오 거리 대장이 누구겠습니까? 하하, 우리가 대장입니다."

"대장……."

우진은 거리가 어떻게 불리든 말든 그것보다, 이 일을 자신이 감당할 수 있을지 걱정됐다. 유니폼을 디자인하는 건 둘째 치고 수많은 상가 사람들의 유니폼을 만들 자신은 없었다.

"그런데… 아무리 싼 원단으로 해도 돈 많이 들 거 같은데요?"

"돈이 왜 들어요?"

"네? 그럼 원단은 어쩌시려고요. 혹시 판매하려는 건가요?"

"기껏 만들어서 팔면 효과가 반으로 줄어들죠. 잘못하면 반감 살 수도 있고. 원단 걱정은 하지 말아요. 이 골목에 우리 말고도 많잖아요. 거기서 부담하게 해야죠. 하하, 그리고 계속해서 만드는 건 아니고 아주 일시적으로만."

"로젤리아요……?"

"로젤리아가 됐든 제프 우드가 됐든. 어차피 혼자 하기에는 위험 부담이 있으니까. 위험한 건 나눠야죠, 하하."

"거기서 안 내면요?"

"하하, 우리가 하겠다고 하면 자기네들도 끼고 싶어 할 텐데. 반드시 낼 겁니다. 만약에 돈 안 내겠다고 하면 양천구에다 돈 좀 쓰라고 해야죠. 그것도 나쁘지 않네. I.J와 양천구가 함께하는 로데오 거리 활성화 운동! 오히려 더 좋은데요? 사람들이 양천구라는 이름은 신경도 안 쓸 테니까. 원래 시하고 컬래버하면 이득은 기업하고 의원들만 보는 거라서, 하하."

딜란은 자신 있다는 얼굴로 말을 뱉었다. 그 말을 듣던 우진은 문득 다른 브랜드가 생각났다.

"그런데 헤슬은요?"

"헤슬은 다른 일 해야죠."

"다른 일요?"

"가장 바쁠 겁니다. 하하, 옷 잘 만드는 걸로 유명하지 않습니까! 하하, 뭐 싫다고 하면 공장에서 찍어도 되니까. 사실 유니폼을 직접 만드는 게 더 이상하지 않습니까? 하하."

우진은 벌써 해야 할 일을 나눠놓은 딜란의 모습에 기가 막혀 헛웃음을 뱉었다. 갑작스럽게 나온 얘기여서인지 우진이 보기에도 문제점이 많아 보였다.

"만약에 우리가 준 거 팔면 어쩌시려고요? 예전에 중고 거래 사이트에 우리 유니폼도 올라왔었는데."

"그건 I.J만 입을 때고. 거리 전체가 입고 있는데 그 옷 입고 있으면 '아, 저 사람 로데오 거리에서 일하나 보다' 그러지 않을까요? 하하. 일단 정리를 해봐야겠지만, 내 예상으로는 그런데."

딜란이 말하면 묘하게도 그럴듯하게 들렸다. 우진은 고개를 끄덕거리다 말고 정작 중요한 IJ 얘기가 빠졌다는 걸 깨달았다.

"그럼 우리는요? 우리는 빠져 있는데. 아무것도 안 하나요?"

"직원들 못 보셨나요? 다들 엄청 바쁩니다. 그리고 우리가 왜 아무것도 안 합니까? 가장 중요한 일을 하죠. 디자인도 하지, 기획도 하지. 원래 기획이 어려운 법입니다. 그럼 말 나온 김에 좀 다듬어서 올 테니까 그때까지 쉬고 계시죠."

딜란은 아주 기분 좋은 미소를 짓더니 탁자에 내려놓은 상자를 옆구리에 끼고는 작업실을 나섰다.

*   *   *

작업실에 자리한 우진은 매튜에게서 회의에서 결정된 기획에 대해 전해 듣는 중이었다. 유니폼의 기본 틀은 변하지 않았다. 사실 IJ 직원들이 입고 있는 유니폼이나 처음 만들었던 유니폼에 사용한 원단은 바비에게 받았던 원단과, 아니면 그와 비슷한 원단들이었다.

물론 비싼 원단은 아니었다. 그렇다 보니 지금 스케치한 유니폼도 원가가 높진 않았기에, 서로 부담 가지 않는 선에서 결정한 듯 보였다.

게다가 IJ 유니폼과 같은 기본형이었다. 때문에 우진은 옷에 들어갈 세부적인 무늬만 결정하면 되었다. 하지만 우진은 딜란이 주고 간 기획서를 보며 고민에 빠진 얼굴이었다.

"각각 다르게 네 종류로."

"같으면서도 다르게 보이자는 의견은 상무님 생각이십니다. 음식점들은 바이올렛, 잡화상들은 그린, 유흥가는 블랙, 그리고 옷 매장과 우리는 그대로 화이트입니다. 우리는 최대한 변화가 없어야 한다는 대표님 의견 때문에 이런 기획이 나왔습니다."

매튜는 기획서를 넘겨가며 하나하나 설명했다.

"그리고 IJ는 기존 유니폼을 입을 예정이지만, 다른 화이트들과 차별을 두기 위해서 로고를 한번 생각해 보는 건 어떨까 하는 의견이 나왔습니다. 여기 이 사진에 있는 그림이 지금 로데오 거리의 마스코트입니다. 이런 걸 넣는다든지, 아니면 선생님이 아예 새롭게 디자인을 하신다든지."

"로고를 아예 전부 다요?"

"IJ 로고를 붙일 순 없으니까요."

"일단 생각해 볼게요."

"대신 최대한 IJ 느낌을 줘야 한다고 해서, 바지 색상은 모두 블랙으로. Mix처럼 색만 변해도 다른 느낌이란 걸 보여주려고 합니다."

매튜에게서 설명을 듣던 우진은 약간 걱정되었다. 지금 IJ가 사용하는 두 개의 사각형과 그 안을 채우고 있는 인피니티 무늬도 왼쪽 눈으로 보인 것을 스케치북에 옮겼을 뿐이었다. 그동안 옷은 계속해서 디자인해 왔지만, 로고는 생각해 본 적이 없었다. 그래서 우진은 자신이 로고를 뽑아낼 수 있을지 걱정됐다.

"시간 많으니 천천히 하셔도 된다고 했습니다."

"시간이 많아요?"

"네. 세 브랜드가 자기들 홍보할 때, 우리는 천천히 작업해야 한다고 했습니다. 서로 작전 펼치려면 제이슨 씨가 와야 한다고 했습니다."

우진은 시간이 있다는 소식에 그나마 안도의 한숨을 뱉었다.

"그런데 제프 우드의 제이슨 씨요?"

"네. 만나게 되면 선생님이 걱정하시는 것들 마음껏 얘기해도 된다고 하셨습니다."

"제이슨 씨가 왜 와요?"

"저도 모릅니다. 대표님이 데이비드 선생님과 로젤리아 씨는 안 올지 몰라도 제이슨 씨는 언제가 됐든 온다고 했습니다."

우진은 이건 또 무슨 소리인가 고개를 갸웃거렸다.

*　　　　*　　　　*

로데오 거리에 변화의 바람이 거세게 불기 시작했다. 헤슬, 제프 우드, 로젤리아를 제외하고도 이름이 있는 브랜드들이 로데오 거리를 주시했고, 일부는 입점까지 확정 지었다. 그렇다 보니 벌써부터 로데오 거리, 특히 I.J가 있는 골목은 명품 거리라고 불리기 시작했다.

특히 I.J와 비슷한 헤슬이 가장 큰 역할을 했다. 아제슬이란 이름이 있었지만, 헤슬의 단독 맞춤옷을 한국에서 입어볼 수 있다는 점이 대중들에게 큰 어필이 됐다. 게다가 헤슬에서는 사람들의 기대에 걸맞게, I.J의 배가 넘는 테일러들이 매장에 상주한다고 알렸다.

한국에서의 행보를 알렸을 뿐인데 렌티큘러로 광고한 제프 우드보다 더 큰 효과를 봤다. 로젤리아는 다행히도 목동 매장에서 가장 많은 양의 Infinity Mix 시리즈를 취급하고 있는 상태였기에 여전히 관심이 높았다.

돈은 돈대로 쓰고 효과를 제대로 보지 못한 제프 우드는 주도권을 잡기 위해서인지 이례적으로 제이슨이 한국을 방문했다. 제이슨은 도착하자마자 제프 우드 코리아의 관계자들과 함께 목동부터 방문했다.

"이번에 보낸 디자인들은 전부 검토했습니다. 제프 우드가 직접 검토했고, 우리가 선택한 건 20대층을 겨냥한 신발과 백, 그리고 한정판 티셔츠가 주가 될 겁니다. 티셔츠는 한국에서만 판매할 예정이고, 시작은 이곳에서부터입니다. 제프 우드의 이름에 도시 이름을 붙이는 만큼 진행에 차질 없게 해주십쇼."

제프 우드 컬렉션 중 도시 이름이 들어간 것은 현재 본사가 있는 뉴욕뿐이었다. 그만큼 제프 우드에서는 이곳에 큰 신경을 쓰고 있었다.

사실 이렇게까지 경쟁을 하게 될 거라고는 예상하지 못했다. 다른 나라의 경우에는 벌써 명품 숍들이 들어선 거리에 자리를 잡아서, 누가 우선인지 따질 이유가 없었다. 그 거리들 자체로도 이미 유명한 곳이었다. 그런데 이곳은 자신들이 만들어가는 거리나 다름없었다.

회의를 마친 뒤 매장을 나온 제이슨은 주변에 있는 매장들을 살폈다. 차로 이동할 때는 미처 보지 못했던 모습들이 눈에 들어왔다.

"들어오면서 봤던 숍들하고 차이가 많이 나는군요. 앞에서는 불안했는데 이 정도면 뭐 괜찮아 보이네요."

"벌써부터 로데오 거리의 명품 거리라고 불리고 있습니다."

"좋군요. 저기가 로젤리아고, 저기 끝이 헤슬이고. I.J는?"

"I.J 건물은 로젤리아 건물 뒤쪽입니다."

제이슨은 고개를 끄덕거리며 I.J를 가리고 있는 로젤리아 건물을 쳐다봤다. I.J를 인정하고 있긴 하지만, 주도권 싸움에 끼어들기에는 규모가 너무 작았다.

하지만 무시할 순 없는 곳이었다. 옷도 옷이지만, 지금까지의 I.J가 그래 왔듯이 이곳에 자리 잡은 다른 브랜드들과 컬래버레이션을 하게 된다면 그쪽이 이 거리를 갖게 되는 것이나 다름없었다.

제프 우드가 아제슬로 묶여 있다고는 하지만 로젤리아 역시 Infinity Mix로 I.J와 연관이 있었다. 무엇보다 로젤리아의 전 대표 딜란이 로젤리아의 가족이라는 점이 마음에 걸렸다.

"온 김에 들렀다 갑시다."

횡단보도를 건넌 제이슨은 로젤리아 매장을 쳐다봤다. 이번 신상은 한국뿐만이 아니라 해외에서도 꽤나 인기를 끄는 중이었다.

"우리 거일 수도 있었을 텐데. 제프가 데리고 있겠다고 했을 때 그러라고 해야 했어……."

제이슨은 혼자 중얼거리더니 인상을 찡그렸다. 그러자 안내하던 사람들이 당황해했다.

"무슨 문제라도……."

"아닙니다. 어디입니까?"

"다 왔습니다. 저기입니다."

"뭐 이렇게 붙어 있어."

로젤리아와 가까운 위치까지 마음에 들지 않았다. I.J 앞에 선 제이슨은 건물을 훑어봤다. 새로 지은 건물답게 깔끔했고, 고객들에게 전부 보여주겠다는 듯 1, 2층이 내부가 보이는 유리로 되어 있었다.

"저 혼자 들어가겠습니다."

"같이 들어가시죠. 통역이 필요하실 텐데."

"미스터 임하고 만나면 됩니다. 조셉, 가지."

함께 온 제프 우드 코리아 직원들을 돌려보낸 제이슨은 곧바로 I.J 매장으로 들어갔다. 확실히 규모는 작았지만, 깔끔한 로비는 고객들로 가득 차 있었다. 그때, 계단에서 내려오는 익숙한 얼굴이 보였다.

*　　　　*　　　　*

자신을 보고 놀랄 줄 알았건만, 앞에 서 있는 사람은 마치 기다리기라도 했다는 얼굴이었다.

"매튜 씨, 오랜만입니다."

"오셨군요. 고객분들이 많으니 올라가시죠."

자신을 보고도 아무렇지 않은 매튜를 보자 뭔가 꺼림칙했지만, 그동안 봐왔던 매튜는 표정 변화가 적은 사람이었기에 그냥 넘어갔다.

"숍이 상당히 아담하니 좋군요."

"제프 우드에서 빌려줬던 청담동 매장보다 크기는 작지만, 인테리어는 비슷합니다. 이쪽으로 오시죠."

제이슨은 주변을 둘러보며 엘리베이터에서 내렸다. 앞에서 봤던 로비와는 전혀 다른 복도가 보였다. 굉장히 화려한 모습을 둘러보던 제이슨은 피식 웃으며 입을 열었다.

"새로 전문경영인이 왔다더니 취미가 고상하군요. 여기가 대표실입니까? 대표가 아니라 미스터 임을 만나러 온 건데."

"대표님은 현재 자리에 안 계십니다. 이곳이 선생님 작업실 겸 응접실입니다."

"호, 여기가 미스터 임 작업실이군요. 이렇게 꾸며놓은 걸 보니 아무나 들어오는 건 아니겠고. 고객을 골라 받아서 인지도를 끌어올리겠다?"

제이슨은 복도를 보며 고개를 끄덕거렸다. 우진을 데리고 있다면 자신이라도 이렇게 하는 것이 최선이라고 생각했을 것이다.

그때, 매튜가 커다란 작업실 문을 열었다. 그러자 화려한 내부와 함께 소파에 앉아 이쪽을 쳐다보는 사람이 보였다.

"선생님, 제프 우드의 제이슨 대표가 왔습니다."

"어서 오세요!"

실제로 만나는 건 처음이었지만, 그동안 우진을 조사한 적도 여러 번이다 보니 마치 오래전부터 알고 있었던 것처럼 익숙했다.

"통화만 하다가 이렇게 뵙는 건 처음이군요. 정말 뵙고 싶었습니다."

"저도 반가워요. 앉으세요."

소파에 앉은 제이슨은 우진을 천천히 살폈다. 동양인이 어려 보이는 걸 감안해도 너무 젊었다. 저런 사람을 처음부터 데리고 있었다면 제프 우드는 누구도 넘보지 못하는 명품 중의 명품 반열에 올라섰을 것이었다. 내놓는 디자인마다 커다란 이슈를 끌고 있는데, 그 모든 것이 제프 우드의 이름으로 나올 수도 있었다. 자신의 실수로 놓쳐 버린 우진을 직접 마주하자 쓸쓸함과 아쉬움이 몰려왔다.

그렇다고 이미 유명해져 버린 LJ를 나와서 제프 우드로 오라는 제안을 할 수도 없었다. 지금으로서는 LJ와 지금의 관계를 유지하는 것이 최선이었다.

"숍이 참 좋군요."

"아! 청담동 매장 대여해 주신 거 정말 감사해요."

"하하, 그건 아제슬을 위해서 그런 거니 신경 쓰지 않아도 됩니다."

그 뒤로 그동안 전화로 나누었던 얘기들이 오갔다. 우진 역시 여러 사람에게 제이슨의 얘기를 들어서인지, 첫 만남임에도 그다지 어색하지 않았다. 그에 관한 얘기가 대부분 욕이었던 게 이상하리만큼 제이슨은 예의 바른 사람이었다. 아마 이 사람이 고객으로 왔다면 딜란에게 합격을 받았을 것 같을 정도였다.

한참 동안 대화를 나누던 도중 제이슨이 탁자 위에 놓인 스케치북에 관심을 보였다.

"작업하고 계셨는데 제가 방해를 한 건 아닌지."

"아니에요. 그냥 구상하고 있었어요."

"좋군요. 누구는 구상은커녕 시키는 것도 하기 싫어하는데."

우진은 딱 봐도 누구를 말하는지 알아차리고 피식 웃어버렸다. 그러자 제이슨은 아차 싶었는지 웃으며 입을 열었다.

"하하, 제프 그 친구는 아닙니다. 지금은 런던 패션위크 마치고 돌아와서 벌써 밀리노 F/W 준비하고 있습니다. 그 친구 아니고 새로 온 디자이너 말하는 겁니다."

"네, 알았어요."

"하하, 혹시 오해하실까 봐."

우진은 제이슨이 대표 디자이너를 감싸려는 듯 보이는 모습에 웃으며 고개를 끄덕거렸다. 예전이라면 꽤 부러워했을 수도 있지만, 지금 자신에게는 딜란이 있었다.

그때, 제이슨이 대화를 돌려 스케치북을 가리켰다.

"이번에 로젤리아하고 작업한 것도 잘 봤습니다. 약간 아쉽더군요. 제프 우드와 했다면 여성복으로 끝나지 않고 남녀 전체를 대상으로 했을 텐데. 다음에 그런 기획이 있으면 제프 우드와도 함께하시죠. 아제슬 때처럼, 하하."

모든 걸 돈으로 연관 짓는 걸 보니 딜란과 비슷해 보이기도 했다. 우진은 피식 웃으며 제이슨이 눈을 떼지 못하는 스케치북을 치우고 입을 열었다.

"다 회사 대표님하고 매튜 씨를 포함해서 직원분들이 하신 일이에요. 저는 그냥 디자인만 하는걸요."

"아… 더 아쉽네."

"네?"

"아닙니다. 그런데 어떤 사람의 옷을 만드시길래 이렇게 구상을 하시는 걸까요? 아! 제가 선을 넘었군요. 이쪽 일을 하다 보니 저도 모르게 궁금해서 실수했습니다, 하하."

스케치북에는 유니폼에 사용할 로고들을 구상하느라 여러 가지 무늬가 낙서처럼 그려져 있었다. 우진이 확인차 매튜를 쳐다보자 별로 말해도 상관없다는 듯 매튜가 고개를 끄덕거리고 있었다.

"디자인은 아니고요. 로고를 구상 중이에요."

"로고 말입니까? I.J에서 새 로고를 내놓는다라. 그럼 새로운 브랜드 론칭?"

"그런 건 아니고요."

"디자인 하나에 돈이 얼만데… 그 시간에 왜 로고를…….."

우진은 과연 자신이 했던 고민에 제이슨은 어떤 답을 내놓을지 궁금해졌다. 지금 모습으로는 딜란처럼 다른 상가들은 신경쓰지 않을 것 같았지만, 딜란도 제이슨의 얘기를 들어보라고 했고 자신도 궁금했기에 조심스럽게 얘기를 꺼냈다.

"제이슨 대표님은 만약에 제프 우드 때문에 다른 상가들이 피해를 본다면 어떻게 하실 거예요?"

"우리 제프 우드 말입니까? 우리 제프 우드는 부도덕한 일은 일체 금지하고 있습니다. 제가 확인했을 때는 아무런 문제가 없었습니다."

"아니, 그런 게 아니라요. 여기 거리가 자연스럽게 명품 거리가 돼버려서 임대료가 올라갈 거라고 들었거든요."

"거리의 변화는 당연한 겁니다. 변화하지 않는 순간 죽은 거리죠. 그게 I.J나 제프 우드가 들어오기 전의 이곳이고. 임대료가 오르는 데는 이유가 있죠. 그만큼 돌아오는 게 커지니까. 그게 감당이 안 되면 **빠져야죠**."

딜란과 거의 비슷한 대답에 우진은 자신도 모르게 피식 웃어 버렸다.

"그래도 미안하잖아요."

"그건 짧은 생각입니다. 이 거리가 변화해서 걷히는 세금이 더 많은 사람들에게 돌아간다는 생각은 안 해보셨습니까? 임대료라도 대신 내줄 생각입니까?"

"아! 그건 못 하죠. 여기 거리에 오고 가는 사람들이라도 늘면 도움이 될 것 같아서요."

"하하, 제프 우드가 들어온 이상 자연스럽게 늘 수밖에 없죠."

"여기 명품 거리 말고 로데오 거리 전체에요."

제이슨은 의아한 표정을 지으며 우진을 봤다.

"우리는 우리 매장에 얼마나 많은 사람이 방문하는지만 신경 쓰면 됩니다. 그럼 자연스럽게 거리에 사람들이 많아집니다. 다른 골목들은 각자가 신경 써야죠. 각자가 경쟁력이 생기면 거리는 저절로 활성화됩니다."

"그래도 조금은 도움이 되고 싶어서요."

"도울 방법은 한정적이죠. 억지로 다른 가게에 가라고 할 수도 없는 거고."

"그건 아니고요. 로데오 거리 전체에 특색을 주려고 유니폼을 제작……."

갑자기 옆에 있던 매튜가 말을 제지했다. 우진은 마음껏 얘기하라고 해서 얘기했을 뿐인데, 매튜는 고개를 젓고 있었다. 매튜는 우진의 팔을 놓더니 제이슨을 향해 입을 열었다.

"그건 아직 얘기 중인 것이니 못 들은 걸로 하시죠."

하지만 제이슨은 뭔가 알아차렸다는 듯이 우진과 매튜를 번갈아 봤다. 그러고는 잠시 말이 없더니 씨익 웃으며 입을 열었다.

"유니폼은 IJ 유니폼이 유명하니까 그대로 제작하고. 그럼 IJ의 브랜딩이 낮아질 수 있으니까 아예 로고를 새롭게 만드는 것이겠군요? 좋은 것 같습니다. 그렇게 되면 거리 전체가 살아나고, 이미지는 이미지대로 좋아지고 매출은 매출대로 올라가겠고."

우진이 그 짧은 사이에 다 알아차린 제이슨의 말에 감탄하며 고개를 끄덕거릴 때, 매튜의 목소리가 들렸다.

"못 들은 걸로 해주시죠."

"하하, 어떻게 들은 걸 못 들었다고 합니까. 어디 가서 얘기는 안 하니까 걱정 마세요. 그럼 바쁘실 텐데 시간을 너무 많이 뺏은 것 같습니다. 당분간 한국에 있을 예정이니 종종 뵙도록 하죠."

제이슨은 씨익 웃더니 자리에서 일어났다. 그러고는 우진에게 인사를 하고 작업실을 나섰고, 매튜는 곧바로 제이슨을 따라나섰다.

작업실에 혼자 남은 우진은 무척이나 의아했다. 얘기를 해도 된다고 해서 얘기를 한 것뿐인데. 게다가 딜란이 말한 바로는 제프 우드도 동참하기로 되어 있었기에 더욱 의아했다.

한참이 지나서야 매튜가 돌아왔다.

"매튜 씨, 얘기하면 안 되는 거였어요?"

"아닙니다. 잘하셨습니다."

"그런데 왜……."

그때, 작업실 문이 벌컥 열리더니 딜란이 들어왔다. 딜란은 들어오자마자 실실 웃는 얼굴로 소파에 앉더니 매튜에게 질문했다.

"어땠어요? 연기는 잘했어요?"

"대표님이 말씀하신 그대로였습니다. 유니폼이란 말 듣고는 바로 돌아갔습니다."

"하하, 꽤 괜찮은 사람인가 보네."

매튜는 잠시 움찔거리더니 입을 열었다.

"도대체 어떻게 아신 겁니까?"

그러자 딜란이 실실 웃더니 스스로를 가리켰다.

"나랑 비슷하다면서요. 내가 찾아봐도 나랑 비슷한 구석이 많던데. 만약에 내가 그런 말을 들었어도 분명히 넘어갔을걸요? 진짜 일할 줄 아는 사람이야. 하하, 이제 기다리면 돼요. 저쪽에서 알아서 환경을 조성할 테니까."

"만약에 제프 우드에서 자체적으로 옷을 제작하면 어떻게 합니까?"

"하하, 미쳤다고 자기들 옷을 뿌려요? 저번에 말했죠, 위험 부담이 있다고. 마구 나눠 주는 걸 혼자 하면 브랜드 가치가 떨어질 수도 있는데, 여럿이 뭉쳐 버리면 얘기가 달라져요. 그리고 우리 오너 유니폼이 워낙 유명해야지. 그걸로 홍보하는 게 이득이죠. 안 그래요? 하하."

두 사람의 대화를 듣던 우진은, 그제야 매튜가 자신의 말을 제지했던 것이 연극이었다는 걸 알아차렸다. 매튜에게 그런 면이 있다는 것도 놀라웠지만, 그것보다 자신도 딜란의 손바닥 안에서 움직이고 있었다는 게 더 놀라웠다.

"대표님, 제가 말 안 했을 수도 있는데."

"아직까지 그걸로 고민하는 사람이 조언 들을 수 있는 기회를 놓쳤을까요? 하하."

"그래도 차라리 직접 말하시지……."

"그런 건 원래 몰래 아는 것처럼 해야지 더 열심히 하는 법입니다. 그리고 제가 말하면 서로 이득을 따지느라 일이 진행이 안 되죠. 그런 건 원래 순박한 사람이 해야지 잘 믿어요. 하하."

우진은 헛웃음을 뱉었다. 딜란의 계획대로 움직였다고는 하나, 자신이 고민하던 걸 해결할 수 있다는 생각에 기분이 나쁘진 않았다.

"그럼 이제 제프 우드는 같이하게 되는 거예요?"

"합니다. 하하, 기다리면 알아서 계획을 다 짜서 올 겁니다. 아마 자기들이 주도해서 하고 있다고 생각하고 있을걸요? 우리는 우리가 만들 수 없으니까 계획대로 헤슬까지 끼게 하면 되죠."

"그게 언제부터인데요?"

"제이슨 그 사람이 생각보다 빨리 왔으니까 생각보다 빨라지겠죠? 아마 기사부터 시작될 겁니다."

"무슨 기사요?"

궁금해서 물어본 질문에 딜란이 실실 웃더니 입을 열었다.

"기사 나오면 보시고. 그 전에 로고부터 완성해야 마무리가 될 텐데. 로고는 완성됐나요?"

그 말에 우진은 얼굴을 찡그리고는 스케치북을 쳐다봤다.

*　　　　*　　　　*

며칠이 지나서야 우진은 딜란이 제이슨에게 원했던 것이 무엇인지 알게 되었다. 제프 우드의 작품인지 확실치는 않지만, 인터넷에 갑자기 목동 로데오 거리에 대한 기사들이 쏟아져 나왔다.

많은 명품들이 목동 로데오에 주목하고 있다는 말로 주목을 끌었고, 앞으로 어떻게 발전을 해야 하는지 방향성까지 작성되어 있었다. 물론 좋은 기사만 올라온 것은 아니었다. 명품 브랜드들이 자본을 무기 삼아 무분별하게 뛰어들면 기존에 있던 상권이 붕괴되고 새로운 상권이 생길 것이라는 기사도 많았다. 싫든 좋든 그 기간 동안 피해를 보는 사람이 반드시 생긴다는 내용까지 있었다.

우진의 작업실에서 기사를 보던 딜란은 무척이나 만족스러운 얼굴로 입을 열었다.

"아주 적절해요. 장점과 단점을 적절하게 잘 노출시켰네요. 이래야 사람들이 혹하거든요. 문제가 보여도 희망이 있으면 그 희망을 보고 달려들게 마련입니다."

"그래서 제안서에는 뭐래요?"

"예상했던 대로죠. 자기들이 원단 및 부자재들을 공급할 테니 제프 우드하고 I.J 둘이서 하자, 그 얘기죠. 우리가 미쳤다고 둘이 합니까?"

"제프 우드에서 만드는 것도 가능하잖아요."

"절대 안 되죠. 적절하게 분배해서 균형을 유지해야 해요. 그래야 자기들끼리 더욱 경쟁하고 그럼 뭐 서로 발전도 하겠죠, 하하."

우진은 실실 웃는 딜란을 보며 피식 웃었다.

"그 이유 아니잖아요."

"하하, 당연하죠. 서로 우리하고 작업하려고 할 테니 우리 위상이 더 올라가겠죠, 하하. 그럼 당연히 좋은 조건들을 내걸 테고, 우리는 선택지도 많아지고. 그동안의 컬래버가 대부분 성공한 덕분이죠. 그러니까 임 디자이너는 계속해서 열심히 디자인 뽑아야 합니다. 하하, 그래서 로고는?"

로고는 우진 스스로도 답답해하는 중이었다. 쉽게 나올 것 같으면서도 좀처럼 쉽게 나오질 않았다.

"이제 정말 시간 없는데? 이러면 차질이 생기는데?"

"열심히 생각하고 있어요."

"결과물이 없잖아요. 지금까지 구상한 것 좀 보여주시죠."

로고를 구상하며 그려놓은 것들은 여러 가지가 있었지만 우진의 마음에는 들지 않았다. 우진은 마지못해 스케치북에 그려놓은 로고들과 태블릿 PC에 작업한 것들을 딜란에게 보여주었다.

"이거 소 머리? 시카고 불스 같은데요?"

"그래서 안 될 거 같아요."

"안 될 건 없는데, 뭐 비슷해서 좋을 것도 없으니까요. 이건 소에 사람이 타고 있는 거 같고. 이건 꽤 괜찮네. 이건 그냥 글씨네요?"

"로데오 거리라는 걸 확실히 보여주려고 등에 'Rodeo St.'만 적으면 어떨까 해서 그려본 거예요. 그라피티처럼요."

"노노. 그럼 안 되죠. 로데오 거리라는 명칭을 직접적으로 노출하기보다 최대한 옷으로 호기심을 이끌어내야죠. 그래야 IJ 디자인이 대단하구나 하죠. 다른 거."

이러다 보니 좀처럼 진행이 되질 않았다. 번잡하지 않고 간결하게 로데오 거리를 표현하는 게 생각보다 어려웠다. 보이지 않는 왼쪽 눈이 아쉽게 느껴졌다. 필요한 것이 딱딱 보였던 왼쪽 눈이 지금도 보인다면 어떤 로고가 있었을지 궁금했다.

"디자이너에게 닦달하긴 싫지만, 적어도 이틀 뒤에는 나와야 하는데… 가능하죠? 그래야 헤슬하고 로젤리아한테도 말할 수 있어요."

"한번 해볼게요."

대답을 한 우진은 스케치북을 물끄러미 바라봤다.

      *   *   *

사무실이 우진의 작업실과 분리되어 있다 보니 사무실 식구들은 좀처럼 우진을 보기 어려웠다. 저마다 해야 하는 일이 많았기에 우진의 부재를 크게 느끼는 사람은 없었지만, 미자만은 달랐다. 미용실이 4층에 자리 잡고 있어서 사무실 식구들보다 우진을 볼 기회가 더 적었다. 그래서 미자는 혹시라도 우진을 볼 수 있을지 모른다는 생각에 시간만 나면 사무실에 찾아오고 있었다.

그때, 작업실에 있던 세운이 홍단아와 함께 사무실로 왔다.

"강찬우, 장미영, 이영식 씨 거 다 만들었으니까 로비에서 가져가라고 해줘. 아! 깜짝이야. 유 실장 왜 저러고 있어?"

"모릅니다? 슬퍼 보입니다?"

팻사라곤의 대답에 미자는 인상을 쓰더니 두 사람을 노려봤다. 그러자 지켜보던 장 노인이 혀를 차며 입을 열었다.

"쯧쯧, 저러니 아직도 장가를 못 갔지."

"아니! 못 가는 건지 안 가는 건지 어떻게 아세요? 영감님, 말 함부로 하시네!"

"자네는 똥인지 된장인지 먹어봐야 아나?"

세운이 장 노인의 말에 대꾸를 하려 할 때, 옆에 있던 홍단아가 세운의 팔을 잡았다. 그러고는 인상을 찌푸리더니 그만하라는 듯 고개를 저었다.

"왜? 왜 그러는데? 왜 나만 몰라."

"아, 실장님. 좀, 눈치 좀. 선생님 못 봐서 그렇잖아요."

"어? 우진이? 우진이를 왜 못 봐?"

"실장님은 선생님 언제 봤어요?"

"나야 뭐… 어? 꽤 됐네. 바빠서 그렇지. 이게 다 대표 때문이야! 대표가 오고 나서부터 일이 너무 많아!"

세운은 잠시 투덜거리더니 미자를 힐끔 쳐다봤다. 사무실 식구들 중 미자가 우진에게 마음 있는 걸 모르는 사람은 없었다. 세운 역시 알고 있었지만, 일에 치여 우진을 언제 봤는지도 모를 정도였기에 미자의 상태까진 짚지 못했다. 자신이 도와줄 수 있는 일이 아니었기에 작업실로 돌아가려 할 때, 세운은 문득 좋은 생각이 떠올랐다.

"유 실장."

"왜 그러세요?"

"하하, 좀 웃어. 누가 보면 초상난 줄 알겠어. 그리고 고객 머리 만지면 대표가 지랄… 아니, 면담하자고 할 텐데."

"고객 앞에서는 잘하니까 걱정 마세요."

"쌀쌀하기는. 유 실장 지금 할 일 없지? 나 좀 도와줄래?"

"꼭 지금… 후, 제가 가죽 못 만지는 거 아시잖아요."

"그런 거 아니야. 뭐 좀 옮기면 돼."

"알았어요. 뭔데요?"

세운은 씨익 웃더니 작업실을 가리켰다.

"내 건 아니고 우진이 거야."

"선생님이요?"

"응, 혼자 들기에는 좀 무겁더라고. 홍단아보단 네가 힘이 더 좋잖아? 우진이 작업실에 가져다주고 오……."

"어디 있어요?!"

미자는 말이 끝나기도 전에 벌떡 일어나더니 잠시 뒤 작업실에서 박스 하나를 어깨에 둘러메고 나왔다.

"유 실장, 그거 꽤 무거워!"

"가벼워요! 혼자 다녀올게요!"

사무실에 남아 있던 사람들은 미자의 밝은 모습을 보면서 저마다 피식거리며 웃었다.

*   *   *

우진이 로고 디자인이 좀처럼 생각나지 않아 다른 브랜드들의 로고들을 살펴보고 있을 때, 누군가가 문을 노크했다. 당연히 딜란과 매튜 중 한 사람이라고 생각했는데 문을 열고 들어오는 사람은 미자였다.

　"유 실장님! 그게 뭐예요."

　"이거 선생님 물건인데 마 실장님 작업실에 있더라고요."

　"아… 일기장. 무거울 텐데 저 주세요!"

　하도 밝은 표정으로 메고 있길래 상자가 가벼운 줄 알았던 우진은 상자의 무게에 흠칫 놀랐다. 무게가 꽤 나가는데 어떻게 들고 왔는지 신기하기만 했다. 미자는 상자를 가볍게 내려놓더니 미소가 가득한 얼굴로 입을 열었다.

　"이렇게 양이 많은 거 보면 일기 매일 쓰시나 봐요. 저도 일기 매일 쓰는데."

　"지금은 아니에요. 어렸을 땐 숙제 때문에 썼는걸요."

　"아… 저도 사실 써야 한다는 강박감 때문에 그만 쓰려고 했는데."

　미자는 다급히 말을 바꿔가며 이곳에 좀 더 남아 우진을 보려는 마음으로 주위를 둘러봤다. 평소에도 워낙 깔끔하게 정리하고 지내는 탓에 자신의 손이 필요한 부분이 보이질 않았다. 그때, 바닥에 내려놓은 상자가 보였다.

　"이거 정리하셔야 하죠?"

　"아니에요. 나중에 해도 돼요. 지금은 할 게 있어서요."

　"아! 그럼 제가 정리할게요. 볼일 보세요!"

"괜찮아요. 유 실장님도 바쁘실 텐데."

"아니에요! 들고 왔으니까 정리도 해야죠!"

미자는 소매를 걷어붙이더니 상자의 테이프를 뜯어냈다. 그러고는 상자 안의 물건을 꺼내며 입을 열었다.

"어머님이 나이까지 표시해 두셨네요! 양이 굉장히 많아서 생각보다 오래 걸리겠어요! 조용히 정리할 테니까 선생님은 하시던 일 하세요!"

우진은 이미 상자 안에 있던 물건을 꺼내는 미자를 보고 멋쩍은 미소를 지었다. 따로 정리할 필요는 없는 물건이었다.

우진도 미자를 도와 상자를 정리하려 했지만, 혼자 정리하겠다는 미자의 말에 마지못해 다시 소파에 앉았다. 상자보단 로고가 우선이었다. 시간이 많지 않았기에 하나라도 더 그려보고 생각해 봐야 했다.

한참 동안 생각나는 것들을 전부 그려보던 우진은 펜을 놓았다. 아무리 봐도 지금까지 그렸던 것들 중에 선택하는 것이 가장 나을 것 같았다. 그때, 인기척이 느껴져 뒤를 돌아보니 미자가 아직까지 작업실에 남아 있었다.

"아직 안 가셨어요?"

"다 하셨어요? 이제 거의 다 했어요."

"뭐 보고 계셨어요?"

"아! 일기는 절대 안 봤어요! 맹세해요!"

"괜찮아요. 어차피 뭐라고 썼는지 기억도 안 나는데. 뭐 보고 계시길래 그렇게 웃고 계셨어요?"

"아… 그게 어렸을 때나 지금이나 한결같으셔서."

미자가 보고 있는 것은 커버가 없는 연습장이었다.

"어렸을 때도 그림 좋아하셨나 봐요!"

"아, 그림이요? 잘 기억은 안 나는데 계속 좋아했던 거 같아요."

"그런데 5살 이후부터의 그림은 잃어버리셨나 봐요."

"저도 잘 기억이 안 나요."

"궁금한데… 그런데 지금 선생님하고 똑같은 거 같아요! 연습장에 칸도 나눠서 아주 질서정연하게."

우진은 피식 웃고는 미자의 옆에 자리했다. 연습장을 보자 정말 미자의 말대로 연습장에 칸을 나눠놓고 그 칸 안에 그림을 그려놨다. 연습장도 스케치북 같은 도화지가 아니라 여러 가지 종이로 만든 연습장이었다. 달력도 있었고, 이면지도 있었고, 시험지 색처럼 보이는 회색 갱지까지 뒤죽박죽 섞어 만든 연습장이었다.

"왜 이렇게 그렸지?"

"많이 그리시려고 그런 거죠? 어렸을 때도 정말 그림 잘 그리셨네요."

우진은 멋쩍게 웃고는 연습장을 넘겼다. 미자의 말과 다르게, 잘 기억도 나지 않는 어린 시절이었던 만큼 그림은 그저 그랬다.

건성건성 넘기다 흥미를 잃고 연습장을 내려놓으려던 우진은 문득 이상한 무늬를 발견했다. 굉장히 익숙한 무늬였다. 우진은 자신이 본 것이 맞는지 확인하기 위해 연습장을 다시 뒤적거리기 시작했다.

"왜 그러세요?"

"잠시만요."

갑자기 진지해진 우진의 표정에 미자는 조용히 그를 지켜봤다. 사무실에는 종이 넘어가는 소리만 들렸다. 그러던 중 우진은 갑자기 연습장을 들어 올리더니 눈만 껌뻑거리며 연습장을 뚫어져라 쳐다봤다.

"왜 그러세요······?"

"이게 왜··· 여기 있을까요?"

"그게 뭔··· 어머! 이거 우리 로고랑 엄청 비슷한데요?"

"유 실장님이 보기에도 그렇죠?"

우진이 보고 있는 종이에는 삐뚤빼뚤하긴 해도 I.J의 고유 무늬와 무척이나 흡사해 보이는 그림이 그려져 있었다. 큰 사각형 안에 작은 사각형, 그리고 두 사각형 사이를 채우고 있는 인피니티 무늬들.

우진은 도대체 왜 이게 어린 시절 그렸던 연습장에 그려져 있는지 도무지 이해할 수가 없었다. 그는 다시 연습장을 처음부터 살펴보기 시작했다. 그러던 중 유독 어느 부분에 무늬들이 빼곡하게 그려져 있는 것을 알아챘다.

우진은 그 종이를 뜯어내 이리저리 살폈다. 어떤 종이에는 인피니티 기호만 가득 있었고, 어떤 종이는 여러 가지 도형들로만 채워져 있었다. 그리고 어느 순간부터는 도형들이 뒤섞여 있었다.

"이게 뭐지. 3? 뾰족한 거 보면 3 같지는 않은데. 이건 ㄱ? 기역은 아닌 거 같은데."

한참을 보자 익숙한 것도 슬슬 눈에 보이기 시작했다. 신기하게도 전부 수학에서 사용하는 기호들이었다. 부등호들과 시그마, 파이 등 학생 시절 배웠던 수학기호들이 빼곡했다. 우진은 급하게 연습장의 뒷면을 보았고, 뒷면에서 수학 관련된 문제들과 풀이를 발견했다. 그 순간 우진은 입을 벌린 채 종이를 내려놓았다.

"뒤쪽에 비친 무늬들 보고 그린 거였어. 눈으로 보던 것들은 내가 원래 그렸던 거였어……."

*　　　*　　　*

밤늦은 시간이 되도록 우진은 연습장과 일기들을 살펴보느라 바빴다. 미자가 말했던 대로 5살 이후의 그림은 없었다. 5학년 때부터 그린 그림들이 전부였다. 그때부터 막연하게 디자이너를 꿈꾸기 시작했기에 우진도 기억하고 있었다.

우진은 그 전이 궁금했다. 어렸을 때 그렸던 연습장에는 있던 것들이 나이를 먹고 나서 그린 그림에는 전혀 보이지 않았다. I.J 로고를 발견한 이상 멈출 수가 없었다. 때문에 우진은 어떻게 그리게 된 건지 알아내기 위해, 그림이 없는 일기장을 포함해 상자에 있던 모든 것들을 읽어 내려갔다. 하지만 이면지에 그린 그림 말고 특별한 것은 발견하지 못했다.

한참 뒤, 우진은 일기장들을 다시 상자에 담고선 I.J 로고가 그려져 있는 연습장만 탁자에 올려놨다. 희미하게 비치는 것들을 따라 그린 연습장에는 여러 가지 도형들이 있었지만, 그중 인피니티 무늬가 가장 많았다. 우진은 신기한 마음에 하염없이 연습장을 쳐다보았다. 그때, 작업실 문이 열리면서 세운이 들어왔다.

"오셨어요? 안 그래도 가려고 그랬어요."

"야! 너 왜 전화 안 받아!"

"전화하셨어요? 뭐 좀 하느라고 몰랐어요."

"아니! 내 전화 말고 부모님 전화 말이야! 너 때문에 거짓말이 자연스러워지고 있잖아! 점점 늘어!"

휴대폰을 확인하자 부모님에게서 걸려온 부재중전화가 보였다. 휴대폰을 보던 우진이 머쓱하게 웃자 세운이 혀를 차며 입을 열었다.

"어머님이 너 전화 안 받는다고 나한테 전화하셨어!"

"죄송해요. 지금 바로 할게요."

"빨리 해드려. 너 또 매장이라고 그랬다가는 난리 날 거 같아서 집에 도착해서 씻고 있다고 그랬으니까 너도 그렇게 말해. 괜히 나 이상하게 만들지 말고."

"감사해요. 휴, 많이 거셨네."

우진은 곧바로 어머니에게 전화를 걸었다. 연결음이 몇 번 울리지도 않았건만, 기다리고 있었는지 곧바로 어머니의 목소리가 들렸다.

―아들! 왜 이렇게 전화를 안 받아. 집 맞아?

"맞아요. 씻느라고 그랬어요. 무슨 일 있으세요?"

―무슨 일은. 잘 있나 걱정돼서 그랬지. 밥은 먹었어?

"아, 지금 먹으려고요. 삼촌이 김치찌개 하고 계세요."

옆에 있던 세운이 흠칫 놀랐다. 우진은 세운을 보기 민망한 마음에 아예 고개를 돌리고 통화를 이어나갔다. 대부분 몸 생각하면서 일하라는 걱정의 말이었다. 한참을 통화하던 중 우진은 탁자 위에 놓인 연습장을 봤다.

"엄마, 혹시 외할아버지 창고에 있었던 제 일기장 기억하세요?"

―일기장? 박스에 담아놓은 거? 그 일기장이 왜?

"그냥 정리하다가 보던 중이었거든요. 그런데 중간에 잃어버렸어요?"

―그래? 어렸을 때 이사하다 잃어버렸나? 엄마가 신경 써서 대부분 있을 텐데. 뭐가 없는데?

"5살이라고 적혀 있는 연습장 이후부터 없더라고요."

마주하고 대화하는 건 아니었지만, 우진은 전화로 어머니의 분위기가 달라졌다는 걸 느꼈다. 전화 너머에서 한참이나 심호흡하는 소리가 들린 뒤에야 어머니의 목소리가 들렸다.

―그때가 눈 아팠을 때거든. 그 어린 나이에 얼마나 실망했는지, 매일 낙서하던 걸 뚝 멈춰 버리더라. 아마 그래서 없을 거야…….

"아, 그렇구나."

어머니는 자신의 눈이 실명한 게 전부 당신의 탓이라고 생각하고 있었다. 우진도 초등학교 때 자신이 친구들과 다르다는 걸 알고, 스스로 느끼기에도 풀이 죽은 채 지냈다. 그림을 좋아했고 잘 그렸다고 들었다. 하지만 상실감 때문에 그림을 그리고 싶어도 그리지 않은 듯했다.

나이가 먹어가면서 디자이너를 꿈꾸고 다른 방법으로 상실감을 풀 수 있다는 걸 알게 되면서 그림을 다시 시작했지만, 그 시절 느꼈던 감정들은 또렷하게 기억했다. 밖으로 내색하진 않았지만 자격지심이나 다른 친구들에게 느꼈던 열등감까지. 그 모든 것에 어머니도 함께였다는 걸 우진은 잘 알고 있었다.

게다가 자신은 전혀 기억하지 못하는 어린 시절까지 어머니는 모두 기억하고 있었다. 그 때문인지 얘기를 꺼내는 것만으로도 어머니가 힘겨워하는 게 느껴졌다.

"괜찮아요. 이제 수술도 잘됐잖아요."

―그래, 그렇지.

"지금은 수술도 잘돼서 너무 편하고 자연스러우니까 걱정 마세요."

어머니가 미안해하는 것이 싫어서 우진은 평소보다 밝은 목소리로 대화를 이어나갔다. 그때, 옆에 있던 세운이 목을 가다듬는 소리가 들렸다. 그러더니 세운이 휴대폰 가까이에 얼굴을 들이밀었다.

"우진아! 밥 다 됐어. 캬! 김치찌개 끝내준다! 밥 먹고 전화드린다고 해."

큰 목소리로 말한 덕분에 통화하던 어머니가 급하게 입을 열었다.

―그래, 그래. 늦었는데 빨리 밥부터 먹어.

"알았어요. 정말 괜찮으니까 걱정하지 마시고요."

―알았어. 밥 많이 먹고, 삼촌한테 감사하다고 꼭 전하고.

우진은 종료 버튼을 누른 뒤 탁자 위에 놓아둔 연습장을 쳐다봤다. 기억도 나지 않는 어린 시절의 그림들. 당연히 아무런 생각 없이 그렸던 것들이겠지만, 그것들이 지금의 자신에게도 이어지고 있었다. 기억도 나지 않는 상실감 때문에 그림을 참았던 감정들이 떠오르면서 가장 마지막에 그렸던 그림을 무의식적으로 기억해 낸 것이 아닐까, 하는 생각이 들었다.

그러다 보니 그동안 창고에 처박아둔 게 미안해질 정도로, 연습장에 그린 그림들이 소중하게 느껴졌다. 지금까지는 왼쪽 눈 덕분이라고 생각했는데 일부는 이미 자신의 손에서 나온 것이었다는 걸 확인하자 그동안 느끼지 못했던 자부심도 생기는 기분이었다. 무엇보다 인피니티 로고에 더 애착이 갔다. 우진은 자신도 모르게 입가에 미소가 생겼다.

"뭐야, 그 미소는. 분위기 이상한 거 같아서 딱 맞춰 들어간 건데."

"하하, 아니에요."

"이상하네. 어머니 목소리 들으니까 기운이 넘치나 보네. 그것보다 어땠어?"

"뭐가요?"

"내 거짓말 말이야. 점점 자연스러워지는 거 같지?"

"하하하, 네. 진짜 집이라고 느껴질 정도였어요."

"웃어? 다 너 때문이야! 그러니까 조금이라도 뻥 아니게 집이나 가자. 김치찌개 해 먹게."

우진은 궁금증이 조금은 풀렸는지 아까보다 밝은 얼굴로 고개를 끄덕거렸다.

*　　　　*　　　　*

다음 날. 작업실에서 딜란과 마주한 우진은 편안한 얼굴이었다. 딜란 역시 우진에게서 느껴지는 기운을 읽었는지 기대하고 있었다.

　"로고가 잘 나왔나요? 아니면 뭐 기분 좋은 일이라도?"

　"네, 로고도 잘 나왔고요. 기분도 좋아요."

　"음······?"

　씨익 웃는 우진의 미소에 되레 딜란이 당황했다. 지금까지 우진이 저렇게 자신감을 보인 것도 처음이었고 무엇보다 밝아진 느낌이었다. 우진의 미소 덕분에 자신까지 기분이 좋아질 정도였다. 게다가 저렇게 자신감 있게 말하자 엄청 기대가 되었다.

　"얼마나 잘 나왔는지 보죠!"

　"잠시만요. 스케치하고 직접 만든 거 있으니까 같이 보여 드릴게요."

　"벌써요?"

　우진은 씨익 웃더니 스케치북이 아닌 연습장을 딜란에게 건넸다. 그러고는 직접 만든 유니폼까지 들고 나왔다.

　"유니폼은 같은 형식이고 원단은 제 역할이 아니니까 배제해 뒀고요."

　"뭐··· 진짜 이상하네."

　"하하, 제 역할은 그림 그리는 거잖아요. 여기 가슴에 그려져 있는 게 이번 로고예요."

　"이거 저번에 봤던 거잖아요. 소에 카우보이 타고 있는 거. 바뀐 거라고는 원 모양 테두리 생긴 게 다네요? 괜찮긴 한데 생각했던 것보다는 아닌데?"

만지기도 찝찝할 정도로 오래된 연습장에 그려진 스케치까지 확인한 딜란은 얼굴을 씰룩거렸다. 너무 기대한 탓인지 약간 실망감까지 들었다. 하지만 솔직한 딜란의 말에도 우진은 여전히 웃고 있었다. 그러고는 손가락으로 테두리를 가리켰다.

"테두리로 된 원이 밧줄이에요."

"뭐 설명하지 않아도 그렇게 보이네요."

"그 밧줄 잘 보세요."

딜란은 다시 연습장을 들고는 우진이 말한 밧줄을 살폈다.

"밧줄이 우리 로고네? 잠시만 그 옷 좀 줘봐요!"

우진이 옷을 건네자 딜란은 곧바로 가슴에 달린 로고를 확인했다. 뒷발을 들고 있는 역동적인 모양의 소와 그 위에 올라타고 있는 카우보이, 그리고 카우보이의 손에서 시작된 밧줄이 원을 만들어 로고 전체를 감싸고 있었다.

"로데오 거리를 직접적으로 표현하고, IJ 로고를 드러내 놓지 않고 상징적인 밧줄로 만들어 로고 속에 숨긴다?"

"네, 너무 드러내면 다른 매장들한테도 미안하고요."

"그러니까 사람들이 스스로 알아내라?"

"하하, 네. 저번에 그러셨잖아요. 사람들은 자기들이 직접 알아내는 거에 더 열광한다고. 옷 전체 디자인은 변하지 않으니까 문제 될 것 같진 않았어요."

딜란은 흠칫 놀라더니 우진을 봤다. 불과 하루 사이에 짐을 모두 떨쳐 버린 사람처럼 여유까지 생긴 것 같았다.

"나도 듣고 나서야 알았는데 사람들이 끝까지 모른다면 어쩌실 겁니까?"

"하하, 그건 제 일이 아니죠. 전 로고에 최대한 거리를 표현하고, 그 속에 I.J까지 담은 걸로 끝이죠. 사람들이 알게 하는 건 대표님이 해야 할 일이죠."

"……."

딜란은 적응이 잘 안 되는지 움찔 놀라기까지 했다. 하지만 우진의 태도를 제외하면 다른 말들은 평소 자신의 생각과 일치했기에, 그는 이내 고개를 끄덕였다.

"그럼 일단 시간이 좀 지나서 알려야겠군요. 어떻게 알려야 할까. 아! 로데오 거리를 휘어잡은 I.J. 하하, 딱 좋네."

이번엔 우진이 흠칫 놀랐다. 휘어잡는 것까지 생각하고 그린 것은 아니었다. 단지 자신이 만든 I.J 로고를 자랑하고 싶은 마음으로 나온 결과물이었다.

"괜찮네요. 하하. 좋아, 좋아. 역시 여긴 재밌다니까. 이거 제대로 그려서 메일로 좀 보내줘요. 그리고 푹 쉬고요."

딜란은 매우 만족스러운 얼굴로 작업실을 나갔고, 작업실에 남아 있던 우진 역시 만족스러운 미소를 지었다. 우진은 소파에 앉아서 자신이 만든 I.J 로고와 로고가 그려져 있는 연습장을 쓰다듬었다.

*   *   *

로데오 거리의 기사가 계속해서 쏟아지자 딜란은 세 브랜드에 기획서를 보냈다. 세 브랜드 중 헤슬의 답변이 가장 빨랐다. 역시 딜란의 예상대로였다. 헤슬 코리아의 직원이 직접 방문했고, 본사에선 찬성하다 못해 본사 직원까지 파견해 유니폼을 제작하겠다고 알려왔다.

그 뒤를 이어 제프 우드에서도 답변이 왔다. 제작을 자신들이 하지 못하게 된 것에 대해 유감을 표했지만, 헤슬이 한다고 한 이상 자신들만 빠질 수는 없었다. 울며 겨자 먹기로 응했지만, 원단 및 부자재는 전부 자신들이 담당하겠다고 알리며 아제슬의 이름으로 홍보를 하자고 제안했다.

로젤리아가 없었다면 딜란 입장에서도 당장 수락할 만한 일이었다. 하지만 로젤리아는 같은 거리에 있는 명품 브랜드 이전에 동생이었기에, 함께할 기회를 주고 싶었다. 그래서 딜란은 로젤리아와 직접 통화까지 하는 중이었다.

"뭐 때문에 고민한다는 거야? 시간 없다니까?"

ㅡ지금 일 때문에 전화 건 거 아닌가요? 딜! 란! 대표님!

"오케이. 혹시 내가 너… 아니, 디자이너님을 속인다고 생각하는 건 아니죠?"

ㅡ하도 당했으니까. 뭐 기획안이 나쁘진 않지만, 내부 회의에서 충분히 인지도를 쌓고 있는 중이라 그런 거 하지 않아도 된다는 결과가 나와 버렸네요.

"무슨 그런 결과가 나와! 딱 봐도 시간 끌어서 좋은 위치 선점하겠다는 거 같은데! 그럴 시간 없다니까. 정말이야!"

ㅡ생각 좀 해보고요.

"도대체 누굴 닮아서! 나중에 원망하지 말고!"

통화를 마친 딜란은 머리를 부여잡았다. 자신이 기획한 대로 진행하기 위해서는 이제 시작을 해야 했다. 현재 I.J에 몸담고 있었기에 언제까지 로젤리아를 기다릴 순 없었다. 딜란은 무척이나 답답하다는 표정을 지으며 제프 우드와 헤슬에게 보낼 제안서를 다시 작성했다.

제8장

아제슬로

딜란은 몸이 열 개라도 부족할 만큼 바쁘게 움직였다. 낮에는 하루 종일 로데오 거리의 상가들을 직접 방문해 기획의도를 설명했다. 상가들의 반응은 거의 세 가지로 나뉘었다. 앞으로 변화할 거리를 기다리며 적극적으로 찬성하는 쪽과 기사들을 본 후 피해를 보고 있다고 생각하며 반대하는 쪽, 그리고 무료인 유니폼은 받되 크게 생각이 없는 부류였다.

딜란이 반대하는 사람들까지 설득할 필요는 없었다. 지금은 찬성하는 상가들을 하나라도 더 찾아 참여시키는 게 중요했다. 우진이 디자인한 유니폼을 입은 상가들이 늘어날수록 반대하는 상가들도 돌아설 것이 분명했다.

상가들을 돌아다니다 저녁이 돼서야 매장에 돌아온 딜란은 우진의 작업실부터 찾았다.

"휴, 힘들다."

"하하, 대표님 일이니까 힘내세요."

"나도 알거든요?"

"농담이에요. 상가들하고 얘기가 잘 안 됐어요?"

"농담도 다 하시네. 상가들은 얘기할 것도 없죠. 이미 중요 상가들은 이번이 기회라는 걸 알고 참여한다고 했으니까."

"그런데 표정이 왜 그러세요? 아까 할아버지한테 듣기로는 원단도 벌써 헤슬에 들어왔다고 하고, 아까 헤슬 테일러분들도 인사하러 왔는데."

딜란은 자신이 표정을 드러내고 있다는 것이 못마땅한지 얼굴을 씰룩거렸다.

제프 우드와 헤슬은 이번이 기회라는 걸 알고 곧바로 움직이고 있는데 유독 로젤리아만 움직이질 않았다. 이제는 움직인다 하더라도 늦어버렸기에 소용없었다. 당장 미국으로 돌아가 로젤리아의 경영진들을 싹 갈아버리고 싶은 생각 때문에 표정이 좋지 못했다.

"로젤리아가 뭐라고 하든! 기회가 오면 잡아야지!"

"로젤리아 때문에 그러세요?"

"내일부터 유니폼 제작 들어가고 기사 뿌리기 시작할 텐데!"

"기사는 벌써 나왔던데."

"벌써요? 뭐 이렇게 급해!"

"그러니까 조금 천천히 하시지 그러셨어요."

"하나 때문에 적당한 시기를 놓칠 순 없죠."

제프 우드에서 내보낸 기사를 보던 딜란의 표정에 아쉬워하는 게 보였다. 우진이 딜란이었더라도 저런 표정을 지을 것 같았다. 기사들의 제목에는 '아제슬'의 이름이 있었다.

〈다시 뭉친 아제슬〉
〈목동 로데오 거리, 아제슬의 선물〉
〈대중이 아닌 거리에 눈을 돌리다〉

기존 아제슬이란 이름으로 뭉쳤던 세 브랜드에서 로데오 거리 전체를 활성화시키기 위해 그에 걸맞은 기획을 준비 중이라는 내용의 기사였다. 유니폼에 대한 정보는 전혀 없었지만, 제프 우드의 힘인지 비슷한 기사들이 나오고 있었다.

우진은 기사를 찾는 딜란의 얼굴을 물끄러미 쳐다봤다. 말과는 다르게 표정에서 안타까워하는 감정이 보였다. 기사 어디에도 로젤리아의 이름은 찾아볼 수 없었기에 당연했다.

"에이! 알아서 하겠지!"

그때, 딜란의 휴대폰이 울렸다. 휴대폰을 본 딜란의 입에서 한숨이 나왔다.

"왜!"

—야! 정보를 제대로 줘야 할 거 아니야!

"제대로 줬잖아!"

—진짜! 자꾸 사람을 속이니까 그런 거 아니야!

"맞지? 너였지? 다들 하자고 그러는 거 네가 말렸지?"

딜란은 그럴 줄 알았다며 혀를 찼다. 기사까지 나온 마당에 로젤리아가 끼는 것도 우스워졌다. 지금 끼더라도 얹혀가는 것처럼 보일 게 틀림없었기에 전혀 도움이 되지 않았다.

"그렇게 말해도 안 믿더니 어떻게 알았어?"

―제프 우드 홈페이지에서 한국 지사에서 거리 활성화하는 거 소개하고 있잖아! 아, 사람이 좀 평소에 진실하게 행동해야지! 끊어!

딜란은 로젤리아의 반응을 이미 예상했다는 듯 고개를 저으며 휴대폰을 내려놓았다.

"제프 우드에 한번 얘기해 보세요."

"안 되죠. 아무리 가깝게 지내고 있다고 해도 이용할 수 있는 빌미를 주면 안 됩니다. 뭐, 로젤리아의 선택이었으니 지금처럼 진행하고 넘어가야죠."

"신경 쓰이시잖아요. 제가 얘기해 볼까요?"

"됐어요!"

그때, 딜란의 휴대폰이 다시 울렸다. 이번에는 매튜였다. 우진은 곧바로 작업실에 있다고 알렸다. 그러자 잠시 뒤 매튜가 작업실에 들어왔다.

"왜 찾았어요?"

"구청에서 연락 왔습니다."

"거리 이름도 안 바꿔주면서 연락은 왜 했대요?"

"기사 본 모양입니다. 제프 우드에 연락하기 전에 한국 브랜드인 I.J에 먼저 연락한 거라고 했습니다."

"한국 브랜드는 무슨. 가장 만만하니까 그런 거겠죠. 그래서 내용은요?"

"별다른 내용은 없었습니다. 로데오 거리 전체의 보도블록 보수공사를 한다더군요. 그리고 우리가 진행하는 일에 대부분 협력하겠다고 알려줬습니다."

"됐다고 해요. 뭘 어디서 숟가락 얹으려고."

"일시적이기는 하지만 교통 통제까지 해준다고 했습니다."

그 말을 듣고 있던 딜란은 잠시 생각에 잠겼다. I.J와 명품 브랜드들이 있는 골목은 교통 통제가 오히려 실이 될 수 있지만, 거리 전체를 생각하면 득이었다. 그리고 이번에 진행하는 일은 거리 전체에 탄력이 붙어야 하는 일이었다.

"그건 괜찮네. 효과를 극대화하려면 그 기간에 사람들이 몰려야 하는데. 거리 축제가 딱 좋긴 한데 그건 너무 번거로워지고."

딜란이 중얼거리는 말을 들은 우진이 급하게 입을 열었다.

"우리가 안 해도 되잖아요."

"하긴 그렇군요. 양천구가 아제슬 이름에 얹혀가고 싶어서 저러는 거니까, 제프 우드나 헤슬에서 맡으면 오히려 더 좋아하겠군요."

"아니요! 거기 말고, 남아 있는 곳 있잖아요. 로젤리아!"

딜란은 우진을 물끄러미 쳐다봤다. 얘기를 하면서 로젤리아가 축제라도 맡았으면 하는 생각을 했지만, 걸리는 게 많았기에 마음속에만 담아두었다. 때문에 우진의 말에 곧바로 대답하지 못했다. 그러자 옆에 있던 매튜가 대신 대답했다.

"그럼 축제 이름에 우리 이름이 빠질 수 있습니다. 아마도 로젤리아와 양천구가 만들어가는 로데오 거리. 이런 식이겠죠?"

"그래요? 그래도 기사도 나왔고, 앞으로도 나오면 우리가 유니폼 만든 건 다 알지 않을까요?"

"알긴 해도 우리가 얻을 수 있는 효과가 분산되겠죠. 차라리 양천구에서만 하면 상관없을 겁니다."

딜란은 얼굴을 찡그렸다. 매튜의 말이 너무 정확했기에 약간 얄밉기까지 했다.

"방법이 없는 건 아니죠. 양천구에서 진행하고 로젤리아가 협찬만 하는 거죠. 그럼 로젤리아의 이름은 그렇게까지 드러나지 않을 테고, 헤슬과 제프 우드에서도 크게 반대하지 않겠죠. 비록 로젤리아가 들어가는 돈에 비해 얻을 수 있는 게 적긴 하지만."

우진은 딜란이 끌려다니는 모습을 처음 봤다. 항상 속내를 숨기고 실실 웃고 다니던 딜란이었다. 하지만 병원에서 로젤리아에 대해 얘기할 때도 느꼈듯이, 가족에 대해 얘기할 때만은 누구보다 진지했다. 남은 가족이 로젤리아뿐이기에 더 그럴 수 있다는 생각이 들었다. 우진은 딜란이 편하게 일을 했으면 좋겠다는 생각으로 입을 열었다.

"안 하는 거보단 낫지 않을까요? 혹시 로젤리아에서 또 안 한다고 할 수 있지만요."

"이미 한 번 놓쳤으니까 이번엔 하겠다고 하겠죠."

"그럼 그렇게 해요."

"문제는 얻는 효과가 미미하다 보니 또 나중에 속였다고 그럴 수 있다는 거죠. 그렇다고 전부를 넘겨줄 순 없고. 휴, 일단 양천구하고 얘기를 해봐야겠군요. 매튜 씨, 가죠."

*　　　　*　　　　*

며칠 뒤. 양천구에서 기다렸다는 듯이 홍보를 하고 나섰다. 세운과 함께 시계 매장을 둘러보러 나온 우진도 거리에 크게 붙여진 현수막을 볼 수 있었다.

〈양천구가 만들어가는 New 로데오 거리〉

새롭게 태어나는 로데오 거리!
축하 공연!
세계적 쇼핑 거리로 태어나는 양천구의 목동 로데오 거리!
일시: 2020년 4월 25일 오후 3시

"와, 포스터 촌스러워! 어떻게 저렇게 촌스럽고 양심 없을까. 어쩌면 양천구 로고를 딱 달 수 있지? 그래도 로젤리아가 돈을 퍼부었다고 하더니 출연진은 대박이네."

"그러게요. DII도 섭외하고. 그래도 그렇지 현수막 반이 DII 사진이네요."

현수막에는 'DII'라는 이름과 사진이 붙어 있었다. 국내 가수가 아니라 현재 빌보드에서 가장 인기 있는 그룹이었다. 세계적으로 유명한 가수가 공연을 하는 것만으로도 사람들의 관심이 로데오 거리에 쏠릴 것은 분명했다.

"알지? 저거 때문에 딜란 대표가 로젤리아 그 여자랑 막 싸우고 난리도 아니었던 거. 저래 버리면 거리보다 공연자한테 초점이 맞춰진다고 그러면서."

우진은 피식 웃었다. 그 모습을 직접 보진 못했지만, 축제 소식을 듣자마자 딜란이 난리도 아니었다는 얘기를 전해 들었다. 로젤리아에게 직접 전화까지 해 화를 냈고, 직원들은 딜란이 화를 내는 모습을 처음 보고 신기해했다. 그리고 딜란이 화를 멈추고 진정한 얘기까지, 우진의 귀에 전부 들어왔다.

딜란을 진정시킨 곳은 로젤리아가 아닌 양천구였다. 무대에서 DII가 등장할 때 유니폼을 입을 예정이라는 말을 듣게 된 딜란은 순식간에 태도를 바꾸었다.

"참 이상한 사람이야. 로젤리아한테 다른 팀도 섭외하라고 그러더라. 얼굴이 얼마나 두꺼워야 조금 전까지 싸우던 사람한테 그런 얘기를 하지?"

"하하, 가족이니까 그렇죠. 알아서 잘하시잖아요."

"그렇긴 하지. 매장 다 왔네. 공사 다 끝난 거 처음 보지?"

"네, 그런데 못 들어가요?"

"비번 모르는데? 이거 보안 엄청 신경 썼다고 그러던데."

불까지 꺼져 있어서 내부가 자세히 보이지 않았다.

"언제 오픈한대요?"

"축제 다음 주. 축제 때문에 몰린 사람들 늘어봤자 도움도 안 된다고, 그냥 밖에서 보이게 불만 켜놓는다고 그랬어. 도통 생각을 알 수가 없어."

"하하, 거리 전체 행사라서 그럴 거예요."

우진은 가볍게 웃고 간판을 봤다. 검은색 바탕에 금색으로 된 글씨가 새겨진 간판에도 I.J 로고가 그려져 있었다. 우진은 간판을 한참이나 쳐다보다가 씨익 웃으며 세운을 봤다.

"왜 갑자기 웃어."

"하하, 저기요. 저거, 제가 그린 거예요."

"뭘? 간판? 뭔 소리를 하는 거야."

"저 로고요. 우리 I.J 로고 제가 그린 거거든요. 제가 전부 디자인한 거예요."

우진의 미소는 더욱 진해졌고, 그럴수록 세운은 얼굴을 찡그렸다.

"저걸 네가 만들지, 그럼 누가 만들어. 대표 하나로 충분한데 너까지 왜 그러냐."

"하하하."

우진은 세운의 핀잔에도 소리 내서 웃으며 간판을 쳐다봤다.

*   *   *

행사 당일. 오전부터 거리는 행사 준비로 북적였다. 모여들 인파를 대비해 명품 거리와 연결되어 있는 큰 도로에서 축제가 열릴 예정이었다. 약간 거리가 있음에도 벌써부터 행사의 여파가 느껴졌다.

아직 행사가 시작 전인데도 도로 통제까지 해놓은 로데오 거리에 사람들이 넘쳐났다. 이 기회를 틈타 노점상들이 자리를 잡았지만, 로데오 거리 상가를 활성화시키는 행사인 만큼 양천구에서 대대적으로 단속에 나섰다.

상가들 역시 고객들을 맞이하기 위해 평소보다 이른 시간부터 매장을 오픈했다. 그러자 우진의 디자인대로 만든 유니폼을 입고 있는 매장과 그렇지 않은 매장에 차이가 생겼다. 기사를 뿌린 만큼 사람들이 유니폼에 관심을 보이며, 유니폼을 입고 있는 매장들을 찾아 나섰다. 특별한 혜택도 없건만, 로데오 거리 축제에 참여하는 매장이라고 SNS에 인증까지 했다. 그러자 유니폼을 입지 않은 매장들도 받아놓은 유니폼을 착용하기 시작했다.

로데오 거리의 상가 어디를 가도 우진이 디자인한 유니폼을 볼 수 있었다.

*   *   *

오후가 되자 사람들이 더 몰려들기 시작했다. 명품 골목과 다른 골목에 위치한 할인 매장들이나 음식점에는 빈자리가 없을 정도였다. 게다가 명품 골목의 다른 브랜드들에도 매장을 구경하러 온 사람들이 가득했다. 다만 일일 제한이 있는 I.J만은 평소와 다름없었다.

우진은 로데오 거리가 어떻게 돌아가는지 보고 싶은 마음에, 숍에서 그나마 한가한 세운과 나가기 위해 준비 중이었다.

"정말 나가려고?"

"어떻게 되는지 봐야죠."

"휴, 그렇긴 한데. 지금 밖에 사람 엄청 많아! 아까 점심 먹으려고 배달시켰더니 2시간 걸린대서 근처 분식집으로 갔거든? 거기도 꽉 찼더라."

"그렇게 많아요?"

"어. 그러니까 공연에 인기 있는 가수 좀 부르지. 대낮부터 성악 같은 거 부르니까 사람들이 흩어지잖아."

"하하, 이따가 유명한 가수 오잖아요. 그리고 여기저기 구경하는 게 더 좋죠. 아무튼 나가봐요."

"사람들이 알아보고 몰리면 어쩌려고 그래."

"알아봐야죠. 우리가 진행한 일인데 당연히 얼굴 보고 인사해야죠."

"대표가 가만있겠어?"

"하하, 대표님 로젤리아에 있잖아요. 그리고 사람들한테 인사하는 일은 대표님보다 제가 더 어울리는 거 같은데, 설마 뭐라고 하겠어요?"

세운은 우진을 위아래로 훑어보더니 고개를 갸웃거렸다.

"얼마 전부터 이상하네. 아무튼 내가 데리고 나간 거 아니다?"

세운을 끌고 나온 우진은 매장에서 나오자마자 길거리에 사람이 어느 정도 차 있는지 느낌이 왔다. I.J 건물 앞의 커피숍에도 사람들이 가득 차 있었고, 건물을 배경을 사진을 찍는 사람들도 상당했다.

사람들은 우진이 I.J 건물에서 나오자 그를 쉽게 알아보았다. 누군가를 시작으로 사진 요청이 쇄도했다.

"내가 이럴 줄 알았다니까. 이래도 갈 거야?"

"가야죠. 금방 찍어요."

생각보다 많은 사람들이 몰린 탓에 걸음이 더뎌졌다. 그럼에도 우진은 기분 좋은 미소로 사람들과 사진을 촬영하며 걸음을 옮겼다. 불과 몇 미터 거리로 나오자 사람들의 수가 I.J 앞과는 비교하기 힘들 정도로 많았다. 로젤리아, 제프 우드, 혜슬을 제외하고도 다른 명품 브랜드 매장까지 많은 사람들로 북적거렸다.

　게다가 아직 오픈하지도 않은 시계 매장 앞에도 많은 사람들이 모여 있었다. 고급스러워 보이는 매장 배경과 환한 조명 덕분에 사진을 찍기에 최적화된 장소였다.

　"오늘 매장 보고 간 사람들 중에 백분의 일만 고객으로 와도 엄청나겠죠?"

　"백분의 일이 뭐야. 더 많이 올걸? 영감님들이 만든 거 중에 보석 안 박는 건 저렴하잖아. 그래도 몇백 하겠지. 월요일부터 오픈인데 여기 직원들 정신없겠다."

　"담당자 봤어요?"

　"아니, 못 봤지."

　같은 처지였기에 우진은 세운을 보며 피식 웃었다. 그 와중에도 우진은 사람들과 촬영을 해주었다. 팔짱을 끼기도 하고, 같이 하트를 해달라는 요청도 있었다. 우진이 그런 요청들을 들어주며 촬영할 때, 누군가가 또 팔짱을 꼈다. 사진을 요청하기도 전에 팔짱부터 꼈지만, 우진은 웃으며 카메라를 찾았다. 그때, 옆에서 익숙한 목소리가 들렸다.

　"형!"

　"어? 상진아! 너도 구경 온 거야?"

　"그냥 구경도 하고 형도 보고 일도 하고요."

　무척이나 반가운 얼굴이었다. 병원에 있을 때 상진이 병문안을 온 이후 상당히 오랜만이었다.

　"그런데 무슨 일을 해?"

　상진이 씨익 웃었고, 우진은 그런 상진을 물끄러미 봤다. 자신이 알고 있는 상진이 저런 장난스러운 미소를 짓는 것이 어색한 이유도 있었지만, 왠지 모르게 저 모습이 굉장히 익숙했다. 그때, 자신을 둘러싸고 있는 사람들을 뚫고 나오는 얼굴이 보였다.

"아! 이 사람이!"

"대표님, 어떻게 알고 오셨어요?"

"저기 위에서 다 보이잖아요! 회의하다가 내려왔네! 여기서 뭐 하고 있는 거예요?"

"길거리 찾아준 분들한테 인사하고 있었어요."

"후아!"

로젤리아 건물에서 우진을 발견하고 내려온 딜란은 몰려 있는 사람들을 보며 조그맣게 한숨을 뱉었다. 그러고는 옆에 있던 상진에게 손을 흔들었다. 우진은 그 모습을 보며 고개를 갸웃거렸다. 그때, 딜란이 주변 사람들을 향해 큰 목소리로 입을 열었다.

"사람들이 너무 많아. 그러니까 촬영은 우리 직원이, 사진은 우리 SNS에서 찾아가요! 오케이? 그럼 여기 앞에서부터!"

딜란은 우진의 옆에 사람들을 세우고는 상진에게 사진을 찍으라고 했다. 그러자 속도가 당연히 빨라졌고, 우진은 역시 딜란이라는 생각에 웃음이 나왔다.

그러다가 사진을 찍고 있는 상진이 보였다. 자신이 입원한 뒤부터 상진이 숍에 나오진 않았기에 딜란과 마주칠 기회가 없었을 텐데, 두 사람은 서로 익숙해 보였다. 게다가 조금 전에 딜란이 상진을 가리키며 직원이라고까지 했다.

궁금하긴 했지만, 촬영부터 끝내는 게 우선이었기에 우진은 카메라를 보며 미소 지었다. 점점 사람들이 줄어들었다. 잠시

뒤, 주변에 있던 사람들 모두가 촬영을 마치자 딜란은 확인까지
했다.

"안 찍은 사람 있어요? 이거 사진 뽑을 거면 한 장당 만 원이
에요! 오케이?"

"……."

"조크! 농담이에요. 하하하."

딜란의 농담에 우진 역시 흠칫 놀랐다. 사람들에게 확인하며
농담까지 한 딜란이 우진에게 다가와 무언가를 말하려 할 때, 행
사장 쪽으로 나가는 도로가 굉장히 시끄러워졌다. 이쪽에 몰려
있던 사람들의 시선이 자연스럽게 도로 쪽으로 향했다.

"뭐지? 저 정도면 연예인 같은데?"

그때 딜란의 휴대폰이 울렸고, 휴대폰을 받은 딜란의 얼굴이
일그러졌다.

"일단 먼저 와요!"

딜란은 전화를 끊더니 까치발까지 들며 이쪽으로 다가오는 인
파를 쳐다봤다.

"왜 그러세요?"

"아오, 하나같이 전부 일을 만들어요! 일을!"

딜란은 인상을 쓰더니 인파를 쳐다봤다. 우진 역시 몰려오는
사람들을 봤다. 사람들 가운데에 유명인이 있는지 일반인들뿐만
아니라 기자들로 보이는 사람들까지 보였다. 그때, 다가오는 사
람들 중 일부가 우진을 발견했다. 그러더니 곧바로 카메라를 들
고 우진에게 향했다.

순식간에 두 개의 커다란 무리가 생겨 버렸다. 우진은 다짜고

짜 마이크를 들이미는 기자들의 모습에 흠칫했다. 그런데 그들의 입에서 뜻밖의 이름이 들렸다.

"델핀 씨가 한국에 방문한 이유가 오로지 임우진 디자이너를 만나기 위해서라고 하는데, 알고 계셨습니까?"

많은 사람을 몰고 다니는 사람이 델핀이라는 걸 알게 됐지만, 생각지도 못한 이름이 들린 탓에 우진은 기자들의 질문에 대답을 하지 않았다. 그사이 델핀과 함께 움직이는 사람들이 가까이 왔다. 그리고 그 무리를 힘들게 헤집고 나오는 사람이 보였다.

"델핀 씨!"

"아! 힘들다! 역시 이런 기분 때문에 한국에 오는 게 좋습니다! 슈퍼스타 된 기분!"

"어떻게 오신 거예요?"

그때 델핀과 마찬가지로 인파를 힘겹게 뚫고 나온 사람이 델핀을 대신해 대답했다.

"제가 한국 간다니까 따라왔어요. 아저씨! 혼자 가면 어떡해요! 저 매니저인 줄 알고 사람들이 붙잡잖아요."

우진에게 상당히 익숙한 얼굴이었다. 혼혈인 탓에 이국적이면서도 친근한 외모의 바이에르였다.

*　　　　*　　　　*

우진의 일행은 로젤리아 매장에 양해를 구한 뒤 사무실에 자리했다.

"바이에르 씨, 스위스 매장은 어떻게 하고 오셨어요?"

"네?"

우진의 질문에 바이에르는 대답 대신 딜란을 봤다. 우진도 의아함을 느끼고 고개를 돌려 딜란을 봤다. 그러자 딜란이 아무렇지도 않은 얼굴로 입을 열었다.

"월요일부터 출근하라니까 왜 왔어요?"

"인사도 할 겸 행사한다고 그래서. 구경도 좀 하려고요."

"그럼 혼자 오든가! 둘이 인사나 해요. 저쪽이 매니저. 상진 씨도 인사해요. 이쪽이 매장 책임자."

딜란이 상진과 바이에르 두 사람에게 서로를 소개했다. 그 얘기를 듣던 우진이 대화에 끼어들었다.

"바이에르 씨하고 상진이가 시계 매장 맡는 거예요?"

"매장은 바이에르 씨가 맡는 거고. 상진 군은 매니저 중 한 명이죠. 상진 군이 액세서리 디자인에 특화되어 있으니까 공부할 겸 일해보라고 했습니다."

"대표님이 상진이를 어떻게 알고요?"

"오너 일이 내 일인데 당연히 알아야죠. 내 일은 내 일! 오너 일도 내 일! 오케이?"

바이에르가 오게 된 것도 전부 딜란이 계획한 일이었다. 한국에서 시계 전문가를 부르려면 인건비가 상당했기에, 기왕 쓸 바에는 할아버지들이 만든 시계에 대해 누구보다 잘 알고 있는 바이에르에게 제의한 것이었다. 스위스 매장은 시계의 나라답게 매장을 맡길 전문 인력을 쉽게 구할 수 있었다.

모든 설명을 들은 우진은 두 사람을 가만히 쳐다봤다. 왼쪽 눈이 보일 때 유니폼을 입었던 바이에르와 자신이 롤 모델이라던, 첫 제자나 다름없는 상진까지 함께하게 되었다. 딜란이라면 전부 알고 있을 것이 분명했다. 우진이 고마움을 표하려 할 때, 딜란이 먼저 입을 열었다.

"메이드 인 스위스. 판매와 마케팅은 IJ 본사가 있는 한국에서. 한국 매장에 힘을 실어야죠."

"하하, 그래도 감사해요."

"다 돈 벌려고 하는 건데."

딜란은 흐뭇한 미소를 지었다. 마치 아들에게 인사를 받는 그런 느낌이었다. 딜란은 자신도 모르게 우진의 머리를 향해 손이 올라가는 걸 느끼고는 고개를 빠르게 저었다. 그러고는 혼자 머쓱해진 얼굴로 이쪽으로 다가오는 사람들을 가리켰다.

"그나저나 저건 어쩌지? DII 공연할 때까지 기다려야 하나."

딜란이 가리킨 창밖에는 아직도 많은 사람들이 몰려 있었다. 우진만으로도 이동하기가 쉽지 않았는데, 생각지도 못한 델핀의 등장으로 이동이 더 어려워졌다. 델핀은 우진에게 미안하기도 했지만 자신의 인기를 실감하느라 미소가 가득했다.

우진은 그런 델핀을 보며 피식 웃었다. 대한 스위스 놈이라고 불리며 여전히 한국에서 큰 인기를 누리고 있었다. 주연은 아니지만 조연으로 영화도 촬영했다고 들었다.

델핀은 아제슬 때 만들어준 옷을 여전히 입고 있었다. 그는 우진의 시선을 느꼈는지 자신의 옷을 보면서 웃었다.

"그냥 옷이 편하기도 하고, 한국에서 못 알아볼 수도 있을 거 같아서! 하하, 안 그래도 이번에 온 김에 선생님한테 한 벌 맞추고 갈 생각이었어요!"

우진은 웃으며 고개를 끄덕였다. 만약 딜란이 반대를 하더라도 우진은 만들어줄 생각이었다. 델핀은 I.J 덕분에 성공했지만, I.J 역시도 델핀의 도움을 받았다. 고객이 아닌 은인 같은 관계라고 생각한 우진은 딜란을 쳐다봤다.

"괜찮죠?"

딜란은 대답 대신 델핀을 쳐다보며 고개를 저으려 했다. 그때, 갑자기 좋은 생각이 났는지 실실 웃기 시작했다. 왜 또 저런 웃음을 짓는 건지 우진이 의중을 알아내려 딜란을 쳐다봤다.

"만들어 드려야죠, 하하. 지금 당장 준비하죠."

"네?"

너무 뜻밖의 대답에 우진은 고개를 갸웃거렸다. 그러자 딜란이 실실 웃더니 옆에서 바이에르와 대화 중인 세운을 불렀다.

"마 실장님! 헤슬 가서 유니폼 원단 한 벌 분량만 좀 받아다 주세요! 델핀 씨, 축제에 어울리는 옷으로 선물해 드리죠. 티셔츠에 데님바지이긴 하지만, 아무에게나 판매하는 옷이 아닙니다. 하하, 어떠십니까?"

델핀은 환하게 웃으며 빠르게 고개를 끄덕였다.

*　　　*　　　*

우진은 로젤리아 건물에서 바이에르와 상진과 함께 밖을 보며 어이가 없는 웃음을 뱉었다. 델핀은 로데오 거리의 유니폼을 입은 채 사람들 앞에 서 있었고, 그 옆에서 딜란이 마치 매니저라도 되는 양 기자들에게 무언가 열심히 떠들고 있었다. 그 모습을 보던 세운이 고개를 저으며 입을 열었다.

"와, 대표 진짜. 어떻게 지금 이 순간에도 이용해 먹을 생각을 하냐. 델핀 저 사람도 좋다고 입는 거 봐라. 뭐라고 하고 있을까?"

"아마도 우리가 거리에서 가장 이슈가 되게 하려고 그러는 걸 거예요."

"참 나, 그런데 너 만드는 속도가 더 늘었다?"

지금까지 중 가장 많이 만든 옷이었기에 속도가 빠른 것은 당연했다. 우진이 피식 웃으며 밖을 내다볼 때, 옆에 있던 바이에르가 불안한 얼굴로 입을 열었다.

"선생님……. 저 사람 어떤 분이에요……?"

"음, 열정적이고 능력 있는 분이죠. 왜 그러세요?"

"그게… 좀 불안해서요. 할아버지들이 만드는 시계들이 엄청나게 유명해질 거라고 했는데, 저 모습 보니까 이용하려고 한 건가 싶어서요……."

바이에르의 질문에 상진 역시 비슷한 감정이었는지 고개를 끄덕거렸다. 그 모습을 본 우진은 피식 웃었다.

"누구보다 믿을 수 있죠. 지내다 보면 잘 알 거예요. 그리고 할아버지들 시계는 제가 디자인을 잘 뽑아야죠."

"지금은 그냥 돈만 보는 사람 같은데……."

"하하."

우진은 자신이 백번 말하는 것보다 직접 겪어보는 게 낫다는 판단에 입을 다물었다. 지금은 딜란이 돈만 좇는 사람처럼 보일 수 있었다. 하지만 그것이 나쁘게 보이진 않았다. 누군가에게 피해를 주며 이루는 성공이 아닌, 여럿이 함께 성공을 이뤄 나가고 있었다. 바이에르와 상진도 시간이 지나면 자신들의 선택에 만족할 것이 틀림없었다. 그래서 우진은 그다지 걱정이 되지 않았다.

그때, 세운이 딜란을 가리키며 입을 열었다.

"저! 저러고 공연하는 데까지 가려나 보네! 진짜, 미친 거 같아. 너희들도 조심해. 너희들한테도 뽑아먹을 거 생기면 아주 말라비틀어질 때까지 빨아먹을 거야."

바이에르와 상진은 자신도 모르게 몸을 부르르 떨었다.

* * *

새로 온 직원들 환영식 겸 로데오 거리 축제의 성공을 기념하기 위해 I.J 식구들이 전부 매장 로비에 자리했다. 매장 로비에서 하는 식사가 처음이었기에 다들 어색해했다. 게다가 준비한 음식도 이상했다.

"고사는 돼지머리를 놓고 해야지 이건, 쯧쯧."

"그러게요. 대표 표정 봐요. 자기도 몰랐을걸요? 그러니까 왜 매튜한테 시켜서. 성훈이 넌 안 물리냐?"

"하하, 전 괜찮아요. 음식이 뭐가 중요합니까. 같이하는 자리가 의미 있죠. 많이들 드세요."

"야, 제육볶음이라도 있는가! 전부 불고기야! 바이에르 봐라. 쟤 눈빛 보니까 매튜 점심 친구 생기겠다."

세운의 불만을 들은 우진은 피식 웃었다. 매튜가 담당한 순간부터 불고기가 있을 거라는 건 예상했지만, 거의 모든 음식이 불고기일 줄은 우진도 몰랐다.

매튜는 다른 사람들의 불만에도 듣는 시늉도 하지 않고, 식사 중에도 손에서 태블릿 PC를 놓지 않았다. 우진은 그런 매튜에게 입을 열었다.

"뭐 보시는데 불고기 안 드세요?"

"아, 기사 봅니다."

"기사 또 떴어요?"

"어제 TV에 나온 거 보고 있습니다. 직접 보고 싶었습니다."

우진을 비롯해 I.J 식구들은 이미 어제 본 내용이었다. 영어 자막이 필요했던 매튜는 지금에야 내용을 보고 있는 중이었다. 우진도 이미 본 후였지만, 매튜와 함께 보려고 고개를 내밀었다. 그러자 한두 명씩 몰려들더니, 급기야 모든 직원이 작은 태블릿 PC를 보려고 모여들었다.

로데오 거리에 대한 이야기는 인터넷 기사뿐만 아니라 지상파 TV에까지 방송됐다. DII가 나온 순간부터 정해진 수순이었다. 게다가 대한 스위스인이라 불리며 친근해진 델핀까지 등장했으니 홍보 효과는 배가 되었다. 뿐만 아니라 전혀 생각지도 못한 사람까지 등장했다.

함께 기사를 보던 직원들도 전부 아는 얼굴이었다. 그중 팟사라곤이 가장 먼저 입을 열었다.

"선생님 친구, 역시 멋있습니다?"

"하하……."

그러자 딜란이 고개를 갸웃거리며 물었다.

"누구? 이 사람? 후? 이 사람이 친구라고요?"

"맞습니다? 동생이 팬이라 기억합니다? 선생님 친구입니다?"

다른 사무실 식구들 전부가 몰랐냐는 얼굴로 딜란을 봤다. 그러자 딜란은 얼굴을 찌푸리더니 입을 열었다.

"이 사람하고 친구였어요? 친구면 친구라고 말을 해야지! 이렇게 힘들게 할 필요 없이 그냥 이 사람 한 명 부르면 끝나는 일인데!"

"친하진 않아서요."

로데오 거리에서 공연한 DII가 가수 '후'와 연관이 있는 줄은 우진 역시 몰랐다. 한국에 방문한 목적에 공연뿐 아니라 후와 만나려는 이유도 컸다는 인터뷰가 있었다.

하지만 델핀은 오로지 우진 바라기였다. 우진을 보러 한국에 왔다는 인터뷰는 물론이고, 주야장천 유니폼을 입고서 돌아다니고 있었다. 때문에 우진은 이미 충분히 계획한 바를 얻었다고 생각해서 만족하고 있었지만, 딜란의 표정에는 불만이 가득했다.

"왜 저렇게 유니폼을 계속 입고 다녀! 델핀 저 사람도! 아까 기사에도 유니폼 입고 있던데!"

"하하, 델핀 씨 덕분에 효과 좋잖아요. 그리고 대표님이 한 일이잖아요."

"후… 사람들도 이상하네. 계속 우리 디자이너 만나러 왔다고 하는데 아제슬로 묶어버리니까 그게 문제죠! 저 봐! I.J란 말은 가려 버리고 아제슬은 보이게 해놓는 거!"

"그래도 대표님이 계획한 대로 우리 골목에 이름 붙였잖아요.

게다가 우리가 가장 처음이고요. 아제슬로!"

우진은 당연히 만족했다. 오히려 I.J 거리나 I.J로로 불리면 부담될 텐데, 아제슬이라는 익숙하고 의미 있는 이름으로 불리자 뿌듯한 마음까지 들었다. 비록 도로명주소가 아니라 사람들이 부르는 이름이었지만, 그것만으로도 충분히 만족스러웠다.

다만 문제는 로젤리아였다. 해외 기사에는 '아제슬 St.'라는 명칭으로 불리는 중이어서, 다른 곳들과 다르게 로젤리아는 투자는 투자대로 하고 얻은 게 별로 없었다.

"로젤리아 선생님하고는 얘기 잘되셨어요?"

"풉."

"크흡."

우진의 질문에 여기저기서 웃음을 참는 소리가 들렸고, 딜란은 아예 고개를 돌려 버렸다. 그러자 세운이 웃으며 우진에게 말했다.

"아주 대단해. 아제슬로의 '로'를 로젤리아의 '로'라고 그러더라. 그럼 테헤란로 이런 데도 다 로젤리아 이름 들어가게? 동생이 한국어를 몰라서 그러는 거라고 아주 큰 소리로 말하더라고. 하마터면 우리까지 정말 그런 건가 생각할 정도였다니까."

"나중에 로젤리아 씨한테 혼나시겠어요."

"아무튼 아제슬로로 불리긴 하잖아, 크크크."

우진은 피식 웃으며 딜란을 보자, 딜란은 자신의 얘기가 민망한지 슬쩍 매장 밖으로 나갔다.

우진은 그런 딜란을 보며 가볍게 웃었다. I.J 공식 SNS 계정에서 아제슬로를 언급한다면 아제슬로의 '로'가 정말 로젤리아의 이름이 되는 건 어렵지 않았다. 당사자인 I.J 입에서 나오는 말이니 공식적으로 인증한 셈이라 훨씬 믿음이 갈 것이었다. 하지만 딜란은 그러지 않았다. 자신의 위치상 적합하지 않은 일이라 시도하지 못했을 것이었다.

우진은 이미 아제슬로라고 불리는 것에 만족하고 있었기에, 딜란의 걱정을 덜어주고 싶은 마음에 그를 따라나섰다. 밖으로 나오자 매장 건너편 커피숍 앞에 서 있는 딜란이 보였다. 우진은 조용히 다가가 딜란의 옆에 섰다.

"뭐 하고 계세요?"

"아무것도 안 하고 있죠. 왜 나왔어요?"

"그냥 걱정돼서요. 아제슬로 때문에 그러시면 제가 SNS에 올려도 될 거 같은데."

딜란은 우진을 물끄러미 보더니 피식 웃었다.

"이제 자신이 어떤 위치에 있는지 알고 있는 것 같네요."

딜란의 말에 우진은 쑥스러운 듯 멋쩍은 미소를 지었다. 딜란도 그런 우진을 보며 흐뭇한 미소를 지었다.

"이제 앞으로 더 올라갈 일만 남았군요. 나이도 어린데 디자인으로 인정받고, 인정받는 걸로 그치지 않고 성공까지. 패션업계에서도 가장 눈여겨볼 디자이너로 뽑히고 있습니다. 기분이 어떠십니까?"

우진은 고개를 들어 I.J 건물을 가만히 바라봤다. 1층에선 로비에서 웃고 떠들고 있는 식구들이 보였고, 2층에선 디자이너들이 머무는 작업실이 보였다. 3층부터는 내부가 보이진 않았지만 항상 머물렀던 곳이기에 마치 눈에 보이는 듯했다. 4층 역시 마찬가지였다. 한 층, 한 층 쳐다보던 우진은 약간 머쓱한 얼굴로 입을 열었다.

"저 혼자 올라간 건 아닌 거 같아요. 매튜 씨가 있어서 시작할 수 있었고, 세운 삼촌, 성훈 삼촌, 할아버지하고 유 실장님까지 모두가 있어서 자리 잡을 수 있었어요. 홍 대리님하고 팡 실장님도 물론 큰 도움이 됐고요. 디자이너분들하고 매니저분들까지 전부. 다 같이 만든 거예요. 혼자선 불가능했을 거예요."

우진은 미국에서 돌아와 매튜를 처음 만났을 당시부터 한 명, 한 명 주변에 사람들이 늘어가던 순간들을 떠올렸다. 로비에서 웃고 떠들고 있는 사람들. 누구보다 자신을 믿어주고 응원해 주는 사람들이었다. 저 사람들이 아니었다면 시작하지 못했을 것이고, 지금 보이는 I.J 간판도 없었을 것이다.

모두의 힘으로, 이제는 거리의 이름에까지 I.J가 들어갔다. 딜란의 질문으로 처음부터 천천히 되짚어보니, 감회가 새로웠다.

"그리고 대표님도 당연히 포함이고요. 대표님뿐만 아니라 제프 선생님이나 데이비드 선생님, 그리고 로젤리아 선생님도 정말 감사한 분들이죠. 그래서 전 아제슬로로 불리는 것도 좋아요."

우진은 한참 동안 I.J에 도움을 준 사람들을 빠짐없이 얘기했다. 얘기하다 보니 고마운 사람들이 정말 많았다. 우진은 새삼스레 I.J가 여러 사람 덕분에 만들어졌다는 걸 느꼈다.

"아! 그리고 부모님도요. 어렸을 때 부모님이 만들어주신 연습장이 아니었으면 I.J 로고도 없었을 거예요."

우진은 한 명도 빠짐없이 얘기하고 나서야 만족스러운 듯 고개를 끄덕거렸다.

"무슨 수상 소감 같군요?"

"하하, 그런가요?"

딜란은 우진을 보며 흐뭇하게 웃었다. 마치 아들이 상상하던 그런 회사 같은 느낌이었다. 덧붙여 자신도 이곳의 일부분이라는 생각이 들었다. 지금 우진의 대답만으로도 정말 이곳에 잘 왔다는 생각이 들었다. 자신 혼자 잘났다고 생각하지 않고 감사할 줄 아는 마음. 저런 생각이 변하지 않는 이상 IJ는 좀 더 탄탄해질 것이 분명했다. 브랜드를 대표하는 디자이너가 저런 마음을 가지고 있으니, 어떤 직원이라도 브랜드에 애착을 가질 게 분명했다. 딜란은 다시 한번 흐뭇한 미소를 짓더니 우진에게 고개를 숙였다.

"그럼 앞으로도 잘 부탁드립니다."

"저도요. 저도 앞으로 잘 부탁드려요."

우진과 딜란은 서로를 보며 씨익 웃었다.

그때, 1층 로비에 있던 사람들이 갑자기 분주해지는 것이 보였다. 매튜를 중심으로 무언가 대화를 나누던 사람들의 시선이 동시에 밖에 있는 자신에게 집중됐다. 우진은 궁금한 마음에 매장으로 걸음을 옮기려 했지만, 그보다 IJ 식구들의 행동이 더 빨랐다. 모두가 급하게 매장 밖으로 나오더니 큰 소리로 외쳤다.

"대박!"

"선생님! 장난 아니에요!"

"메일에 이상한 게 엄청 왔길래 보니까 덴마크 코펜하겐? 일본 긴자, 또 어디냐. 아무튼 많아! 해외에서 자기네들 쇼핑 거리에 매장 오픈 생각해 달래! 장난 아니야! 이건 뭐, 애원하는 수준이야!"

우진이 갑작스러운 말에 의아해할 때, 딜란이 피식 웃으며 입을 열었다.

"딱 봐도, 그곳에 제프 우드와 헤슬이 있으니까 우리까지 껴놓고 아제슬로처럼 거리를 활성화하려는 거군요. 어떻게, 가실 겁니까? 하하, 안 가시겠죠?"

해외에 오픈을 하려면 우진이 반드시 필요했다. 하지만 조금 전까지 우진에게 IJ 식구들이 어떤 의미인지 들었던 딜란은 우진의 선택을 쉽게 예상할 수 있었다. 우진 역시 자신의 마음을 알아준 딜란을 보고 웃으며 입을 열었다.

"아직은요. 여기 지켜야죠. 나중에 디자이너분들 실력이 늘면 그때 생각해 봐요. 그리고 매니저님들도 윤 매니저님처럼 될 때까지!"

우진의 말에 IJ 식구들은 기분 좋은 얼굴로 서로를 보며 웃었다. 아직은 말뿐이지만 언젠가는 그렇게 될 수 있었으면 좋겠다는 얼굴이었다. 우진 역시 좋아하는 IJ 식구들을 보며 기분 좋은 미소를 보였다. 그러고는 그들에게 가까이 가서 손을 내밀었다.

"뭐? 뭔데?"

"하하, 우리 파이팅 해요."

"갑지기 파이팅을 왜 해요?"

"하하, 해외에까지 나가려면 파이팅 해야죠!"

우진의 손 위에 아무런 대꾸 없이 손을 올린 사람은 미자뿐이었다. 하지만 디자이너들을 시작으로 곧 한 명씩 손을 쌓아 올렸다. 이윽고 모두의 손이 모이자, 중심에 있던 우진이 큰 목소리로 입을 열었다.

"I.J 파이팅!"

"I.J 파이팅!"

"I.J 파이팅!"

"매튜! 왜 혼자만 밑으로 내리려고 그래! 다 위로 올리는데!
아, 진짜!"

"전 항상 밑으로 했습니다."

매튜 덕분에 엉성해진 파이팅이었지만, 우진은 그 어떤 파이팅
보다도 따뜻함이 묻어 있는 응원처럼 느껴졌다.

『너의 옷이 보여』完.

초대형 24시 만화방

신간 100%, 샤워실, 흡연실, 수면실(침대석), 커플석, 세탁기 완비

■ 광명 광명사거리역점 ■

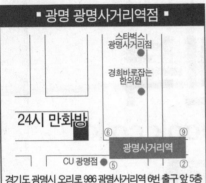

경기도 광명시 오리로 986 광명사거리역 6번 출구 앞 5층
02) 2625-9940 (솔목타워 5층)

■ 강북 노원역점 ■

서울 노원구 상계동 340-6 노원역 1번 출구 앞 3층
02) 951-8324 (화용빌딩 3층)

■ 일산 정발산역점 ■

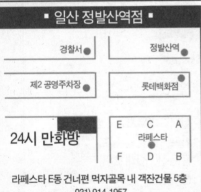

라페스타 E동 건너편 먹자골목 내 객잔건물 5층
031) 914-1957

■ 일산 화정역점 ■

경기도 고양시 덕양구 화정동 984번지 서일빌딩 7층
031) 979-4874 (서일사우나 건물 7층)

■ 부천 역곡역점 ■

역곡남부역 기업은행 건물 3층
032) 665-5525

■ 부평역점 ■

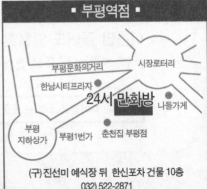

(구)진선미 예식장 뒤 한신포차 건물 10층
032) 522-2871

가프 현대 판타지 소설

부검 스페셜리스트

MODERN FANTASTIC STORY

법의학의 역사를 바꿔주마!

때려죽여도 검시관은 되지 않을 거라던 창하.
하지만 그에게 주어진 운명은
생각지도 못하던 것이었는데……

"내 생전의 노하우와 능력치를 네게 이식해 줄 것이다."

의사는 산 자를 구하고, 검시관은 죽은 자를 구한다.

사인 규명 100%에 도전하는
신참 부검 명의의 폭풍 행보!

스페셜 원
가장 특별한 감독
스틸펜 장편소설
FUSION FANTASTIC STORY
피치 위의 마스티프. 그라운드의 투견.
"나는 너희들을 이끌고, 성장시켜서, 이겨야 한다."
"너희는 나를 따라오고, 성장해서, 이겨야 한다."
가장 유별나거나, 가장 특별하거나.
Special one.
누구보다 특별한 감독이 될 남자의
전설이 시작된다.
Book Publishing CHUNGEORAM
유행이 아닌 자유추구 -
www.chungeoram.com